援疆岁月

2018—2019

马宏伟　主编

河南文艺出版社

·郑州·

图书在版编目（CIP）数据

援疆岁月：2018—2019/马宏伟主编. —郑州：河
南文艺出版社，2020.8（2022.5重印）

ISBN 978-7-5559-1034-3

Ⅰ.①援 … Ⅱ.①马… Ⅲ.①中国文学－当代文
学－作品综合集 Ⅳ.①I217.1

中国版本图书馆 CIP 数据核字（2020）第 116572 号

出版发行	河南文艺出版社
本社地址	郑州市郑东新区祥盛街 27 号 C 座 5 楼
邮政编码	450018
承印单位	河南龙华印务有限公司
经销单位	新华书店
纸张规格	700 毫米×1000 毫米 1/16
印　　张	16.5
字　　数	185 000
版　　次	2020 年 8 月第 1 版
印　　次	2022 年 5 月第 2 次印刷
定　　价	68.00 元

印厂地址　河南省获嘉县亢村镇纬七路 4 号
电　　话　0373-6308298

编　委　会

领导批示（2018）

2018年3月2日，河南省委常委、郑州市委书记马懿在听取郑州援疆工作情况汇报后，对郑州援疆工作队一年来取得的成绩给予充分肯定并作出批示，内容为：

2017年郑州援疆工作队坚持民生优先、产业引领，聚焦基层基础，助力脱贫攻坚，不断增进民族团结，援疆工作取得积极成效。新的一年，希望大家再接再厉、创新进取，推动豫哈交流合作再结硕果、再上台阶！

2018年1月22日，郑州市委常委、常务副市长王跃华在郑州援疆工作队2017年度工作总结上作出批示，内容为：

一年来，郑州援疆工作队按照豫新两省（区）援疆工作决策部署，紧密结合新疆工作实际，忠诚担当，无私奉献，科学施策，为新疆社会稳定和长治久安做出了突出贡献，成绩有目共睹，可喜可贺。为郑州争得了荣誉。希望每名援疆干部人才要认真落实马懿书记批示精神，牢记组织重托，再接再厉，争创更大成绩！

2018 年 2 月 25 日，郑州市委副书记靳磊听取郑州援疆工作汇报后，对一年来的援疆工作给予肯定，并对郑州援疆干部人才提出要求：

要确保援疆干部的安全，安排好援疆干部的生活。认真落实好哈密市委各项工作要求，把安全、稳定、民族团结工作做好。把工作做实，多解决民生问题、急缺问题，通过援疆让当地群众有满满的获得感。加强双方的联系，增进认同感，各民族要像石榴籽一样紧紧抱在一起，加强团结，发挥好援疆干部的桥梁纽带作用。

2018 年 2 月 26 日，郑州市委常委、组织部长焦豫汝听取了郑州援疆工作队领队马宏伟的工作汇报，在接见援疆干部代表时指出：

郑州援疆工作队一年来的工作成绩，市委是满意的。河南对口援疆前方指挥部的李湘豫书记也多次表示，郑州援疆工作队守纪律、敢作为、工作踏实，宣传到位。眼下新疆处于特殊时期，这就要求援疆干部开展工作时标准更高、要求更严。要把压力变为动力，把援疆当作一种难得的锻炼机会。把郑州干部的好作风展示出来，把我们的优势发挥出来，付出更多的努力，争取更大的贡献。

在郑州市委组织部呈报的郑州第九批援疆干部人才集中考核情况报告上，市委领导作出重要批示。

郑州市委常委、组织部长焦豫汝批示摘要："我市第九批援疆工作开展一年来，全体援疆干部积极融入、担当作为，做出

了贡献，树立了郑州干部的好形象，受到省及当地干部群众一致好评。"（2018 年 4 月 26 日）

郑州市委副书记靳磊批示摘要："**同志们付出艰辛努力，做出了重要贡献，再接再厉、再取佳绩！**"（2018 年 5 月 14 日）

河南省委常委、郑州市委书记马懿 2018 年 5 月 16 日也在报告上做出了重要批示，充分肯定了郑州市援疆工作队一年来的工作。

2018 年 10 月 12 日，郑州市委常委、常务副市长王鹏在听取了郑州援疆工作汇报后作出批示，内容为：

郑州第九批援疆工作队主动作为、勇于创新、忠诚担当，各项工作取得显著成效，向同志们表示祝贺！希望大家继续弘扬特别讲政治、特别能吃苦、特别能担当的援疆精神，再结新硕果、再上新台阶。

领导批示（2019）

2019 年 8 月 13 日，郑州市委副书记、市长王新伟在郑州慈善总会《关于 2019 年郑州慈善援疆"光明行"——哈密白内障患者援助活动报告》上批示：

"光明行""心通道"行动联通两地，温暖哈密，向同志们表达敬意。请组织部门、宣传部门、发改部门注意总结援疆工作，保障激励好援疆干部。

2019 年 8 月 15 日，郑州市委常委、常务副市长王鹏在郑州慈善总会《关于 2019 年郑州慈善援疆"光明行"——哈密白内障患者援助活动报告》上批示：

同意（郑州慈善）总会四点建议，请相关单位继续高度重视并大力支持援疆工作，打造"郑州援疆"品牌。

2019 年 8 月 15 日，郑州市委常委、宣传部长黄卿在郑州慈善总会《关于 2019 年郑州慈善援疆"光明行"——哈密白内障患者援助活动报告》上批示：

请宣传部安排深度宣传报道。

序　言

郑远江

　　援疆，是这个时代的一个伟大壮举。援疆干部，是伟大壮举的践行者。倾情援疆，任重道远。豪迈的征程上自然而然就有了心声和感悟，记录整理就成了文章，文章汇聚就有了《援疆岁月 2018—2019》。

　　写一篇文章不难，但是把二十几篇文章有机地汇集成具有鲜明时代特征，彰显责任与奉献特质的书就很不简单。

　　《援疆岁月 2018—2019》以对口支援新疆工作为大背景，讲述了第九批郑州援疆干部人才发生在新疆哈密市的故事和心路历程，全面而生动地呈现了郑州援疆干部人才"扛大梁、走前头，为新疆做贡献，为家乡添光彩"的援疆业绩。

　　《援疆岁月 2018—2019》带有鲜明的时代特征。每一篇文章都凝聚着援疆干部人才三年来的生活磨砺和工作感悟，或是经历，或是心得，或是体会，或是感悟。把真情大爱融于笔端，把责任担当呈现于纸上。文笔或许稚嫩，真实毋庸置疑。文中有幼儿嗷嗷大哭的不舍，也有年迈老人临别时装出的坚强；有妻子对丈夫喋喋不休的叮嘱，也有白发苍苍老母三餐饮食的问询，更有亲人离世而无法床前尽孝的人生缺憾。《援疆岁月

2018—2019》既有大的时代奉献担当，又有小的两地书信的温情交流；既是一段援疆岁月的记录，又是援疆人的成长缩影。

《援疆岁月 2018—2019》对援疆精神作了最好的阐释。不管是黄沙扑面，不管是洪水阻道，不管是骄阳似火，也不管是冰雪酷寒，哪里有民生，哪里就有援疆干部的身影。正如郑州援疆工作队领队马宏伟所说："如果说把援疆干部人才比喻成璞玉，那么三年援疆生活就是一块磨石，两者结合方显援疆人的坚韧和成熟，大浪淘沙留下的都是金子。"

《援疆岁月 2018—2019》彰显着家国情怀。郑州援疆人以哈密为家乡，把各族群众当亲人，小处入手，民生优先，真实的故事和真情的表白体现了援疆干部吃苦耐劳、勇于奉献、倾情援疆的奉献精神和家国情怀。与其说这是一部书，倒不如说是一个时代号角，鼓舞、吸引着更多的有志青年着眼新疆，稳定新疆，发展新疆。

《援疆岁月 2018—2019》，描述的是郑州援疆故事，彰显的是郑州风骨。

目　录

序言 / 郑远江 / 1

郑州市第九批援疆工作综述 / 马宏伟 / 1

党旗飘飘　他们是一群"追赶太阳的人" / 党贺喜　孙志刚　覃岩峰 / 21

郑州援疆：全面发力交出满意答卷 / 孙志刚　党贺喜　覃岩峰 / 27

用援疆真情　育开民族团结花 / 覃岩峰　党贺喜　孙志刚 / 34

郑州开启社会组织援疆新模式 / 党贺喜　孙志刚　覃岩峰 / 41

三年援疆路　一世援疆情 / 孙志刚　党贺喜　覃岩峰 / 47

三年援疆　淬火成钢 / 王刚 / 51

肩负重担赴边关 / 王刚 / 62

历尽援疆百味　笑对人生年华 / 王艳 / 70

援疆是部队生活的继续 / 王刚 / 80

三年磨一剑　百炼始成钢 / 王艳 / 92

一个文化援疆人的生命宽度 / 叶语 / 102

医改重头戏 / 谷凡 / 113

新疆孩子想念你 / 罗辛卯 / 122

愿岁月静好　不负流年 / 王艳 / 132

诗和远方永远铭刻心中 / 王刚 / 136

修一条勇往直前的路 / 谷凡 / 148

有多大能力做多大事 / 叶语 / 154

援疆有你更精彩 / 罗辛卯 / 161

沙漠中的胡杨 / 王刚 / 169

心系天山情未了　再为戈壁添新绿 / 叶语 / 178

撒在东天山下的金色种子 / 叶语 / 188

三地分居心也甘 / 罗辛卯 / 197

一位电视人的援疆情怀 / 王艳 / 208

神圣的使命 / 罗辛卯 / 219

一个拆二代的援疆生活 / 谷凡 / 227

铿锵绽放的援疆玫瑰 / 谷凡 / 236

左公柳下的行走 / 谷凡 / 245

后记　不想说再见 / 252

郑州市第九批援疆工作综述

马宏伟

这三年，在新疆发展稳定史上注定非同寻常。对于郑州市第九批援疆干部人才而言，尤其如此。

2017年以来，全疆上下深入贯彻党中央治疆方略，着力构建党政军警兵民协调联动的反恐维稳机制，以临战标准落实各项维稳措施，"一年稳住，两年巩固，三年常态"目标的如期实现，全疆呈现出大局稳定、形势可控、趋势向好的态势。

长风猎猎，大潮澎湃。岁月奔流，心逐浪高。

三年来，郑州援疆工作队始终牢记组织嘱托，积极融入依法治疆、长期建疆、团结稳疆的时代洪流，与哈密市伊州区干部群众风雨同舟，并肩奋战，坚决贯彻豫新两省区援疆工作重大决策，认真落实哈密市委、前指党委、伊州区委各项工作部署，始终以"当先锋、打头阵、扛大梁、走前头"的干劲、拼劲、韧劲，不遗余力地深化维护稳定、民族团结、产业互动、脱贫攻坚、民生改善，最大限度提升郑州援疆综合效益，在"情况特别复杂、任务特别艰巨、要求特别具体"的复杂条件下，开创一流业绩，打造一流团队，艰苦奋斗、拼搏奉献，以实际行动生动地诠释了新时代郑州党员干部的忠诚干净担当奉献，传递着亿万中原儿女与哈密人民心手相连、守望相助的深情厚谊。

一份漂亮的成绩单

从 2017 年到 2019 年，历经三年贯穿四季的砥砺前行，岁月流岚；1000 多个昼夜的精耕细作，春华秋实。三年来，郑州援疆人以创新的思路、自觉的担当、扎实的工作和优异的成绩，稳稳站在全省 8 个援疆地市的最前列。

这一切，数字最有说服力。

三年来，实施援疆项目 13 个，下达援疆资金计划 6.67 亿元；先后协助招聘辅警近千人，人员到岗率位居 8 个援疆城市首位；多渠道筹集资金 2000 余万元，扶贫济困的范围和力度前所未有；200 名贫困学生脱困资助、200 名困难群众就近就业的"民生双百目标"提前 7 个月实现。三年来，援疆专列累计达 163 列，游客近 11 万人，位居全疆第一；其中由郑州中原铁道国际旅行社引进的旅游专列 96 列，游客 7.2 万人，分别占比 58.9% 和 65.5%，是绝对的主力。援疆干部人才派出单位高度重视援疆工作，主动安排伊州区对口业务骨干 500 多人次到内地学习交流。

一个很动听的称呼

在哈密，他们有一个共同的名字：郑州援疆人。

漫步哈密街头，随处洋溢着来自郑州的温暖。功能完善的幼儿园、生态优美的哈密河、枝繁叶茂的援疆林、常开常新的月季园、物美价廉的慈善超市……到处传扬着豫哈人民心连心的动人故事。

在当地群众眼里，他们是修桥铺路盖房的建设者；是慷慨解囊、解贫济困的好心人；是妙手回春、让白内障患者重见光明的白衣天使；是无所不知、和蔼可亲的良师益友；是操着河南式普通话、天天在太阳下奔走的"大忙人"……

几乎没有人能叫出他们的名字，但大家都知道：这群可爱的人，来自两千多公里外的大城市郑州，是习近平总书记派来的，是来帮着抓稳定、搞建设的！

一段艰辛的奋斗史

与以往不同，这一轮援疆面临的形势异常严峻复杂，责任和压力前所未有，对于单枪匹马、初来乍到的援疆干部而言，尤其如此。

苟利国家生死以，岂因福祸避趋之。困难和危险激荡起大家更强烈的家国情怀，更坚定坚决地与当地党员干部风雨同舟、并肩战斗，义无反顾地担当起24小时维稳值班、结亲下沉、抢险救灾、除雪保通等急难任务，多少人通宵达旦地加班、打着哈欠坚持开会，多少人深更半夜还在一线坚守，多少人自掏腰包帮助困难群众解燃眉之急，多少人为了灾区重建、灾民安置彻夜难眠、汗流浃背。此情此景，比比皆是，数不胜数。这是援疆常态，更是使命所需、责任所在，尽管不容易，毕竟渐成功。

一份浓郁的家国情

对口支援新疆工作是国家战略，必须长期坚持。

援疆人都明白：新疆不稳，天下难安。来援疆就要珍惜机会，好好干上三年，不负组织重托，不负青春韶华。援疆人的亲属更明白：家是最小国，国是千万家，有了强的国，才有富的家。援疆工作很光荣，援疆干部不容易，把家操持好就是对援疆的最大支持。

因为援疆，亲情更显珍贵且惆怅。因为深知援疆不易，家里大事小情都是报喜不报忧，孩子成绩波动、老人生病住院也都尽可能地瞒着。因为使命特殊和时差，先进的现代通信未必能时时畅通。时间长了，无论是对家人的不舍和愧疚，还是对援疆干部的牵挂和担忧，都变成了一句"这也好，那也好，放心吧"，彼此心领神会，心照不宣。

三年来，在郑州援疆干部直系亲属中，亡故 6 人，其中，2名援疆干部连亲人的最后一面都没见上；其间，父母子女因病住院 11 人，因情况特殊，大多援疆干部不能回家探望。

环境考验人，环境锻炼人。三年来，援疆干部以对党的无限忠诚和钢铁一般的意志，经受了异乎寻常的艰辛和孤独，克服了难以想象的困难，就像沙漠戈壁的胡杨，始终挺立在维护稳定的第一线、推进发展的新战场、反分裂斗争的最前沿，书写忠诚，砥砺品质、增长才干。

站位更高，落点更实

新疆局势事关全国改革发展稳定大局，事关祖国统一、民族团结、国家安全，事关实现"两个一百年"奋斗目标和中华民族伟大复兴。援疆不仅要主动融入、自觉担当，还要大处着眼、小处入手，用实际行动把党中央治疆方略落到实处，持之以恒，久久见功。

群众工作，让我们"亲上加亲"

结亲更结心，心近情更深。三年来，郑州援疆人严格落实"两个全覆盖""七个一"要求，利用 15 个结亲周和重点时段走访，广泛宣传党的十九大精神和惠民富民政策，先后举办了返乡大学生足球联赛、国家公祭日缅怀先烈、红色电影周、我为亲戚来义诊、一起收看两会实况、一起过"七一"等集体活动，"我与亲戚一起学普通话、学法律、学政策"蔚然成风，各族群众感党恩、听党话、跟党走的自觉性显著增强，国家意识、公民意识、中华民族共同体意识不断增强。

联合郑州慈善总会及两地团委，连续三年组织"郑州援疆助力，边疆学生圆梦"系列活动，100 余名新疆学生利用暑期到河南郑州、首都北京，走亲访友，与当地青少年探讨交流。他们一路登嵩山看黄河游少林，品中原文化；游故宫登长城看升旗，促文化认同，各族孩子玩在一起、学在一起、成长在一起。全国援疆总领队、自治区党委组织部曹远峰副部长给予高度评价，央视新闻频道跟踪报道。

"一带一路"，托起郑州援疆新高度

郑州和哈密同为"一带一路"重要节点城市，和平合作、开放包容、相互借鉴、互利共赢的丝路精神，共商、共建、共享的发展理念，不断深化两地经济互动、产业互融、发展互助。

郑州陆、空、网三条"丝绸之路"飞速发展，不仅让郑州在"一带一路"中脱颖而出，也让郑州援建有了更多可能。三年来，郑州援疆人借助国际投资贸易洽谈会、亚欧博览会等平台，协助哈密市举办了招商引资专场说明会、新疆农副产品推介会以及新疆特色商品展销等活动。以占地 11000 平方米的新疆哈密农产品郑州交易馆为引领，形成了"郑州销售终端平台+哈密物流基地+新疆农产品原产地"完整产业链。

好想你健康食品股份有限公司充分发挥上市公司的资金、技术、品牌优势，在哈密建设冷冻干燥果蔬产品深加工产业化项目，每年可加工各类鲜果 8000 吨以上，有效促进了当地农产品销售、农民增收。

"好想你"犹如领头的大雁，已吸引众多河南企业跟随，抱团入疆，他们将以哈密为基地，探寻中亚一带一路商机。河南中原情乳业科技有限公司与新疆呼图壁种牛场有限公司合作，共同注册成立新疆天山情乳业科技股份有限公司；郑州航空港区格威特污水净化有限公司、洛阳市浪潮消防科技股份有限公司等河南大中企业纷纷进驻哈密……

精耕细作，春华秋实

基层工作，贵在精准，重在务实。必须坚守"一切为了人民"的初心，以"钉钉子"的精神，拿出"绣花"的功夫，因地制宜，科学运作，方可日有所进，久久为功。脱贫攻坚、文化旅游合作是深化豫哈互助互动的重要抓手，必须以更精准的思路、更扎实的作风、更持久的韧劲去推进、去实施。

分类施策，扶贫工作精准有效

鉴于伊州区已全面脱贫，我们工作的重点就是：稳定就业、支持创业，杜绝因病、因学、因灾返贫。

对能外出务工的待业青年，主要通过普通话技能培训提升应聘能力，实现转行就业。2018 年，通过郑州援疆引进企业、赴豫务工等渠道累计安排贫困群众 207 人。对于无法外出且创业意愿强烈的，依托帮扶基金支持其自主创业。五堡镇贫困户帕丽旦·苏来曼靠 3.9 万元资金的帮助购置了卤肉加工设备，迅速实现了脱贫致富。

郑州援疆工作队筹措资金 8 万元，购置具备血糖、血脂、尿常规、心电图等功能的"健康一体机"和常用药品，组织 4 名援疆医生开展义诊活动，实现贫困村义诊全覆盖。

沁城"7·31"洪灾发生后，在郑州市捐赠 500 万元救灾资金的基础上，第一时间向灾区送去了米面油、棉被、衣物等急需物资。

郑州 16 个县（市、区、开发区）与哈密 18 个乡（镇、街道办）结成帮扶对子，不仅解决了无人机、扫雪车、洒水车、商务车、中巴车、垃圾压缩车等急需物资，双方还围绕产业互动、就业互助、基层党组织互学共建展开系列行动。

交融互鉴，文化认同感不断增强

教化大行，天下和洽。

丝绸之路不仅仅是丝绸、瓷器、茶叶的贸易之路，更是一条中原文化与西域文明交流交融之路。唯有文化间的相互欣赏、相互理解、相互尊重，才能真正实现"心相通"。

郑州市文联、郑州援疆工作队共同举办的"河南·新疆百名书画名家作品邀请展"相继在乌鲁木齐、哈密和郑州巡展，3000 多名书画爱好者观看了展览。

组织伊州区文化馆和歌舞团一行赴郑州参观学习、交流演出，并诚邀其参加 2017 年度郑州慈善颁奖典礼演出。

支持哈密民歌事业创新发展，历经三载艰辛打磨，《一带一路 甜蜜之旅》音乐专辑在郑州成功发布。音乐专辑携西域文化的悠久和中原文化的厚重，以音乐艺术为媒，推动"一带一路"沿线文明交融和民心互通。

协调海燕出版社、新疆青少年出版社等单位，先后举行了两次图书捐赠活动，为哈密市第七小学、伊州区柳树沟乡小学等 7 所小学捐赠优秀图书 7000 余册。郑州市文化广电和旅游局捐赠了价值 46 万元的 10000 册豫版图书，"郑州书屋"落户哈密。郑州援疆工作队资助的《国画哈密瓜技法初探》一书已出版发行。

旅游援疆，交出亮眼"成绩单"

以河南为主要客源的"豫哈情·丝路行"旅游援疆专列达到 163 列，哈密市伊州区接待专列游客近 11 万人，接待专列总数及游客量位居全疆第一。

亮丽成绩的背后，是各级各界围绕"万人游哈密"升级版计划积极推进、综合施策的结果。三年来，郑州市文化广电和旅游局高度重视援疆工作，多次入疆考察对接，与哈密市旅游局、哈密市伊州区人民政府深入座谈，并签订合作协议。2017 年 10 月，哈密旅游宣传片在郑州地铁 1 号线上滚动播出；2018 年 4 月，哈密旅游宣传片在郑州高铁站、郑州火车站西广场到达厅大型液晶屏专屏播出。同时，将哈密旅游推广纳入郑州市旅游宣传计划，同台推介。2018 年 5 月、2019 年 4 月，来自郑州的国家金牌导游朱建平、李娜、郭垭峰和郑州旅院教授张楗让、王少华等先后入疆，组织演讲培训，与哈密同行深入交流。2017 年以来，连续四批次组织伊州区旅游管理干部到沪、深、郑、洛等地参访交流。

援疆专列不仅让哈密美景名扬天下，在西北旅游市场异军突起，还有效促进了旅游诸要素的高效衔接，通过各民族的交往交流互动，增进了团结，在"旅游兴疆"时代洪流中彰显满满的"郑"能量。

心系群众，大爱涌动

民之所盼，政之所向。三年来，我们在严格落实 80% 以上援疆资金投向基层的同时，还广泛动员和组织后方单位、社会组织和慈善团体，支持援疆，参与援疆，深化援疆，做实援疆，共谋民生之利，共解群众之忧，用实实在在的行动帮助群众解难题、渡难关。

改善民生，不遗余力

利民之事，丝发必兴；厉民之事，毫末必去。

援疆项目民生优先。三年来，援建富民安居房 2576 户、困难群体安居房 1197 户；豫哈实验幼儿园等 8 所双语幼儿园建设完成；投资建设"援疆林"、月季园，助力哈密河生态功能恢复，基层群众居住、就学、生活环境明显改善。

2019 年 1 月，郑州市委常委、常务副市长王鹏率郑州市代表团入疆对接推进援疆工作，代表郑州市捐款 500 万元，用于沁城"7·31"洪灾后的灾区重建。

动员组织郑州慈善总会、郑州市冀羽社会工作服务中心先后两次入疆，进学校、进社区，进灾区，对灾区群众开展免费心理辅导、特情抚慰、危机干预，10000 余名干部群众及学生从中受益。

顺应受援地需求，努力解决困扰基层的民生难题。冬季给牧民送去急需的牧草和玉米；筹措资金 9 万余元，每天三趟从甘肃马莲井取水，有效缓解星星峡镇居民阶段性"吃水难"问题。

慈善援疆，大爱越千里

上善若水，大爱无声。以民生疾苦为重，从具体事做起，用心用情、久久为功，郑州、伊州人民，就像天山上的松柏，心贴心，根连根。

2017 年 11 月，郑州市副市长、公安局长马义中带队入疆，捐赠各类物资近 4 万件，郑州慈善总会现场募集善款 130 万元；2019 年 1 月，郑州慈善总会二次入疆，捐赠价值 187 万元的慈善物资，并现场募集善款 160 万元，先后实施白内障免费筛查治疗等六大援疆慈善项目，数以万计的普通群众从中受益。

2018 年 1 月，郑伊慈善超市揭牌。超市内摆满了来自郑州市民捐赠的棉衣、棉被、图书、文体用品等各类爱心物资 2 万余件。在接到毛绒玩具和篮球、足球等新年礼物后，一棵树村 20 多个孩子露出了开心的笑容。

河南"她世界"女企业家、河南省华夏历史文明传承创新基金会等先后入疆助学，向贫困学生和部分小学捐赠电脑、打印机、衣物和助学金。

让群众在家门口把病看好

老有所养，病有所医。这既是生活保障的基本内容，更是关乎普通群众民生福祉的大事、实事、具体事。

为解决基层慢性病患者体检难问题，郑州援疆工作队出资购置一台健康一体机，用于检测心电图、血糖、血脂和常见高发病健康体检。按照"病人不动医生动、送医送药到家里"的基本原则，下乡义诊送医上门120余次。在健康一体机的帮助下，患者有了健康档案，人人心里都有本账，自觉地去预防，有效防止病情恶化。

2017年6月，针对受援地群众高发的骨病、心脑血管疾病，专门协调北京阜外医院骨科、北大人民医院心血管内科专家进疆义诊，300多名患者在家门口享受到北京专家的诊疗。

2017年10月、2018年9月、2019年6月，先后三批次组织河南省会著名眼科专家入疆义诊，他们带着技术、带着设备、带着进口晶体，在哈密市第二人民医院为365名白内障患者实施免费手术治疗。

互动互助，互融互促

万物得其本者生，百事得其道者成。对口支援新疆是否可持续，关键在于两地是否找准产业契合点，以互补互助促互动互融。近年来，我们始终坚持以产业经济、技术运用、人才培训为引领，全力推进产业、人才的互补、互利，走出了一条切合实际、血脉相通、互动共赢的援建之路。

互动互补，市场活力竞相迸发

三年来，我们积极发挥桥梁纽带、引领推进作用，从项目谋划前期手续一直到竣工验收，全过程跟进协调、服务、督促，大大加快了好想你冻干果蔬食品深加工项目、豫新能源研究院建设项目、哈密工业园区标准化厂房建设项目、新疆天山情乳业等援疆项目的前期建设。

与河南省共建"飞地园区"合作机制。反复与郑州高新区、洛阳高新区、漯河经开区衔接共建，有效促进豫哈经济融合发展。目前，总投资 2.8 亿元、规划面积约 3000 亩的"河南援疆特色产业园"建设正有序推进。

充分运用北京科博会、新疆科洽会、深圳高交会、郑州商交会等国家级展会，设置"哈密形象"展示平台，面向全国大力推介哈密"新型综合能源、新型装备制造、新型材料加工、现代物流和服务业、特色农副产品加工"五大产业建设发展概况及重点招商项目和优惠政策，引进各类招商引资项目 15 个，计划总投资近百亿元。

互助互学，科技威力有效释放

郑州市城乡规划局与伊州区城乡规划局建立了互学共建关系，安排资金帮助伊州区编制《哈密市伊州区城乡规划技术管理规定》，健全办公自动化系统、规划管理"一张图"系统和廉政管理系统。

援疆农技干部沉到一线开展培训，指导农作物田间管理，推进化肥减量增效，助力科学种田。三年来，"请进来、走出去"专业技术培训 20 余批次，自主开展各类专业技术培训累计60 余次，一线蹲点开展技术指导服务 120 余天次，培训人员

8000 余人次。先后化验土壤养分指标 350 余项，制定发放测土配方施肥建议卡 2000 余份，积极协调引进了 4 个玉米品种进行试验示范。

共育共享，人才支撑坚实有力

以"师徒结对、以会代训"强化传帮带，创立兴趣小组，"手把手、一对一"交流学习培训，携手破解疑难问题，两年多来开展传帮带活动 200 余课时，5000 余人次参与。协助完成技术攻关 16 件次，助力 12 名技术人员在自治区技能竞赛中获奖，一批热爱钻研、技术精湛的青年才俊脱颖而出。

通过"送出去、请进来"双向培养模式，及时启动"英才计划"，建立伊州区基层干部赴河南挂职交流长效机制，制定了《伊州区社区干部赴对口援疆省市挂职工作实施方案》，先后选派近千名优秀乡镇领导、村（社区）两委成员及区直机关有关人员赴豫培训或挂职锻炼，实现伊州区基层干部培训全覆盖。

结合郑州市各派出单位组织的各类专题培训，培训受援单位干部及乡镇分管领导百余人次，人才援疆规模、渠道逐步拓展。

见贤思齐，创新实干

尊新必兴，守旧必衰。新形势、新任务既要更新理念，又需要创新精神。既要有敢于担当、敢为人先的精神和霸气，又要有勤学善做、见贤思齐的劲头和雅量。在实干中找准问题、解决问题，才能发现规律，凝聚各方力量和智慧，才能在实践中创新创优，打开新局面。

创新思路，开创社会援疆新格局

坚持"顺应基层需求、政府组织引导、社会组织自愿"的原则，结合基层工作需求，动员全体援疆干部人才挖掘整合资源，全方位调动各类社团组织参与援疆。

动员集体经济强村河南登封老井村和伊州区一棵树村达成帮扶共建协议，并制定结对帮扶共建方案，发挥老井村集体经济优势和经验做法，村村联建，以强帮弱，带动伊州区村集体经济发展。

动员组织哈密河南商会会员企业通过"一对一"或"多对一"的形式与卡拉卡依提、塔拉提等伊州区7个贫困村结对帮扶。企业结合帮扶对象特点及自身优势，开展就业、销售、就医帮扶，深化社会组织扶贫，并按照一村一品要求，谋划和推进特色产业发展，五堡镇博斯坦村、西山乡卡拉卡依提村成功创建了自治区乡村旅游示范村。

动员协调援疆企业安排就业。好想你冻干果蔬生产线用工是贫困群众一律优先，160多户贫困群众稳定就业、实现脱贫。

从大处着眼，从具体事做起

泰山不拒细壤，故能成其高；江海不择细流，故能就其深。群众工作无小事，基层工作多琐事。它们很具体，很复杂、很现实，需要以绣花的耐心，剥丝抽茧，找准支点，取得突破。尽管资金、人才、力量有限，但我们始终坚持从点滴小事入手，持之以恒，终有所成。

郑州市公安局党委副书记、常务副局长张书军代表郑州市公安局向伊州区公安局赠送了 500 套特警服等警用装备；郑州市、伊州区两地电视台签订了战略合作协议，深化技术支援、栏目共享、人才培训合作，并以哈密瓜节三台互动、卫星直播提升节会及整个城市的知名度；郑州援疆工作队筹措资金 10 万余元，购置了 100 辆垃圾清运车，从而结束了伊州区重点路段"先扫后运常返工"的历史；郑州市旅游协会牵头组织郑州中原铁道国际旅行社等西北线组团社龙头企业，持续开展社区、广场、报媒、地铁广告等系列宣传活动，不断提升哈密旅游知名度和吸引力。

勇当先锋，善打头阵

百舸争流，奋楫者先；千帆竞发，勇进者胜。

当先锋、打头阵，体现的是先行先试、积极担当、敢于负责的干劲和闯劲；扛大梁、走前头，昭示的是对党忠诚、引领发展、砥砺奋进的主动和自觉。

三年来，郑州援疆工作队自觉对照豫新两省区和上级党委援疆工作部署，团结和带领全体援疆干部人才，强化目标引领和问题导向，统筹推进郑州援疆工作，为实现中原更加出彩做出应有贡献。

入疆首月，在全面调研的基础上，率先细化了《消防应急预案》和《反暴恐应急预案》，并组织了多次演练；率先编制完成了《郑州援疆三年行动计划》，制定实施了《河南援疆伊州区指挥部援疆干部人才绩效考核办法》《河南援疆伊州区指挥部援疆干部人才"三比三争"实施方案》，开援疆八地市之先河。2017年11月，伊州区指挥部作为河南省第九批援疆干部人才规范化管理会议唯一现场观摩点，供其他指挥部现场学习观摩，河南省委巡视组、省委组织部、省直工委、哈密市委、兵团十三师党委领导，对该做法给予高度评价。

2018年11月，自治区党委组织部副部长、第九批全国援疆干部总领队曹远峰专程到伊州区调研民族团结和社会援疆工作；同年12月，中组部、国家发改委等六部委专程到一棵树村调研郑州援疆民族团结工作和社会组织援疆工作，并给予高度评价。河南援疆前指党委、哈密市委、伊州区委也以不同方式、在不同场合，高度评价郑州援疆工作。

郑州援疆工作受到社会各界和各级媒体的广泛关注，先后被央视采访报道4次，被省级以上媒体报道200余次。郑州援疆工作队连年被评为民族团结工作先进集体；吴小波、葛咏等同志先后荣获自治区开发建设新疆奖章、民族团结先进个人荣誉称号。

同心协力，众志成城

同心山成玉，协力土变金。第九批援疆工作，正值新疆稳定发展两个"三期叠加"的特殊时期，恰逢反恐维稳的人民战争全面打响决战决胜的关键阶段。在这船到中流浪更急、人到半山路更陡的关键时刻，郑州援疆注重"党建引领、制度约束、政策激励"，团结和带领全体援疆干部人才，义无反顾，挺身而出，用实际行动书写忠诚担当，树立了郑州干部的良好形象。

党建引领，点燃发展"红色引擎"

问渠那得清如许？为有源头活水来。探寻郑州援疆工作队领跑全省援疆工作的发展路径，其核心之一就在于始终牢牢守住党的建设这个"根"与"魂"。

党支部定期研究重大事项、分析形势、安排工作；定期梳理援疆项目进展，研究产业合作事项，解决突出问题；先后三次召开组织生活会，开展批评与自我批评；先后组织了"我来援疆为什么""来到新疆干什么"大讨论，动员大家开展思想交锋，达到了"拨亮一盏灯，照亮一大片"的效果。

扎实推进"两学一做"学习教育常态化，订阅并组织学习《习近平的七年知青岁月》《习近平谈治国理政》等学习资料，扎实推进"学习强国"网络学习，教育和引领全体党员认真学习领会习近平总书记系列重要讲话精神，强化理论武装。

按照前指党委"五个一"要求，组织开展七一专题党日活动，通过观看电影《焦裕禄》、重温入党誓词、专题学习、学习王国生书记的《努力学习弘扬焦裕禄同志的"三股劲"》党课等方式，进一步激励广大援疆党员干部人才不忘初心，牢记使命。

充分利用哈密红色教育资源，先后组织重走红军西路军进疆路、参观屯垦博物馆、参观党员先进性实践活动展、观看红旗渠精神图片展、参观反暴恐成果展等，引导党员干部立足本职，学习先进、赶超先进。

严管厚爱，让大家时刻保持"最佳状态"

安全无小事，责任大于天。

定期通报稳定工作和援疆干部人才管理动态信息，深入学习贯彻新疆若干历史问题研究座谈会精神，坚定坚决地、旗帜鲜明地站在反分裂斗争第一线，与"三股势力"做坚决斗争。

在严格执行援疆干部"三条铁律"以及日常行为准则"十不准"的基础上，研究细化了安全管理、请销假、网格化管理、集中学习、定期汇报等规章制度，层层签订、递交安全责任承诺书，压实了个人安全防范的主体责任。依托网格化管理监督办法，实行每天晚上 10：30（夏季 11：00）面签制度，压实了安全监管责任。

定期向援疆干部家属及派出单位通报在疆工作情况；在援疆干部父母和爱人生日时，以指挥部的名义送上生日祝福；定期慰问来队家属亲属；千方百计为大家干事创业、争先创优营造良好环境。

强化正向激励，激发担当活力

认真学习习近平总书记在全国组织工作会议上的重要讲话精神和贯彻落实《关于进一步激励广大干部新时代新担当新作为的意见》，教育援疆干部人才自觉摒弃"宁可少干事，千万别出事"消极观念，着力强化崇尚实干、带动担当、加油鼓劲的正向激励。

持续实施《援疆干部人才绩效考核办法》，通过每月加扣分、季度通报等方式，加强平时考核，树立了争先创优的正确导向，哈密市委副书记、河南援疆前指党委书记、总指挥李湘豫，郑州市委组织部常务副部长朱河顺给予充分肯定。

岁月轮回转，历史的车轮驶过又一个三年。

郑州市第九批援疆工作队，在新疆这片广阔天地，全力以赴保稳定，不遗余力促发展，用实际行动谱写出一曲曲热火朝天、气壮山河的时代颂歌，如松涛阵阵，响彻天山南北，如清风徐徐，滋润着各族群众的心田。

三年来，27 名援疆干部人才舍小家、顾大家，认真落实各项维稳措施，勇敢奋战在反分裂斗争一线，用青春践行忠诚，以实干诠释大爱，把民族亲情播洒在天山脚下，用忠诚担当铸就人生丰碑。

岁月不居，时光如流。2020 年，援疆工作仍将接力前行，而第九批援疆干部人才将告别哈密，卸甲回乡。他们将始终铭记援疆历练，继续弘扬"三股劲"精神，以更大的热情融入国家中心城市建设，为祖国为人民再立新功。

2020 年元月

党旗飘飘　他们是一群"追赶太阳的人"

党贺喜　孙志刚　覃岩峰

从绿城郑州到绿洲哈密，约 2500 公里。

"八千里路云和月。" 2017 年 2 月，从郑州市各单位抽调的 25 位精锐，组团誓师，一路向西，成为"追赶太阳的人"：郑州援疆工作队受组织委派，远赴哈密市伊州区，戈壁安身，三年援疆。

三年砥砺奋进，一张优秀答卷。

把哈密当故乡，视群众为亲人。郑州援疆要"扛大梁，走前头"，这是他们的誓言，这是他们的初心，这也是他们的实践。他们，为郑州添彩；他们，为郑州扬名。

他们是宣传队，树起了郑州形象；他们是播种机，彰显了郑州力量；他们是先锋队，展示了郑州风采。

援疆工作队 25 名队员来自各条战线，远离家乡，告别亲人，远赴 2000 多公里外的边疆，开始为期三年的援疆工作。初到哈密面临诸多难以想象的挑战。如何凝心聚力，完成组织赋予的神圣使命？这是工作队能否交上优秀答卷面对的首要问题。

内功硬不惧风雨寒。

援疆工作队把党建作为"题眼"，"博学之，审问之，慎思之，明辨之，笃行之"，守住党建工作的"上甘岭"，靠党员先锋队抢占一切工作的"摩天岭"，营造出干事创业的"青松岭"。

党员，就是荒漠上一棵棵挺拔的"胡杨"

在西北大漠中，胡杨是为数不多的乔木，胡杨对荒漠环境具有极强的适应性，作为宝贵的生物遗传资源已成为抗逆研究的重要木本模式植物，因此，胡杨获得独有的美誉："英雄树"！

是党员，就得挺起胸、抬起头、挺直腰，做沙漠上的"英雄树"！按照分工，郑州市对口支援哈密市伊州区。从 2017 年 2 月 20 日进驻伊始，援疆工作队就成立了党支部。

如何把"援疆"这份答卷填写好？党支部书记马宏伟的解说很形象："'援'字的左边是一个'手'字，就是昭示我们撸起袖子加油干；右边是个'爱'字，那就必须以极大的爱心作为态度，'疆'意味着援疆之路无尽头，要一棒接一棒，跑出加速度。"

党支部成立以来，"规定动作"不断线

全体援疆干部树牢"四个意识"，增强"四个自信"，做到"两个维护"；坚持以"抓党建，促援建"为工作主线，开展了"援疆为什么、援疆干什么、援疆留下什么"大讨论；严格落实"两会一课"制度，"组织生活会""党员述职""工作述职"刚性动作一个不落；积极推动党建工作向基层延伸，继登封老井

村与伊州区一棵树村结成了共建对子后，又促成郑州市 16 个县（市、区和开发区）与伊州区 18 个乡（镇、办）结对全覆盖。

"自选动作"更出彩

以"十不准""三条铁律"为底线，实行网格化管理，严格落实早提醒、晚面签等管理制度；创新实施"绩效考核""三比三争"活动，加大党员教育管理力度，两年多来，先后开展"重走西路军进疆路"等主题教育活动 20 余次；援疆干部人才利用结亲住户、下沉走访等时机，积极开展"我给亲戚讲十九大报告"等主题教育活动。

除了刚性拴心，工作队党支部协调后方单位推出诸多"暖心"之举：慰问援疆干部家属，解决援疆干部家庭困难；定期向派出单位和家属寄送感谢信和慰问信。

2017 年 11 月，河南援疆干部人才规范化管理现场会在郑州援疆工作队驻地举行，中共河南省委组织部、省直机关工委领导对郑州援疆干部人才规范化管理工作给予了高度评价。

党员，就是戈壁上一块块儿的"风凌石"

哈密多奇石，风凌石就是其中的"硬核"之一。它生长在戈壁风沙口地带，虽经上亿年的风沙打磨、雨雪侵蚀，依旧牢牢坚守在大漠戈壁。"千淘万漉虽辛苦，吹尽狂沙始到金"，即是"风凌石"的自画像，也是援疆干部的真实写照。

在采访期间，记者发现了一些有趣的细节。车后备箱里总有一捆捆铺盖卷，这是援疆干部挤出时间，随时到结亲户家中入住的行囊。记者还发现：援疆干部打电话说事儿，只有今天明天或几月几日，而没有周几的概念，因为新疆没有节假日，没有星期天，春节也不休息。

他是"戈壁滩上的种菜人"。46 岁的吴小波来自郑州市蔬菜研究所，也是这个团队唯一的二次援疆干部。来到戈壁滩，吴小波可算找到了用武之地，一头扎进伊州区恒顺农发公司，先后引进百余种内地菜品，并亲自到驻地 45 公里之外的公司育苗。从此，哈密的农业观光跑出了"加速度"。

你听说过用矿泉水瓶当枕头，在戈壁滩上睡觉的"传奇"吗？来自郑州市文广新局的程进军就是"传奇"的主角。在 2018 年 8 月伊州区特大洪灾抢险战中，程进军负责灾民安置区的通信应急广播系统架设工作。这位团职军转干部，白天攀爬电线杆，架设大喇叭，晚上"连轴转"。一直挺到第二天早晨 7 点，他的一双眼睛直打架。无奈，他就找了两张设备包装纸，铺在戈壁上当褥子，又捡了两个矿泉水瓶做枕头，很快进入梦乡。"当时把我晒得脸上、脖子上脱皮过敏，先是红块儿，再后来出现白斑。俺媳妇看到后大吃一惊，还以为我得了白癜风。好在几个月后，症状消失了。"程进军回忆道。

"闯三关"，进天山，送草料则更是一次惊心动魄之旅。因大雪封山，草料告急。2017 年 12 月 13 日，马宏伟、葛咏、李明昌、常伟、张书军等人，坐上一辆满载草料和玉米的货车向天山深处挺进。道路狭窄多冰，三道险关次第挑战，连连遭遇路障、爆胎。尤其是货车在大山深处爆胎后，柳宗元笔下那种"千山鸟飞绝，万径人踪灭"的意境简直成了队员们身临绝境的写照。队员们找来牛粪当燃料取暖，搬来石头当"千斤顶"，哆嗦着双手换轮胎……连夜把草料和玉米送到牧民手中。

党员，就是沙漠中一簇簇的"红柳"

哈密的植被中，红柳"最顽强"，它只钟情于沙漠和河漫滩，耐寒耐热耐风蚀，但生长快，花期长达五个月，寿命可达百年以上，成为千里戈壁上珍贵的亮丽风景线。

红柳，就是不讲条件，无私奉献的化身。而来自郑州的援疆干部就是一组"红柳"组成的群像！

在队员宿舍，记者无意中发现，几乎每个人的房间都有"两件宝"："相思图"和"保健品"。

一张中华人民共和国地图，此物最相思！"看着哈密，我就知道我脚下站着的地方就是我的岗位；看着地图，遥望郑州，思念着家乡和亲人！"来自郑州电视台的援疆干部常伟诗意抒怀，代言援疆干部。

或许是因为水土不服，失眠、脱发、流鼻血成为援疆干部们的常见病，因此，抗过敏药和消炎药成为队员们必备的"保健品"。

在哈密采访的那几天，记者时时刻刻被可歌可泣的奉献故事所感动所感染，一桩桩一件件，直指心灵最深处——

"你在祖国的边疆，我在祖国的心脏。"这份"两地书"出自援疆干部任党辉的妻子。他们一家三口是典型的一家三地：任党辉只身援疆，妻子在北京某部队服役，三岁的儿子在郑州由爷爷奶奶照看。妻子每周利用双休日坐高铁回郑州看儿子。

"两年多来，我爱人光是积攒的高铁票，皱皱巴巴地摞起来，不下 30 厘米。一次，妻子把儿子带到北京，母子俩在天安门拍了张照，题写了上面那两句话。"任党辉噙着泪水说道。

"每逢我进疆，老父就出院。"这种"巧合"每每发生在援疆干部张书军身上。论年龄，55 岁的张书军是工作队中的老大哥。2017 年 2 月，80 岁的老父亲正心梗住院。听说儿子要进疆，老爷子头天就"假装"病好了，自行出院；今年春节后，张书军临回哈密的前一天，老父亲又"故技重演"。"老父亲说的话让我直掉眼泪啊，他说，我不能和儿子在医院再见，怕书军在新疆工作分心。"

"一天一夜，万里奔丧。"来自郑州市质量技术监督局的援疆干部程锦辉，是"援二代"，75 岁的老父亲曾经在新疆工作 50 年。进疆前，老父亲已进入病危状态，不能说话。病床上，老人用颤抖的手写下的"你去援疆我放心，新疆好"的纸条成了父子最后的诀别。2017 年 2 月 20 日进疆当天，就接到父亲去世的噩耗，于是就有了一天一夜、万里奔丧的经历。老人弥留之际的遗言，激励着程锦辉，也激励着所有的援疆干部。

"援疆期间，我们已经有 6 位队员的家人相继去世，其中 2 位队员连亲人的最后一面都没见上。"马宏伟沉重地说道。

"一旦援疆去，亲人成外人！"这既是援疆家属无奈的感叹，也是对郑州援疆工作队最好的诠释。

（选自《郑州日报》2019 年 6 月 8 日）

郑州援疆：全面发力交出满意答卷

孙志刚　党贺喜　覃岩峰

下功夫，用真情，干实事，汇聚各方力量，全面发力。郑州援疆干部用满腔的热情和责任担当，扑下身子，扎根戈壁，把新疆哈密当故乡，把边疆人民当亲人，务实重干，交上了一份令边疆人民满意、让家乡群众认可的时代答卷。

技术援疆　留下"带不走的援疆队"

援疆"把脉问诊"，补短板。2017 年 2 月，郑州援疆工作队 25 名队员进驻哈密市伊州区。入驻后，他们从边疆人民最急需的技术入手，开展人员培训，搞好"传帮带"，为边疆培养急需型专业人才。

技术援疆涉及多领域，来自城市规划、农业、公安等行业的援疆队员，纷纷发挥自身优势，把先进理念、宝贵经验传授给边疆群众。

在郑州援疆干部葛咏的主持下，哈密市伊州区城市规划一系列方案出台并实施。

为提高防汛能力，郑州援疆干部常根军开办了水库防汛运行管理专题学习班，对水库管理人员进行培训，并到河南省陆浑水库实地考察取经。

郑州援疆干部吴小波、邱冬云常年出入农田地头，引良种、送技术、除病害，致力于当地农民增产增收。

郑州援疆干部赵宏钧、陈建华在长期坚守治安一线的同时，把郑州先进的侦破技术引入哈密。

"医疗技术相对落后，人员专业技术参差不齐，医疗设备不足。"初到哈密，郑州疾控中心援疆干部梁士杰深有体会。"先从医务人员培训教育入手，发挥'传帮带'作用，培养一支服务边疆人民的技术骨干队伍。"长期从事心内科、妇产科、儿科、外科工作的郑州援疆医疗专家，拧成一股绳，发挥技术特长，做好"传帮带"，为当地培养了一批医疗技术骨干。

两年里，郑州援疆工作队先后于2017年9月和2018年9月邀请郑州医疗专家来哈密开展白内障免费复明手术，让233名白内障患者重见光明。邀请北京阜外医院和北京人民医院6名知名心脑血管专家和骨科专家，为当地200多名村民进行免费义诊和医疗咨询活动。邀请郑州知名医疗专家远赴哈密开展"中原名医哈密行"大型医疗问诊活动，郑州援疆医疗专家也经常进社区、进毡房、进牧场，开展义诊活动，实现伊州区贫困村义诊全覆盖。

郑州援疆工作队毫无保留地把先进的理念、成熟的管理经验传授给当地，以"传帮带"为主线，做好技术援疆，为当地留下一支"带不走的援疆队"。

产业援疆　投资金建项目促发展

以河南省"十三五"援疆规划为统揽，聚焦重点任务；以产业援疆助推哈密群众就业脱贫，促进当地经济增速。

2017 年，郑州市在哈密市伊州区共实施援疆项目 13 个，下达援疆资金 6.67 亿元。截至目前，已累计完成投资 5.5 亿元，涉及教育、民生、农业、产业、基础设施等方面。

教育方面，新建 9 所乡村"双语"幼儿园，建设豫哈实验幼儿园和豫哈实验学校，其中豫哈实验学校总建筑面积 6.3 万平方米，教学设施一流，目前已投用。

民生方面，援建富民安居房 1834 户、困难群体安居房 1197 户，均已搬迁入住。

农业方面，围绕帮助搬迁农牧民就近就业，在东郊幸福村建设扶贫产业园。

产业方面，建设"好想你""唱歌的果"标准化厂房 4.5 万平方米。项目目前已建成投产，安置当地农村剩余劳动力 132 人。

基础设施方面，实施了哈密河生态恢复工程，总占地面积 86.58 万平方米。面貌一新的滨河景区成了市民休闲观光的一道风景线。

在郑州援疆项目豫哈实验学校，记者看到：呈弧形的教学楼正面，红白相间，气势恢宏，"豫哈实验学校"石碑左上方，红色的"河南援建"标志格外醒目。

"我们今天正忙着搬家，先把回城小学安置好，610 名学生

4 月 22 日就可在新教室上课。"豫哈实验学校党支部书记陈晖高兴地说。

据介绍，豫哈实验学校是由河南投资 1.4 亿元独立援建的一所九年一贯制学校，有小学、初中 48 个班，学校建有标准的体育运动场、实验教室、食堂和学生宿舍，是一所设施先进、教学现代化的学校。该项目 2017 年 9 月 10 日开工，2019 年 4 月 10 日竣工。陈晖感动地说："豫哈实验学校体现了河南对哈密的无私援助，两地手牵手，心连心，为解决哈密各族少年儿童上学做出了重要贡献，为孩子们有学上，上好学，提供了这么好的教学条件。谢谢河南的无私援助。"

郑州援疆工作队，围绕改善民生，助力脱贫攻坚。在项目安排上向教育、文化、卫生倾斜，促进了当地经济社会发展，受到了边疆人民欢迎。

旅游援疆　让哈密美景名扬天下

产业援疆，旅游先行。这不是一句空洞的口号，而是有着许多实实在在的行动。

哈密有丰富的自然旅游资源。苍茫戈壁、皑皑雪山、潺潺溪流、郁郁森林，还有风吹草低见牛羊的草原。这些都构成了哈密的旅游要素。作为一项产业，如何开发并带动当地经济增长，成了援疆干部不断思考的问题。

"作为一名基层的旅游工作者，珍惜每一天，踏踏实实地做好每件事，把能做的事情做好做完，不留遗憾。"这是援疆干部李明昌常说的一句话。

哈密雅丹生态保护及公共服务配套设施建设项目是河南旅游援疆的重点项目。2017 年 5 月，交通标识和紧急救援规划进入实地查勘定点阶段，李明昌与同事一起，随同规划单位进入素有"无人区"之称的雅丹大海道核心区。复杂多变的气候让一行人吃尽了苦头：白天，风沙漫天；到了半夜，9 级大风撕毁了帐篷，5 个人在车里挤了一夜；第二天开始测点，风沙遮挡视线，报位置时更是要扯着嗓子大喊，但这并没动摇他们完成任务的决心。两天后，27 个交通标识牌定位任务按时完成。

正是凭着这股韧劲和狠劲，哈密市伊州区的旅游工作在艰难有序地推进。

为了推广哈密旅游资源，援疆干部协调郑州机场、高铁站和地铁站，在电子显示大屏上连续播出哈密旅游宣传片，把哈密丰富的人文和自然景观展示给河南人民。

在郑州市旅游局的帮助下，"哈密文化旅游进中原"宣传周等活动全面启动；此外"瓜乡掠影，甜蜜哈密"庆七一摄影大赛、"一带一路西部民歌艺术节""中国哈密东天山徒步越野赛""新疆缩影、甜蜜哈密"旅游推介等活动相继拉开帷幕。

有付出就一定有收获。

2018 年，旅游援疆交出亮眼"成绩单"。以河南为主要客源市场的"豫哈情·丝路行"旅游援疆专列达到 69 列，哈密市伊州区接待专列游客 4.5 万人，接待专列总数及游客量位居全疆第一。

2018 年 5 月，哈密市导游讲解员培训班正式开班。来自郑州的金牌导游朱建平、李娜、郭雅峰进行了 5 天的授课和演示。

2018 年 10 月，郑州市旅游局负责人应邀来到哈密，实地考察伊州区重点旅游项目——哈密雅丹大海道项目规划与开发项目,就沿天山自驾游线路及房车自驾营地建设、旅游沿线公共设施建设提出中肯建议,并与伊州区签订了旅游援疆合作协议。

通过与哈密各族群众交往交流,郑州援疆工作队还把旅游意识灌输到乡村农牧民的头脑中。"市民近郊游""好想你工业旅游""民族风情园"成了哈密旅游的有益补充。旅游能够带动就业,旅游能够实现脱贫成了当前广大农牧民的共识。

文化援疆　交往交流中坚定认同

哈密自古就和中原有着紧密的文化交流。无论考古发现还是当地群众生活中,都能找到中原文化的脉络。文化交流是中华民族团结发展最基本的纽带。

为加大哈密与中原的文化交流力度,促进各民族间的团结,让各族群众品享文化发展的成果,郑州援疆工作队用行动丰富着文化援疆的内容。

2017 年 7 月 18 日,哈密市第十四届哈密瓜节隆重开幕。为打响哈密品牌,让中原人民感受哈密瓜丰收的喜悦,郑州援疆干部程进军、常伟积极协调郑州电视台、伊州区电视台、新疆生产建设兵团第十三师广播电视台,完成了哈密历史上首次两地三台电视直播,电视信号跨越近 2500 公里,把哈密、郑州紧紧地凝聚在一起。"这次活动开创了哈密电视直播的先河。"哈密市伊州区文广新局书记张江宏自豪地说。2018 年 7 月,郑州援疆干部克服种种困难,组织伊州区品学兼优而家庭困难的 36 名小学生开展"我爱北京天安门　郑州援疆助力边疆学生圆梦"

夏令营活动。

两年来，郑州援疆工作队协调郑州市文联、新疆中原文化促进会举办了"河南·新疆百名书画名家作品邀请展"，书画展相继在乌鲁木齐、哈密和郑州巡展，其间，两地书画名家切磋技艺，交流心得，收益多多。

郑州援疆干部协调海燕出版社、新疆青少年出版社及其他社会组织，先后举行两次图书捐赠活动，为哈密市第七小学、伊州区柳树沟乡小学等7所小学捐赠优秀图书7000余册。

郑州文化广电和旅游局向伊州区图书馆捐赠了价值46万元的1万册豫版图书，在该馆开辟专区，设立"郑州书屋"。

…………

两年来，郑州文化援疆工作开展得有声有色，风生水起，两地文化交流、交往、交融已形成常态。充实的文化内涵，经典与创新的结合，推动着两地文化共同发展，文化援疆的影响力正逐步彰显。

倾注援疆真情，牢记援疆使命。郑州援疆干部用责任和担当奏响了河南援疆的最强音。

（选自《郑州日报》2019年6月9日）

用援疆真情　育开民族团结花

覃岩峰　党贺喜　孙志刚

新疆哈密，丝绸之路经济带沿线最年轻的城市，到处充满着生机与活力；河南郑州，丝绸之路经济带的重要节点，国家中心城市赋予这座城市引领区域发展、跻身国际竞争领域的新使命。

习近平总书记指出："各民族要相互了解、相互尊重、相互包容、相互欣赏、相互学习、相互帮助，像石榴籽那样紧紧抱在一起。"从 2017 年开始，郑州援疆工作队以总书记的讲话为指引，把搞好民族团结作为援疆工作的重心。两年来，援疆干部以"心"结亲，用"情"感人，与当地少数民族群众建立了深厚的感情，演绎着一段段不是亲人胜似亲人的感人故事。

"同心树"下结亲戚　相帮相扶"一家人"

郑州援疆工作队办公室的墙上，悬挂着一幅幅锦旗和一块块奖牌。这是援疆干部践行民族团结的荣誉，也是让他们继续努力挥洒汗水的鞭策。

北望天山雪峰，背倚连霍高速，在哈密市区西戈壁有一片

35

哈萨克族集居的新型民居，它便是柳树沟乡一棵树村。2012年，政府动员148户牧民搬出大山住进了由河南援建的新家。

2017年4月24日，是郑州援疆干部值得铭记的日子，那一天，郑州25名援疆干部驱车20公里来到一棵树村，与当地哈萨克族群众结对认亲。他们栽下"同心树"，共同品尝"手抓饭"。自此郑州援疆干部在哈密有了自己的亲人。

一次结亲，终生结缘。郑州市城乡规划局援疆干部葛咏发现"亲戚"阿斯哈尔·沙里木的岳母行动不便，经了解得知老人患有严重的风湿病。看着老人已经变形的双腿，葛咏坐不住了。在他的倡导下，援疆工作队从北京请来了风湿病、骨科、心脑血管领域的专家，到一棵树村为村民进行义诊。得知北京专家来坐诊，附近十里八村的数百名牧民也纷纷涌了过来，义诊活动一直持续到很晚才结束。

2019年9月，援疆干部葛咏、任党辉在"走亲戚"时发现不少牧民的房屋漏水。这一情况牵动着他们的心。

在郑州援疆工作队的例会上，"亲戚"家房屋漏水成了援疆干部讨论的中心议题。多少房屋漏水？翻修需要多少资金？工程需要多长时间？工程款如何筹措？各种意见在碰撞。

"我们援疆干什么？我们结亲又为啥？结亲户的事就是我们的事！再难我们也要帮他们解决。"最后领队马宏伟一锤定音。

经过一个月紧张的施工，23户村民家的屋顶得到彻底翻修。

"我们都凑合好多年了，没想到你们一来就帮我们解决了大问题。太感谢了！"阿斯哈尔·沙里木向郑州援疆干部竖起大拇指。

"两年多来，感受最深的就是和'亲戚'的交流越来越顺畅了，以前都是用手语，现在基本可以用简单的普通话对话。"援疆干部刘朋辉告诉记者。援疆以来，古尔邦、元旦等节日都是和哈萨克族"亲戚"一起过的，通过喝奶茶、包饺子等不同风俗的融合，自己和"亲戚"的关系越来越密切。

是"亲戚"就要走动。为了加深关系，增进亲情，刘朋辉邀请妻子来哈密走"亲戚"。为了赶时间，刘朋辉的妻子匆匆忙忙买了张站票就踏上了西去的列车，谁知这一站就从郑州站到了哈密……

哈密的四五月多沙尘暴。郑州援疆干部任党辉深有体会。2018 年入夏的一天，他和"亲戚"一起上山送物资，上午 11 点出发时艳阳高照，但是走进戈壁滩里刮起了沙尘暴，数米之外一片混沌。狂风卷起沙砾打得车厢当当作响，分不清方向，找不到道路，手机也没了信号。直到凌晨 1 点多钟，沙尘暴才渐渐停歇，最后在前来寻找的警车的引导下走出了戈壁滩。那一次无水无粮无方向的绝境经历让任党辉刻骨铭心。

充实"结亲周"　帮扶故事多

为加深民族友谊，增进民族感情，2017 年 12 月，新疆维吾尔自治区把"民族团结一家亲"深化为"民族团结一家亲结亲周"，每月一次。郑州援疆工作队积极践行民族团结一家亲结亲周活动，在坚持中深化、在深化中发展，实现了活动开展制度化、住户走访常态化、思想引导精准化、联谊融情大众化、凝聚人心最大化、正能量传播普及化。援疆干部与少数民族群众融为一体、打成一片，把党的声音传进千家万户。

距哈密市区 120 公里的括多里沟是一棵树村哈萨克牧民的冬窝子，援疆干部的一部分"亲戚"就在那里放牧。2017 年 12 月底，大雪将至，山里冬储草料告急。

"马书记，牧民眼下最紧急的是草料问题，特别是深山里的冬窝子，情况更加紧张，撑不了几天了。"一大早，一棵树村的第一书记亚合甫·吐尔逊跑来焦灼地说。

"大家都知道了吧，情况就是这样，刻不容缓，趁着大雪未封山，我们得想办法把草料送到山上，帮助'亲戚'渡过难关。"马宏伟在郑州援疆干部的例会上表态，并着手安排分工。

一天后，18000 斤牧草和 3100 斤玉米运抵一棵树村。根据计划，马宏伟带领葛咏、李明昌、常伟 3 名援疆干部向深山挺进，为告急的牧民送草。天寒地冻，哈气成冰。一路颠簸，一路艰险。

"你们是怎么进来的？路上可都是冰呀，前天给孩子去三道岭拿药，我骑马用了一天。谢谢，谢谢！"接过援疆干部送来的棉衣棉被和草料，努尔别克·吐斯别克眼含热泪。

郑州援疆干部深山送草行动，宛如一股暖流温暖着大山里的群众，在当地传为佳话。

嵩山天山山水相连，富村穷村结对共建。2017 年，由郑州援疆工作队牵线搭桥，相隔两千多公里的登封市老井村与哈密市一棵树村两委的代表坐在了一起，他们围绕农村产业结构调整、基层党组织建设、转移就业、人才培育等共同关心的话题深入交换意见，商讨并确立了两村结对帮扶合作的框架协议。双方决定在新项目引进、互访互学、特色产品品牌开发、剩余劳动力就业等方面展开合作。

老井浇灌一棵树。这两个村的结对共建拉开了河南社会组织援疆的序幕！

"老井村之前也是河南的一个贫困村，但他们抓住机遇不断发展产业，目前已成为远近闻名的富裕村，老井村成功的经验可以借鉴学习，他们也愿意出资、出技术帮助一棵树村的村民致富，实现更深层次的结对帮扶。"马宏伟表示，通过村与村结对帮扶这个平台，不仅可以促进两地经济的发展，还可以让郑哈两地更多的人结亲，更好地促进民族团结。

两年多的结亲帮扶，"民族团结一家亲"在一棵树村站稳了脚，更扎下了根。

2017年11月3日，郑州援疆干部到一棵树村开展"民族团结一家亲——我给亲戚讲报告"活动，向这里的干部群众宣讲党的十九大精神，宣传惠民政策，就增加牧民收入、就业就医、延长土地承包期限等政策进行了宣讲和解读。

2017年12月，他们为12户结亲户搭建了蔬菜大棚，解决牧民冬季吃菜难问题；为25户哈萨克亲戚送来过冬煤，帮助"亲戚"过冬御寒。

2018年，郑州援疆工作队在民族团结结亲周期间先后组织开展了包饺子、做胡辣汤、品元宵、我跟"亲戚"学打馕、我教"亲戚"做烩面、我和"亲戚"共吃团圆饭、共话友谊情等互动活动，用"舌尖上的幸福"把民族团结一家亲活动开展得红红火火。

两年来，郑州援疆医生在结亲周期间持续开展了义诊活动，针对结亲户山区放牧风湿病易发多发等情况，持续为山区放牧结亲户送医送药送温情。

…………

一项项扎实有效的活动，变成了一幕幕"民族团结一家亲"的生动画面，也成了"豫哈人民心连心"的真实写真。

天安门前看升旗　帮边疆学生圆梦

在柳树沟乡一棵树村的"民族团结陈列室"中央，记者看到一面鲜艳的国旗舒展平铺，这面国旗曾在天安门广场高高飘扬，也是哈密市唯一一面"一号国旗"，其背后故事是对"民族一家亲"的完美诠释。

"我的梦想是到北京看升旗。"这是布丽德尔根·加热里和森在郑州援疆工作队与哈密伊州区共同举办的"民族团结一家亲"大型访谈节目中，拉着郑州援疆干部葛咏的手说出的心中梦想。经过近半年的协调组织和谋划动员，2018年7月，郑州援疆工作队联合新疆维吾尔自治区党委组织部机关党委、郑州慈善总会，联合开展了"我爱北京天安门　郑州援疆助力边疆学生圆梦"夏令营活动。7月6日，来自新疆的36名维吾尔族、哈萨克族、回族、蒙古族、汉族、羌族和藏族的小学生，踏上了奔赴郑州、北京的列车，开启了为期10天的圆梦之旅。

郑州是国家历史文化名城，是华夏文明重要发祥地，在这里，来自新疆的小队员们登临巍峨嵩山、观览德善书院、聆听音乐大典、诵读古典诗词，接受中华传统文化的洗礼；他们游览母亲河、沐浴河洛文明，感受着中华民族历史的厚重；他们参观千玺广场，登临"大玉米"、参观宇通客车股份有限公司的校车生产线，感受郑州城市的发展脉搏。在黄河之畔，哈密市第七小学的蒋铭杰说："这是一瓶黄河沙，我要带回去做纪念。"

7月13日早晨，是最为激动人心的时刻。红领巾在新疆小队员胸前飘扬，他们排着整齐的队伍，走向天安门广场，观看升旗仪式。短短两分零七秒，各民族的小队员们，高举右手向国旗敬礼，唱着庄严的国歌，凝视着五星红旗冉冉升起。"这一刻，我们与祖国的心脏最近！""我爱北京天安门，我爱祖国，希望祖国更加繁荣昌盛！"……现场，古丽达娜·库瓦提拨通了妈妈的电话："妈妈，我在北京天安门，看到了五星红旗。""孩子，你要记住，你是咱村第一个到北京看升旗的人。"

10天的圆梦之旅圆满结束，在返程大巴上，孩子们逐渐进入梦乡。望着这些带着满足的脸庞，郑州援疆干部们比这些孩子更加激动：圆新疆孩子一个纯真的梦想，让他们在交流交往交融中培养团结精神，树立爱国情怀，感受祖国大家庭的温暖，再苦再累都值得。

郑州援疆像一条丝带，把相距约2500公里的郑州和哈密紧紧地联系在一起，把对未来美好生活希望的种子种到了新疆下一代的心中。

经过两年多的交往交融，郑州援疆干部与少数民族群众从相识相知发展到交情交心。婚丧嫁娶、就学就医，大事小情里总有援疆干部的身影。彼此间的感情就像他们携手种下的的同心树，根深叶茂，又似根植于心间的友谊花，花香四溢。

（选自《郑州日报》2019年6月10日）

郑州开启社会组织援疆新模式

党贺喜　孙志刚　覃岩峰

　　紧扣民生主题，关注弱势群体，除完成例行援疆任务外，郑州援疆工作队尝试把社会组织力量引入援疆大格局中，不断拓宽援疆的广度和深度。两年多来，社会组织援疆模式带动就业脱贫，助力民生改善，促进民族团结，得到当地群众的认可。国家六部委专程调研郑州援疆工作，同时，郑州社会组织援疆的好做法也被新疆维吾尔自治区推广。

思路一改天地宽

　　"还是回家好！还是祖国好！"在经历了一系列过山车般的变化后，加山·坎吉汗夫妇由衷地说。

　　加山·坎吉汗是柳树沟乡一棵树村的牧民，几年前他们夫妇到哈萨克斯坦打工，辛苦几年倒是挣了一些钱，不承想被当地黑社会敲诈一空，无奈之下只得回国，连路费都是朋友帮衬的。

　　回国后，党和政府给他们分了安居房，划了草场，生活有了着落。2017 年 4 月，郑州援疆干部与他们结成亲戚，经过一番引导和鼓励，他们夫妻在山里办起牧家乐，八座别致的哈萨克毡房，风格浓郁的民族饭菜，引来众多游客，年收入 4 万多元，成了当地脱贫致富的典型。

"在国外黑社会敲诈我，什么都没了。在哈密是援疆干部帮助我，生活好了。真心感谢党，感谢援疆干部。"加山·坎吉汗夫妇哽咽着说。如今加山·坎吉汗已经光荣入党，妻子也进入夜大学习。

哈萨克族是马背上的民族，习惯游牧生活。五十多岁的拖乎达巴义·沙塔尔在与援疆干部"结亲"前没有工作，全家的收入仅仅依靠草场的流转和政府的补贴，是一棵树村有名的贫困户。自与郑州援疆干部交往后，经多方协调，他的女儿被安排到幼儿园当幼师，他被安排在村里保洁工作，每月 3000 元的收入让他激动不已。如今已经当保洁队长的他，每天早早地出门，干起活来虎虎生风。

"老习惯不好，自己动手挣钱实在。"谈起过往，拖乎达巴义·沙塔尔一脸感慨。

扶贫路上先扶智，思路一改天地宽。在郑州援疆干部引导支持下，一棵树村 148 户哈萨克群众全部实现了脱贫。

引导企业助力贫困生就学

爱心无边界，千里不嫌远。2017 年 5 月 12 日，豫商"她世界"企业家走进柳树沟乡一棵树村，为这里的 20 名哈萨克贫困学生送来了衣物鞋子和每人 2000 元助学金。

此次千里助学活动得益于郑州援疆干部的牵线搭桥。捐赠仪式上，豫商"她世界"企业家们明确表示，要和郑州援疆干部一样，把真情奉献，把爱心传递。

2017 年 8 月 3 日，郑州援疆工作队联手河南省华夏历史文明传承创新基金会向哈密八中捐赠了 10 台电脑、2 台打印机，帮助学校改善教学条件。

"今后将继续发挥社会组织在民族团结、文化兴国方面的作用，号召更多爱心机构、社会团体投入促进民族团结、推动民族复兴的征程中去。"河南省华夏历史文明传承创新基金会负责人赵保佑郑重表态。

2018 年 5 月 29 日，郑州援疆工作队、哈密河南商会在伊州区五堡镇举行扶贫帮困捐助仪式，为五堡镇 40 名贫困大学生发放助学金 6 万元。

"没房子的给盖房子，没钱上学的给学费。我真的感谢党和政府，感谢郑州援疆干部和哈密河南商会。"阿瓦汗·阿布地热合曼接过助学金激动地说。

阿瓦汗·阿布地热合曼是五堡镇阿克吐尔村五组村民，她的大儿子在西南民族大学读大一，每月享受河南援疆资金给予的 600 元生活补助，今天她又替儿子领取了 1500 元的助学金，雪中送炭之举解决了她一家的燃眉之急。

2018 年 6 月 1 日，郑州援疆干部协调海燕出版社、新疆青少年出版社为哈密市五所小学捐赠图书 2000 余册。巴里坤县萨尔乔克乡自流井村小学、伊吾县韦子峡乡幼儿园、伊州区第七小学、伊州区三乡小学、伊州区柳树沟小学五所学校从中受益。

爱是无声的语言，虽不表露但已热泪盈眶。

爱是默默的行动，虽不张扬但已情满人间。

引进企业项目架起帮扶桥梁

"郑州援疆项目让我有了一份高薪水的工作，不但能养活妈妈，还能供弟弟上学。"2019 年 4 月 20 日，在新疆唱歌的果食品股份有限公司二楼生产车间，维吾尔族姑娘阿伊左热木高兴地说。27 岁的阿伊左热木得益于郑州援疆项目建设，大专毕业后应聘到该厂，还被派到新郑好想你总部培训，如今成长为一名车间线上监督员，每月工资 5000 多元。阿伊左热木激动地说："不仅我是郑州援疆项目的受益者，车间里 80% 的员工都是我们当地贫困家庭的孩子，大家有了一份稳定的工作和收入，挺好的。"同时，郑州好想你企业还把红枣种植基地设在库尔勒等地，安置群众就业，增加群众收入。

2018 年 7 月，登封老井村支书、河南锦鹏集团董事长刘庭杰一行再次飞抵哈密，邀请结对共建的一棵树村委负责人到河南考察、商讨在河南建设农产品展示中心、筹备屠宰厂项目等，同时表示要为一棵树村民在郑州提供 100 个就业岗位。

富村穷村手拉手，脱贫致富谋新篇！

盘活不良资产，注入产业活力，拉动经济增长，带动群众致富。河南企业"中原情"强势进驻哈密，成立新疆天山情乳业科技股份有限公司，一期对占地 500 多亩的乳品及矿泉水生产线进行技改并恢复生产。一期全面建成后年产值将突破 5 亿元，惠及种植、养殖、加工、物流等产业，直接创造就业岗位 300 个，间接创造就业岗位 1000 多个。

倡导社会各界关爱弱势群体

寒冬进新疆，千里写大爱。2017年11月，两辆悬挂着"郑州慈善援疆"条幅的大型货车奔驰在郑州通往哈密的高速公路上。寒风凛冽，车轮滚滚。为了尽快把援疆物资送抵哈密，四位师傅轮换驾驶，人歇车不歇。

"来了，车来了。"聚到幸福村村口的当地群众看到两辆货车进入视线后一片欢呼，寒风中，迎接的群众拍红了巴掌。为了这一刻，郑州慈善总会的四位司机昼夜不停地奔跑了36个小时。

11月6日下午，由郑州市民政局、郑州市慈善总会、郑州援疆工作队承办的郑州慈善进疆系列活动启动仪式在哈密幸福村拉开了序幕。

这天，郑州慈善总会向伊州区捐赠了价值80万元的棉衣棉被、图书文具等，成立郑州援疆慈善帮扶基金，募集善款130万元。该资金全部作为初始资金，主要用于伊州区户籍贫困群体救助、残疾人、优抚对象等特殊群体救助，促进伊州区社会公益和慈善事业发展。

值得一提的是，郑州市副市长马义中亲赴哈密，为"郑伊慈善超市"揭牌。这是全疆首家爱心超市。超市里摆满了来自郑州爱心企业家捐赠的各类生活物资，迄今已有两千多名群众享受到了爱心超市的福利。

琳琅满目小超市，点点滴滴都是情。

"爱心超市的物品我们会不断补充，我们也期待爱心超市能变得越来越多，让哈密群众看见爱心超市，就能想到郑州人民和他们心连心。"郑州援疆干部葛咏如是说。

2019 年 1 月，郑州慈善总会再次走进哈密，输送了价值 187 万元慈善物资，成立第二家"郑伊慈善超市"。

2018 年 9 月 10 日，郑州慈善援疆"光明行"活动在哈密市第二人民医院启动。经过对 700 多名白内障患者的前期筛查，120 名符合手术条件的白内障患者在医疗团队的帮助下恢复了光明。这是继 2017 年郑州慈善进疆为 115 名白内障患者施行免费复明手术后的又一次爱心善举。郑州市二院为这次活动安排了 60 万元专项资金，为哈密市白内障患者提供免费手术，帮助他们重见光明。

慈善援疆，郑州一马当先。

"社会组织援疆是继技术援疆、产业援疆、医疗援疆、文化援疆之外的新模式。作为一种创新，社会组织援疆拓宽了援疆内涵，汇聚了更多更大的力量，相信随着援疆的深入，哈密的明天会更好！"郑州援疆工作队领队马宏伟对社会组织援疆做出这样的总结。

（选自《郑州日报》2019 年 6 月 11 日）

三年援疆路　一世援疆情

——郑州第九批援疆工作队圆满完成任务返乡

孙志刚　党贺喜　覃岩峰

驻疆三年，只争朝夕，不负韶华。随着援疆工作交接完成，2020 年 1 月 11 日，郑州市第九批 25 名援疆干部人才圆满完成三年援疆任务，顺利返乡。

筑梦戈壁　铁律治队

筑梦戈壁，以梦为马。2017 年 2 月，郑州市第九批 25 名援疆干部人才从郑州出发，驰骋近 2500 公里到哈密市开启援疆路。在郑州援疆工作队领队马宏伟的带领下，援疆干部把哈密当故乡，视群众为亲人，立下郑州援疆要"扛大梁，走前头"的铮铮誓言。一晃三年，1000 多个日日夜夜，郑州援疆人扎根边疆，奉献边疆，像甘泉滋润着边疆同胞的心田。

三年里，郑州援疆工作队足迹踏遍了天山南北，用汗水浇灌荒漠戈壁。肩负起民族团结的"宣传队"，树起郑州形象"播种机"，不忘初心、牢记使命，实干、苦干、拼命干，不负市委、市政府重托。

"民生放在心头，把团结扛肩上。"郑州援疆工作队严纪律，听指挥，以边疆人民民生需求为己任，牢牢抓住民族大团结主线，铁律治队伍，抓作风，以"十不准""三条铁律"为底线，实行网格化管理，严格落实早提醒、晚面签等管理制度；创新实施"三比三争"活动，加大援疆干部管理力度，先后开展"重走西路军进疆路"等主题教育活动。郑州援疆工作队驻地也成为河南援疆干部人才规范化管理现场会唯一观摩点。

情系边疆　郑哈情深

三年援疆路，一世援疆情。三年来，郑州第九批援疆工作队以时不我待、只争朝夕的紧迫感，紧紧围绕新疆工作总目标，开展了产业援疆、技术援疆、医疗援疆、文化援疆、慈善援疆等多种形式援疆工作。

产业援疆，实施援疆项目 24 个，完成投资 6.77 亿元。援建富民安居房 2576 户，援建困难群体安居房 1197 户，豫哈实验学校等 8 所双语幼儿园如期竣工，基础教育环境明显改善。投资 1.85 亿元的"好想你"冻干果蔬项目建成投产，河南籍企业新疆天山情乳业、新疆丝路花麒等落户哈密伊州区。

"康复一人、幸福一家、温暖一片。"郑州援疆工作队积极开展"光明行"活动，为 365 名白内障患者免费施行复明手术。组织 6 批次 51 位名医入疆，为农牧民义诊，实现了贫困村义诊全覆盖。

推进"旅游兴疆"战略，郑州援疆工作队组织 163 列旅游专列，近 11 万名游客到哈密观光，旅游专列数量居全疆第一。

慈善援疆，由郑州市民政局、郑州市慈善总会联合郑州援疆工作队承办了郑州慈善进疆系列活动。

奉献边疆　英雄无悔

茫茫戈壁，吹尽狂沙始到金。郑州援疆干部人才从 2017 年 2 月 20 日进驻伊始，没有节假日，失眠、脱发、流鼻血成为他们的常见病，抗过敏药和消炎药成为他们必备的"保健品"。

"一人援疆，全家援疆"，这是援疆干部人才家庭的真实写照。据统计，援疆期间，郑州援疆工作队里有 6 位队员的家人相继去世，其中 2 位队员连亲人的最后一面都没见上。

"你在祖国的边疆，我在祖国的心脏。"这份"两地书"出自援疆干部任党辉的妻子。他们一家三口是典型的一家三地：任党辉只身援疆，妻子在北京某部队服役，三岁的儿子在郑州由爷爷奶奶照看。妻子平均每周利用双休日坐高铁回郑州看儿子。援疆期间，任党辉爱人光是积攒的高铁票，皱皱巴巴地摞起来，不下 30 厘米高。

援疆出成果　家乡是后盾

"忠于职守、勇于担当，充分发挥桥梁和纽带作用，洒下了无数的汗水与泪水，贡献了超凡的智慧与担当，展示出了新时代援疆干部的新风貌，交出了一份不负时代的援疆答卷。"哈密市委常委、伊州区委书记魏建国在欢送第九批援疆干部大会上对郑州援疆干部人才作出评价。

援疆出成果，家乡是后盾。三年来，郑州市委、市政府安排郑州市 16 个县（市、区）与哈密市伊州区 18 个乡（镇、办）开展结对帮扶，一大批惠民生、强基础、促就业的项目在伊州区落地生根。

三年来，郑州市主要领导多次听取援疆工作汇报，对援疆工作作出批示。市领导还多次赴哈密看望援疆干部，指导援疆工作。河南援疆前方指挥部领导李湘豫、徐慧前、刘琦、王成增多次来到郑州援疆干部人才驻地，慰问援疆干部，指导援疆工作，为工作队圆满完成援疆任务奠定坚实基础。

（选自《郑州日报》2020 年 1 月 12 日）

三年援疆　淬火成钢

——记哈密市高新技术产业开发区管委会援疆干部人才吕关谊

王刚

"援疆回来，吃啥苦都不算苦了！"

这是吕关谊在向原单位领导汇报工作时说过的一句话，短短的一句话却蕴含着无限内涵，既是他的感慨，又是他的肺腑之言，更是他援疆以来的切身感受。虽说之前从事建筑工作的吕关谊，较常人吃苦更多，但相比援疆则犹如登泰山而览众山小。对于吕关谊来说，援疆回来，真的是吃啥苦都不算苦了！

譬如，有一次吕关谊头天晚上突然接到通知，要他参加第二天在乌鲁木齐召开的会议，查了一下列车时刻表，当时已经没有火车。怎么办？为了赶上会议，虽然已经得到沙尘暴预报，但吕关谊还是决定连夜开车赶往乌鲁木齐。在戈壁公路，吕关谊遭遇了遮天蔽日的沙尘暴，公路上所有的车都停了下来，有的车则横陈在公路上，唯有吕关谊的车顶着沙尘暴前行。车子一边轮子在戈壁公路上，一边轮子则骑在路肩的戈壁滩上飞驰，一旦陷下去就再也出不来了，后果不堪设想。其时，黄豆大的砂石如密集的爆豆一般打在车窗上，吕关谊目睹了一辆轿车被沙子掩埋了一半……就这样，吕关谊顶着猛烈的沙尘暴驱车近十个小时，准时参加了自治区的会议。事后得知那场沙尘暴有十二级！

曾经，在吕关谊的脑海里，新疆一直蒙着一层神秘的面纱："大漠孤烟直，长河落日圆"的奇异景象，"将军角弓不得控，都护铁衣冷难着"的塞外苦寒，"天似穹庐，笼盖四野。天苍苍野茫茫，风吹草低见牛羊"的草原风光……这些古诗词所营造出的诗情画意，在他身临实地到了新疆后，被重新领略和感悟。2017 年中秋夜，他写下如是词句，激励自己以顽强的意志乐观面对艰苦的环境：

> 千里西行赴东疆，别亲友，志昂扬。大漠孤烟，独立沐斜阳。月盈今宵映我窗，难安寝，思故乡。
>
> 纵是难圆莫感伤，身许国，戍边防。关山路远，扎根做胡杨。且托明月入诗行，忠难孝，愧高堂。

虽深知援疆将"忠难孝，愧高堂"，可吕关谊还是毅然决然"身许国，戍边防"，决心"扎根做胡杨"。吕关谊说，每个援疆干部都是一人援疆，全家奉献！而让他一直最为愧疚的是，援疆后家庭的重担都压在了老娘和爱人身上。家里上有白发高堂，下有年幼爱子。作为儿子，对父母不能尽孝；作为丈夫，对妻子不能尽爱；作为父亲，对儿女不能尽责：这些都是吕关谊一直深埋在心中的痛。

说实话，当初得知他援疆的消息，妻子和母亲都不同意。此前，吕关谊的父亲刚刚去世，母亲身体一直不好，而且才做过手术，还有冠心病和高血压，经常要住院，兄弟姊妹都在外地……再则，他还有一个年仅五岁的小女儿，正是需要他这个父亲陪伴成长的关键时候。毋庸置疑，家里的困难明摆着，但吕关谊清楚，援疆干部谁家没有困难，这些困难难道就能成为他不去援疆的理由吗？不能！深思熟虑后，他坐下来苦口婆心地和妻子讲道理：组织选我援疆是对我的信任。我呢，也想挑战一下自己，丰富自己的阅历……其实妻子和母亲都是通情达理之人，既然工作需要，哪能再阻拦呢，于是妻子同意了，母亲也点了头，还一再叮嘱他：儿子，到了新疆，一定要注意保重身体！

采访中，吕关谊没有过多提起他的女儿，只是说临走那晚，女儿哭了，睡梦中还喊着"爸爸，爸爸"！

入疆后，吕关谊被任命为哈密市高新技术产业开发区管委会副主任，之前他在郑州航空港经济综合实验区市政建设环保局任副局长。上任伊始，他立即投入了繁忙的工作中，加班加点成为常态，被当地干部称为"五加二"（五个工作日加两个休息日）、"白加黑"（白天加晚上）、"八加三"（每天八个小时工作时间加三个小时加班时间）干部。

因为工作繁忙，白天上班的时候，家人的电话他没时间接，只能深夜再打回去。有一次家里有事，妻子连着打来几个电话，都被他挂了，惹得妻子很是生气，觉得他和家人疏远了！吕关谊心里很委屈，怎么会疏远呢？他一个人远离亲人，来到两千多公里之遥的新疆哈密，心里最思念的莫过于父母、妻子和女儿了！每次和女儿视频通话，听女儿讲述家里和学校的事情，还叮嘱他"爸爸，你要少喝酒别抽烟，坚持锻炼身体哦，记得早点回家"的时候，他的心里是何等温暖！纵隔千山万水，仿佛就在眼前，每每看到手机屏幕里女儿因为思念而眼里泪光点点、神情落寞，他都会心酸难忍；每每听着女儿用稚嫩的童声，像大人一样关心他，他心中最柔软的地方就会感到疼痛，有时竟会无语凝噎。他也理解妻子，虽然手机屏幕上他和家人近在咫尺，但现实生活中他们毕竟天各一方，一个小小的手机屏幕，怎么能代替无尽的思念。

　　大漠夕照晚，西援路途深，五千里路云月，劳顿也开心。水碧山青树绿，云淡日丽风轻，天山雪如银。左公植柳处，穆王八骏寻？

　　道别离，路崎岖，壮歌行。援疆不畏险难，戈碛变良田。沙海坎儿古井，巧引清泉如许，伟绩盖昆仑。更有哈密瓜，遐迩美名闻。

　　也许是雪山、大漠、胡杨、落日、戈壁……这些迥异于内地的自然造化，激发起了吕关谊潜埋在内心的创作冲动，让他援疆后变成了一个"边塞诗人"。其实，郑州大学毕业后分配到武汉中建三局，后调入郑州设计院的吕关谊，一直从事的是城市建设工作，他用建筑为城市创作了众多凝固的诗篇。2003 年通过公务员招考进入郑东新区建设局后，吕关谊开始了长达 16 年的新区建设工作，成了 6 个河南省"一号工程"（郑东新区、郑州新区、郑州新郑综合保税区、郑州富士康工业园区、郑州航空港区、郑州新郑国际机场）的拓荒者，积累了丰富的园区建设管理经验。他也因此连续多年获得"五一劳动奖章"，并先后获得"建设先进个人""优秀共产党员"等称号。

　　援疆伊始，正赶上"好想你"项目开工建设。哈密市作为河南省对口援疆城市，好想你冻干果蔬深加工项目是新疆农产品深加工的标杆企业和龙头企业，对于推动哈密市乃至新疆深加工产业快速发展，实现"河南精准援疆，助力哈密发展"有着重要的龙头示范作用。作为这个项目的"首席服务官"，他不等不靠，迅速扑下身子进入角色，督导项目建设进度，先后为项目做了可行性研究报告和规划设计条件、环评土地预审、上报土地批次、项目批复、用地勘察、水电接入等工作，确保项目按时建成投产。2017年初，吕关谊刚到哈密市时，"好想你"项目的建设用地还是一片荒凉的戈壁滩，而如今已经建成了现代化的厂房，源源不断地生产着以新疆本地果品为原料的味美甘甜的产品，行销全国各地，吕关谊为这个项目倾注了太深的感情，付出了太多的心血。

哈密市高新技术开发区建设在戈壁滩上，是一个传统的工业园区，外部环境极其恶劣，生态环境极其脆弱，因此必须秉持绿色低碳循环发展理念，设法做到让环保和发展齐头并进，这样才能保障园区健康发展。如何在一开始就能从产业规划上摆脱"傻大黑粗"的高耗能、高污染困境，走发展循环经济这条必由之路呢？吕关谊依据自己多年的新区建设工作经验，想到了遵循绿色、低碳、循环发展的理念，走"绿色园区"引领建设发展之路。思路确定后，他马上向领导汇报，并积极牵头开展"绿色园区"申报工作，加快推进产业循环、不断延伸产业链，提升绿色发展，实现由传统资源型产业向高新技术产业的快速升级。思路决定出路，辛勤的付出最终迎来捷报：2017年11月，园区被自治区经济和信息化委员会确定为"绿色园区"；2018年2月，国家工业和信息化部公布了第二批绿色制造名单，哈密高新区成为新疆唯一一家获批的国家级"绿色园区"，新疆人民广播电台、新疆电视台均对此进行了专题报道。

为了给哈密市招商引资，援疆三年，吕关谊先后参与了北京科博会、深圳高交会、郑州投洽会、乌洽会等国内大型展会，组织多次有针对性的出疆招商活动，足迹遍布河南、广东、北京、天津、深圳、成都等省市，考察对接企业50多家，接待到哈密实地考察客商200多人次，直接间接促进5家企业落户哈密，投资总额超过10亿元。外来投资企业家莫文勇深有感触地说："吕主任真诚招商，真心安商，我们在哈密投资放心，以后我还要多介绍一些生意场上的朋友来哈密投资！"

成绩令人欣喜，吕关谊为此付出的艰辛和其中的酸甜苦辣却鲜为人知。长时间在外地奔波，由于日程安排紧张，快餐、方便面常常是他的主打饮食；单位专业人员少，他就自己动手做PPT和招商手册；出差经费紧张，他就压缩预算，住在简陋的招待所，扛着四五十斤重的推介材料去参展。2017年11月，吕关谊到深圳参加深圳高交会，一个人在会议上既负责分发资料，又负责和意向企业接洽，一个人干几个人的活。从深圳回来，吕关谊坐夜班飞机12点到达西安，硬是在机场熬了一夜，又坐上6点钟的航班返回哈密。2018年10月，吕关谊到北京参加培训，得知有一个招商引资会，他就利用培训的间隙赶到会场，白天没有时间，就晚上去拜会与会企业代表，和他们沟通交流，热情邀请他们到哈密这方热土投资创业。从北京出差回到单位，吕关谊接着补了三个班。最繁忙的一个月，他只在宿舍住了4天。吕关谊还开拓性地开展前沿工作，积极与当地领导沟通，扭转他们的传统招商理念，充分利用国家赋予新疆企业绿色通道上市的优惠政策，设立产业基金，引进成熟高新技术产业，项目落地就能带来效益，成熟之后马上推进 IPO（首次公开募股）上市，吸引了很多外地企业的兴趣。

吕关谊说，招商工作本身就是苦中作乐，作为援疆干部更应该秉持"不达目的决不罢休"的信念，把自己的本职工作做好！

通过面向全国大力推介，哈密市高新区被成功列为科技部、新疆维吾尔自治区、深圳市和中国科学院共同建设的"丝绸之路经济带创新驱动发展试验区"的重要组成部分。2018 年 2 月，经国家发改委等六部委审核，被纳入《中国开发区审核公告目录》，集中展示了哈密传统产业与高新技术产业相结合的创新成果，使哈密高新区成为展示哈密精神、助力哈密产业创新发展的靓丽名片。

在一个天空湛蓝、白云如羽、艳阳高照的上午，冒着 40 摄氏度的高温，我们来到了哈密市高新区。在吕关谊的陪同下，我们看到昔日的戈壁荒滩，如今塔吊林立、机声隆隆，鳞次栉比的标准化厂房排列整齐，河南好想你冻干果蔬深加工项目、郑州弗光太阳能科技有限公司、洛阳双瑞风电叶片有限公司、河南天丰节能板材科技股份有限公司等河南援疆企业正红红火火地生产着，一片兴隆景象。

看着眼前的景象，吕关谊很是欣慰，他曾经专门为此赋诗一首：

烽燧犹残故城边，高新园区展新篇。
瓜乡催开复兴梦，西电东输一线牵。

星罗棋布工厂起，戈碛荒滩造良田。

左公植柳今犹在，但见古城换新颜。

三年来，为了哈密高新区的发展，吕关谊可谓呕心沥血，白天他深入园区到企业调研、检查安全生产、帮助企业解决困难，下班后加班熬夜更是家常便饭，常常工作到深夜十一二点。长期超负荷的工作，加之气候、生活、饮食的不适应，使得他的体力严重透支，援疆不到一年，他的体重竟减轻了十几斤。组织上为援疆干部安排体检，由于工作繁忙脱不开身，发给他的那张体检表一直是空白的，一直放在他的抽屉里，他实在是没有时间。

援疆三年，吕关谊以"不负重托，不辱使命"为工作要求，以"功成不必在我，功成必须有我"为工作宗旨，以"练好内功做内行，干好分工做主角，出好主意做参谋，促好融合做纽带，树好形象做示范"为工作标杆，努力做到"为哈密添彩，为河南增光"，以忘我的精神、过硬的素质、优良的作风、严明的纪律和丰硕的成果，获得哈密市政府的通报嘉奖，获得"传帮带"先进个人等荣誉，他的事迹先后被新疆电视台、《郑州日报》等媒体报道，赢得了受援单位和各族干部群众的广泛好评。

在哈密柳树沟乡快乐克小区，住着吕关谊的结亲户、哈萨克牧民吾山·库山一家。吾山一家是贫困户，吕关谊每次去亲戚家都要买些水果、米面，还主动将吾山上高中的女儿和上小学的儿子结为长期帮扶对象，给他们送去5000元的助学金，为他们购买了学习用品、衣服、书籍，像对待自己的亲生儿女一样关心他们。

　　吕关谊每个月都要到他们家住上一周，同吃同住同学习同劳动，为他们解决实际困难。刚结亲时，吕关谊发现吾山的小儿子不爱学习国家通用语言文字，语文成绩很差，和别人交流有困难，他便带着孩子去市里最大的新华书店，给孩子购买了一整套的中国古典文学及神话传说连环画，精彩动人的故事和精美的图画一下子引起了孩子的兴趣，他再也不觉得学习普通话是一件枯燥乏味的事情了。之后每次看望结亲户，吕关谊都会带去新的书籍，和孩子一起分享，渐渐地，孩子对中华民族传统文化越来越着迷，语文成绩突飞猛进，一跃成为班里的优秀学生。在吕关谊的影响下，他的女儿暑期来到新疆后，和吾山的小儿子也成了亲密的小伙伴，他们在一起玩耍，一起学普通话，一起快乐地跳起了哈萨克民族舞蹈……

　　2018 年夏天，吾山的女儿阿依巧力盼以优异的成绩考上了新疆大学，成为村里第一个考上 211 大学的孩子。得知被录取的第一时间，孩子欣喜若狂，立即把这个好消息告诉了吕关谊。在阿依巧力盼的心里，这个汉族叔叔早已是他的阿塔（哈萨克语"阿爸"的意思）。吕关谊说，情谊，在民族团结中升华；真心，在民族交往中凝聚。

　　助力哈密脱贫攻坚，打赢脱贫攻坚战，是河南援疆干部义不容辞的光荣使命。吕关谊对此更是主动作为，他影响和带动身边的同志开展献爱心、送温暖活动，为困难群众捐款捐物。吕关谊的驻村扶贫对象是大泉湾乡圪塔井村八队的杨从兰、梁发虎两位老人，他们都已年过八旬，务农为生，生活非常拮据，每月只能靠 500 元的低保度日。吕关谊了解情况后，马上给老人买来米面油等生活必需品，并塞给老人一些钱让他们买日常用品。每个月，他都会带着米、面、油、肉、药和生活费来老人家住上两三天，到老人的菜园子帮着翻地、浇水、种菜，并为患病的老人求医问药。每次吕关谊离开的时候，老人都会拉着他的手，流着眼泪久久不肯松开，还把家里仅有的鸡蛋等土产品往他的怀里塞。

吕关谊说，和少数民族结亲具有非同一般的意义，不仅促进了民族团结，而且锻炼和培养了援疆干部，使我们的思想更加坚定、工作作风更加扎实，让我们能够真正扎下根、俯下身，了解到基层的真实情况，不仅密切了干部群众之间的关系，对我们也是心灵上的一种熏陶。

2018 年 7 月 31 日，哈密暴雨引发洪水灾害，吕关谊所在的哈密市高新区骆驼圈子工业区恰好处在水库下游，遭遇了千年不遇的洪水冲击，受灾情况严重。灾情就是命令，接到企业受灾的报告电话，他二话不说，第一时间赶往灾情最严重的企业，同时通知办公室组织辖区所有企业的大型车辆参与抢险，迅速组织群众撤离，并带领党员和群众参与到搜救、抢修、防疫、安置等各项工作中去。洪水消退，人员全部安全撤离，确认无人伤亡后，他又组织后方人员送来矿泉水、火腿肠等应急物资。他连续几天都战斗在抗灾第一线，直到灾情完全解除他才一身疲惫地回到单位。

三年前，吕关谊告别家人，怀揣梦想，肩负家乡人民的重托，从黄河之滨的中原城市郑州，来到千里之外天山脚下的边城哈密。虽然经历了短暂的彷徨和孤独，但是他很快就从开始的陌生，过渡到了逐渐的适应，并且在新的工作岗位上做出了新的成绩，成为一个新新疆人。回顾一路走来的这三年，吕关谊说，讲一万遍大道理，不如实实在在地在新疆待一阵子！援疆三年，自己不仅心灵上得到了净化、思想上得到了升华、工作能力上得到了提高，而且是人生难得的一次修行和历练，在新疆这个大熔炉，感觉自己真正淬火成钢了！

肩负重担赴边关

—— 记哈密市伊州区委组织部援疆干部人才王乃迪

王刚

和王乃迪其实一直未曾谋面。2019 年 7 月，我们冒着酷暑奔赴新疆的时候，王乃迪正好回郑州出差公干；而当我们回到郑州时，王乃迪则公干结束返回新疆。也只是在《援疆岁月 2017》这本书里看到过王乃迪的照片，其他没有任何交集。按说这是一次无法完成的采访，但是赴疆十日亲身感受到援疆干部令人难以想象的辛苦和繁忙，也就多了几分理解，决定试探着采用微信音频的方式采访。采访中，能够感觉出王乃迪是一个不太善于表达的人，但是通过手机屏幕依然能够感受到他内心的炽热，也能从他的言谈话语中感受到那极强的党性。特别是在说起哈密的时候，王乃迪用的都是"我们哈密"，显然，他早已把哈密当成了第二故乡。

"我们家太穷了，穷得连个爸爸都没有，别的小朋友都有爸爸来幼儿园接，我从来也没有爸爸接！"

这是王乃迪的女儿坤则对妈妈说过的一句话。

按照大人的常规思维，孩子的话或许是词不达意，但是，对于尚不谙世事的孩子来说，这无疑是她真情实感的表达。虽然她幼小的年龄尚且说不出"父爱如山"这样的词语，但是在她幼小的心灵中，父亲无疑就是家中最为珍贵的无价之宝，而她的父亲远赴新疆哈密援疆去了，她失去了这无价之宝，自然而然就觉得家里太穷了！

孩子的内心是最为纯真的，年幼的坤则能说出这样的一句话，实则是太缺失父爱，也太渴望父爱了！此时，女儿坤则已经和父亲分别一年有余，父亲离开时她刚进入幼儿园小班，现在已升入幼儿园中班，而两千公里外的王乃迪也已在新疆工作了数百个日日夜夜。

从爱人口中得知女儿的这些话，王乃迪心中五味杂陈。回家探亲的时候，他特意抱起女儿说："坤则，记住，爸爸时时刻刻都在，只是没在你身边而已，但是爸爸的心一直在和你对话。爸爸在边关，那里也有很多小朋友需要爸爸保护，就先把爸爸借给别人用用好吗？"女儿似懂非懂地"噢"了一声。她见过爸爸保存在衣柜里的军装，知道爸爸曾经是一名军人，也许在她天真无邪的眼里，爸爸就是"黑猫警长"，需要去保护大家。

一周的探亲时光转瞬即去，送别王乃迪的时候，五岁的女儿在车门关闭的刹那追着地铁跑了起来，边跑边哭，大声叫着："爸爸，爸爸！"

隔窗看着跑得脚步错乱、泪眼涟涟的女儿，王乃迪无声地哽咽了！

男儿有泪不轻弹，王乃迪不是一个轻易流泪的汉子，但是每个人的内心都有一块最为柔软的地方，而这块地方常常被儿女占据，正所谓：无情未必真豪杰，怜子如何不丈夫！

单从外貌上看，无论如何也不会想到外表斯文、长相帅气的王乃迪竟然是军人出身。

　　王乃迪毕业于解放军南京政治学院政工系，分配到解放军信息工程大学当参谋，后来下到学员队带新兵、士官，以其严于律己、身先士卒的优良作风和出色成绩，赢得领导认可，被委以重任，以连级职务到理学院破格担任学员队的营职队长。2005 年，王乃迪依依不舍地脱下军装，告别军营回到地方，考入郑州市委组织部，成为电教中心的一名科员。仅仅一年后，他就主动请缨，到登封市郭店村成为一名驻村队员。一年半的驻村生涯，他和当地百姓打成一片，为村里修路、搞绿化，任劳任怨地在基层摸爬滚打，不仅得到了锻炼，也丰富了工作经历和阅历。2010 年，通过竞选，王乃迪任职党代表联络处副处长。2015 年再次下到基层，挂职新郑市梨河镇党委副书记。

　　就在挂职即将结束，马上可以和家人团聚之时，郑州市启动了援疆报名工作，王乃迪得知消息后，立即想到，在国家需要的时候，怎能不冲在最前面。但是顾虑还是有的，老父亲患开角性青光眼，视力每况愈下，需要人照顾；女儿年幼，而妻子老家在湖南，又在《党的生活》杂志社当编辑，需要经常出差，家里有老有小，怎么办呢?!

　　犹豫着把想要援疆的想法告诉了父亲，没想到却得到了父亲这个老党员的大力支持。父亲说："儿子，当年你的爷爷奶奶为了支援内地建设，义无反顾地放弃了优越的生活环境，从首都北京来到郑州。现在，援疆工作是中央的决定、国家的战略，好男儿志在四方，你三十多岁的年纪，正是干事创业的好时候，就去边疆锤炼锤炼自己吧，人生有这样的机会不容易!"

　　看着日渐年迈的老父亲那近乎失明的眼睛，王乃迪的眼睛湿润了。他们家祖孙四代，爷爷奶奶已近耄耋之年，正是需要他尽孝的时候，可是老父亲却毫不犹豫地支持他去援疆，一点没有为自己着想，真可谓舍家为国啊。一瞬间，王乃迪觉得压在自己肩上的担子重如泰山，援疆干不出成绩，怎么对得起对他寄予厚望的老父亲和家乡父老啊！

就这样，已经远离亲人在外挂职两年多的王乃迪，又把他的人生轨迹由新郑那个离郑州最远的乡镇直接连接到了几千里之外的新疆哈密，单单绕开了郑州，绕开了他的家，绕开了亲人。

临行前，妻子忍不住抱着王乃迪哭了起来！

入疆的王乃迪尚且不知，父亲马上就要做手术了，但为了他安心工作，就一直瞒着他。一个多月后从母亲口中得知因为病情严重，父亲眼睛已经基本失明，作为家中独子的王乃迪一时仿佛乱箭穿心，自责而悲伤。从小到大，父亲一直是他人生路上的指路明灯，指引着他前进的方向，即使在即将失去光明之际，父亲依然引领着他人生的航程，为他保驾护航……

入疆后，王乃迪担任哈密市伊州区委组织部副部长。

说实话，刚来新疆的时候，生活和气候的不适应也曾困扰着王乃迪，手脚脱皮、皮肤晒伤、流鼻血、皮肤过敏、下乡吃不惯当地硬邦邦的馕等。但是王乃迪知道，他作为援疆干部，代表的是河南的形象，当地的干部都在默默观察着他们是否能够沉得下心、吃得下苦、流得了汗、干满了点！所以，王乃迪到任后马上进入角色，立即全身心投入工作中，聚焦主责主业，不断改进工作作风，以提升组织力为重点，主抓伊州区绩效考核和远程教育工作。

按照区委、区政府年度发展总体思路和奋斗目标，王乃迪与全区各绩效考评责任单位同心协力，制定切合实际特点的绩效考评指标体系，指标的设置和内容、权重更具公正性和可操作性；先后制定了《伊州区绩效考评工作要点》和《伊州区年度绩效指标》，并下发到各考核单位。同时建立了伊州区基层干部赴河南挂职交流长效机制，制定《伊州区社区干部赴对口援疆省市挂职工作实施方案》，选派优秀的社区干部赴内地挂职锻炼，强化基层干部业务素养、开阔干部眼界、提升综合能力。带领区委选派的优秀社区干部赴郑州市、鹤壁市挂职锻炼，分别挂任品牌社区党组织副书记和居委会副主任，挂职干部根据社区安排，参加城市基层党建、社区党群服务、城市精细化管理、社工组织群众性活动等工作。通过精心安排，使每一名赴豫挂职干部学有所成，学有所获。

作为哈密市一区两县的总领队，王乃迪带领 150 名干部赴河南进行 23 天的任职培训，还负责开办伊州区脱贫攻坚专题培训班、财务法律法规和业务能力提升专题培训班和基层党务工作专题培训班，邀请郑州市惠济区委常委、组织部长孙梅，郑州市委党校教授马慧萍等相关领域领导和专家，围绕精准脱贫攻坚、城市社区党建、法律财务政策三大项十二小项的问题开展授课。结合郑伊两地工作中的相同与不同，通过大数据分析、典型案例、难点答疑等教学方式深入浅出地传授工作经验，通过解剖麻雀解决干部工作中遇到的实际困难，伊州区 1100 多名业务干部参加了培训。

以远程教育终端站点"星级化"创建为抓手，王乃迪扎实开展远程教育终端站点"星级评定、分类管理、晋位升级"工作，全区 166 个站点整体大幅提高。2018 年 9 月新疆维吾尔自治区党委组织部在哈密召开远程教育现场会，推广伊州经验，王乃迪代表哈密市在 18 个地州做典型发言。新疆维吾尔自治区党委组织部高度重视把"伊州区远程教育九步法"作为典型材料印发全自治区学习推广。利用远程教育网络中心资源库和远程教育智能异步监督管理系统组织开展十九大精神、民族团结一家亲、精准扶贫、学习国家通用语言文字、冬训、农村电子商务、自治区妇女学习法律知识和观看励志电影计划等专题活动，集中培训 17303 场次 354865 人次，区直单位组织开展学习培训 10372 场次 217950 人次。

除了在伊州区委组织部工作，王乃迪还在援疆指挥部担任支部委员、人才办主任，业余时间要为援疆干部解决实际困难，和他们交心交流……承担了很多正常工作之外的额外工作，对此王乃迪毫无怨言。

在想象中，作为组织部副部长，王乃迪的工作或许更多的是在办公室中开展，谁知王乃迪却说，他每月都要多次下基层，每次一去就是几天，很多时候就住在牧民家中。王乃迪说："我走过哈密每一寸土地，很多时候，下基层回来错过饭点，就只能在宿舍泡碗方便面或随便下点面条吃。"

众所周知，新疆地域辽阔，仅哈密市的面积就几乎等同于河南省，伊州区所辖最远的乡镇距离市区 340 余公里，而王乃迪有时一天就要跑几个乡镇。一次在去距离哈密市区 240 多公里的雅满苏镇的路上，晚上七八点汽车陷在了荒无人烟的戈壁滩，王乃迪等候了近两个小时才被救援出来，到了雅满苏镇已是晚上 10 点多。即便如此，没有丝毫耽搁，王乃迪立即投入工作，一直忙到深夜，然后连夜驱车返回哈密，接着熬了一个通宵写报告，第二天一早便去向领导汇报。还有一次去天山乡，由于之前 3 天接连跑了 7 个乡镇 2 个开发区，超强度的工作以及连日的疲惫终于击垮了他。他发起了高烧，加上高原反应，头疼欲裂，天旋地转，同事们都劝他赶快回哈密看医生。但王乃迪不想放弃工作，硬撑着要坚持下来，他向乡干部要了几片感冒药吃下，在干部周转房躺了 3 个小时，谁知病情愈来愈重，实在顶不住了，才无奈地回了哈密。

人在生病的时候最是脆弱。躺在病床上，暂时离开了每天繁忙的工作，此时的王乃迪倍感孤单，思乡之情油然而生，他不禁想起了家，想起了父母妻儿、爷爷奶奶。八十四岁的奶奶在他援疆期间去世了，援疆前慈祥的奶奶身体还好，可说走就走了，没能见上她最后一面。奶奶和爷爷原来都在北京新华印刷厂工作，1965 年响应组织号召支援内地建设，来到了河南新华一厂，从此就扎根在河南。奶奶工作积极，创下的折纸速度至今未被打破，曾被评为省劳模。王乃迪想起了他在奶奶坟前说的话："奶奶，希望你老人家不要怪我，你生前也是支持我援疆的……"

2017 年初，援疆指挥部开展和少数民族结亲活动，王乃迪与哈萨克族老党员恰热甫·再那尔一家结为亲戚，从那一刻起他与少数民族群众的心就紧紧拴在了一起。通过日常接触，细心的王乃迪发现老人的嘴唇时常发紫并伴有胸口不适，就想方设法联系医疗专家，为老人做了全面体检。由于少数民族的饮食主要以肉食和奶制品为主，恰热甫·再那尔老两口都被检查出患有高血压和心血管疾病，经过及时治疗，他们的病症得到了有效缓解。

在一个"结亲周"的夜里，王乃迪发现恰热甫·再那尔不到两岁的小孙子一直哭闹不止，赶忙向他询问，才知道孩子得了肠胃炎已经发烧两天，父母在外地打工不在家。其时已经凌晨1点多，王乃迪打着手电，找来在同村"结亲"的援疆医生为孩子诊治。几个小时过去后，孩子终于退了烧，病情得到控制，王乃迪悬着的心才放了下来，而恰热甫·再那尔老人的眼里则充满了感激。

通过长时间一起生活，王乃迪发现恰热甫·再那尔一家平时很少吃蔬菜，饮食结构十分单一。他主动联系农业部门的援疆战友，帮助他们在戈壁滩上搭建了一个小小的蔬菜大棚，新鲜的菠菜、韭菜在他细心的浇灌下破土而出、茁壮成长，那一抹绿色在金黄的戈壁滩上显得格外耀眼。辛勤的付出总有回报，经过努力彻底解决了恰热甫大叔全家的吃菜难题。

王乃迪参加工作14年，其中6年半都在基层摸爬滚打，积累了丰富的基层工作经验，特别是三年援疆，更是得到了非同一般的锤炼。他说，援疆不是简单意义上的"我施你受"的帮扶关系，而是对边疆应有的一种感恩、回报和反哺。新疆是祖国的"西大门"，那些一直在这里工作生活的新疆人其实就是永久的"援疆人"，和这些一辈子守卫在祖国"西大门"的新疆人相比，我们三年援疆只是人生的一段短短历程，比他们的付出少得太多了！援疆是一段历史，援疆是一种精神，援疆是一份骄傲，这三年援疆生涯中的所学、所想、所知、所得，必将使我受益终身！

历尽援疆百味　笑对人生年华

——记哈密市国家农业科技园区援疆干部人才李旭

王艳

　　没有任何一种成长是随随便便的。有大漠孤烟，胡杨奇崛，又有大榆树遮天蔽日，月季花次第开放，在哈密，李旭历尽了援疆的酸甜苦辣诸般滋味，拓展了他生命的宽度与厚度。

孝与忠的酸：一位孤独走在哈密街头的南阳老人

　　李旭老家在南阳，是当地有名的孝子。

　　李旭在外求学工作多年，有一个习惯：每天都尽量抽时间给父母打个电话，略长的节假日一定要回家看望父母。母亲过世后，李旭更是一直记挂父亲，一点儿的头痛发热都叮嘱半天，打听到了什么特效药就会赶紧邮寄。父亲年事已高，常年高血压，时常头晕，一天也离不开药，且有脑中风后遗症，腿有轻微的跛，眼睛患白内障，视力极其微弱。

　　父亲也非常通情达理。

　　父亲一直在老家南阳跟着二哥住，一个姐姐常去照料。也许是故土难舍，也许是怕给儿子添麻烦，多年来，虽然李旭和爱人经常劝他搬来郑州住，但执拗的老人一直不肯。

早在 2017 年初，李旭把要去哈密援疆的事儿告诉 76 岁的父亲时，老人没有说话，沉默着。他知道儿子的事情，自己管不了太多，他也相信儿子认定的事，是对的。父亲原本很少看新闻，更是从来不看新疆新闻。但自从 2017 年 2 月 20 日李旭离开郑州，他几乎每天都把电视调到新疆台，看新疆新闻，看新疆天气预报，出门街边聊天，也离不开新疆，看见中国地图，不由自主就看向西北方向，从对新疆一无所知，到现在成了一个不折不扣的新疆通。

别人说他是孝子，但李旭总觉得自己对父母有很大的亏欠。

2018 年冬天，父亲双眼几近失明，李旭带父亲到郑州做了白内障手术，并趁此机会动员父亲到哈密过冬，这样照顾父亲，以弥补一个小儿子常年对父亲的亏欠。刚开始老人不同意，怕花钱，怕影响李旭工作，李旭几番劝说，老人才同意，坐火车一路赶来。

第二天，李旭领着父亲，从住的小区大门出来，用手指着，交代路、街道、公园在哪里，就急匆匆地赶着上班去了。

从早上出门，就留下父亲一人在宿舍。快到中午下班时，父亲几次打电话问啥时间回来。李旭每次都重复：快了快了。但已经是晚上 12 点了，他还没有回来。每天父亲睡觉前，一定要打个电话，担忧地问：咋一天都不打个电话？然后才能放心地回房间休息……

基本天天如此。

父亲想不明白，以前在郑州已经很忙了，现在跑这么远来上班，咋比在家更忙？他不懂，也不敢说，不敢问。一日三餐，大都是在援疆指挥部食堂解决，有时实在太闷，就到街上走走，也不敢走远，就在小区旁转一圈，又转一圈，他想接一下下班回来的儿子，但是，却往往是无功而返、失望而归……

此时，李旭正在离住处 15 公里远的园区加班。

李旭在郑州的职务是经开区城镇建设办公室主任兼房屋征收管理办公室主任，之前在郑州市中牟县农口系统工作多年。进疆后，被任命为哈密国家农业科技园区管委会副主任。和当地干部一样，任实职，分实工，负实责，干实活，有忙不完的事务，几乎没有周末和节假日。

父亲不是外人，就算自己忙于工作照顾不上，父亲也不会计较。是的，父亲没有一句怨言，他懂儿子的责任担当。

一个月后，父亲说他想回河南了。原本是打算春节放假一块回去的，现在离春节还有一个月，李旭竭力挽留，可是父亲态度坚决。

李旭把父亲送上火车，拜托邻座旅客帮忙照应。回来的路上，父亲感到一阵阵酸楚，泪水再也止不住地流下来。父亲平生第一次来新疆、到哈密，李旭觉得自己起码应该陪老人在公园里散散步，在菜市场买买菜，买几个好吃的馕，到路边小店，让老父亲尝尝当地最有名气的手抓饭和拉条子；起码应该陪他去巴里坤、伊吾，看看大草原、雪山，看看大漠胡杨；再不济，哪怕和老人坐下来好好说说话也行。但他连这些最基本的都没有做到，自己真是太过分了，不是一个孝顺儿子。父亲是提前回去的。30 多个小时后，凌晨 3 点的南阳天空还飘着雪花，一个风烛残年的老人回到了老家。

李旭想，如果街坊邻居问起父亲在哈密的见闻，老人会说什么呢？一个默默在哈密街头徘徊、等儿子下班的老人，内心的孤独无法言说。但是因为守在援疆儿子的身边，他的心又是踏实温暖的，他愿意承受一切，尽自己最大的努力，支持儿子在新疆好好工作。

他总是不好意思给李旭打电话，说是怕影响他工作。多少次，每当新疆发生地震，父亲无不忧虑重重地对姐姐说：赶紧给小旭打个电话问问，他在那儿咋样？

李旭想，等援疆结束，一定把父亲接到身边，好好陪伴。

父子间的感情是静水深流的，没有言语，不动声色。

来与留的甜：辗转百回，留下来你

马克思说：人是生产力中最活跃、最重要的因素。哈密人才资源匮乏，是制约经济发展最重要的因素，有资金、项目和设备，还必须有人才相匹配。因此，哈密特别重视引智引才工程，想方设法吸引高端人才。

张豫，这个来自河南信阳的小伙，是个励志典范。从小品学兼优，高考顺利考上郑州大学，因家境贫寒，他悄悄把录取通知书藏了起来，出外打工挣钱。后来硬是靠自学取得本科学历，又靠自学考上硕士研究生，就读于新疆塔里木大学。随后，又取得华南农业大学、中南财经政法大学双博士，广州社科院博士后。

2017年，哈密国家农业科技园区博士后创新实践基地开展脱硫石膏改良盐碱地项目研究，他在网上看到哈密市委市政府发布的高端人才招聘信息，与他的研究方向区域经济开发以及农业水土工程相吻合，于是他就有了到哈密好好做些事情，实现人生价值的想法。园区领导非常重视，2017 年 9 月，全权委托李旭到乌鲁木齐负责对接引博事宜。

由于各种因素制约，引博进展得不太顺利，加上其他条件更优越的城市也伸出了橄榄枝，张豫一度打起了退堂鼓。李旭知道后，通过电话、微信等多种形式沟通交流，在思想、生活和工作上给予关注，诚恳地谈心，设身处地为他着想，晓之以理，动之以情，以此打开张豫的心结，赢得了张豫的信任。此外，他还尽自己所能，不遗余力地帮张豫联系装修房子、开通网络、购买家具、协调物业等。在帮助协调张豫评定正高级职称过程中，李旭不厌其烦地到哈密市人社局、组织部人才办咨询政策、查找文件资料，反复沟通，最终解决了张豫博士正高级职称评定问题，解除了张豫的后顾之忧。

李旭觉得，多付出一些没什么，只要让哈密留住人才就值得。张豫深受感动，最终他没有辜负园区和李旭的期望，在哈密的事业风风火火，项目进展如火如荼。进入创新实践基地后，他提出了一套有科学根据的、规范的、定量的技术方案，按照项目研究计划，按月推进土柱实验、盆栽实验、大田实验的进度。目前已向国家知识产权局申请《一种脱硫石膏改良碱化土壤种植棉花的方法》《一种天然明矾石农业土壤重金属钝化剂及其制备方法》等 7 项发明专利，将对农产品产量提升起到积极作用。同时，在项目研究过程中，建立盐碱地改良研究团队，包括中级职称专业人才 2 人，还将培养研究生 2 名以上，及相关科技人员 4 名，从而加快农业科技带头人培养，实施农业科技创业行动，加大先进实用农业科技成果的推广力度。

人才是一个地区发展最强的动能和最大变量。人才援疆，打造一支永不走的队伍，是提高援疆的综合效益，提升造血功能的重要途径。

留住人才，或许要靠人格的力量。是的，人品好的人，运气就不会太差。

身与心的苦：甘愿患上完美主义强迫症

有一种苦，叫自讨苦吃，叫以苦为乐。李旭这个工作上的完美主义者，就是如此。进哈之初，身体、气候、饮食、作息、想家、工作上的千头万绪等各种不适，密集袭来。开会、值班、结亲等满负荷工作量，让他应接不暇。度过了最难熬的前三个月之后，李旭的心态逐渐乐观起来，既来之则安之，好多人可能一辈子也遇不到这样的援疆机会。既然组织上信任，自己也愿意来，就要把工作做好。这种经历很难得，人生不能留遗憾，事事做到极致，做到尽善尽美，竭力对得起后方的单位和家人的付出。李旭身兼数职，他不但在河南援疆伊州区指挥部兼任活动办主任，而且还是河南省援疆前方指挥部干部人才管理办成员，负责援疆干部人才服务管理工作。从诸多集体活动方案的策划，到具体活动事宜的对接，从一般信息通知，到调研汇报材料、工作报告和总结，他都想尽办法搞好服务，尽心尽力做好保障。一人"三职"，多方兼顾，这无疑让李旭成为一个没有闲暇的人，甚至很少有时间想家。他有个习惯，无论开会、出差、走访，还是回河南，他都随身带着手提电脑。加班加点已成为李旭的工作常态，几乎每天早上，他的"援友们"都能看到他急匆匆上班的身影；几乎每天晚上，援疆指挥部食堂的大师傅总是把凉了的饭菜热了又热……李旭对工作几乎到了苛刻的地步。起草活动通知，哪怕一个标点符号，都要精准无误，追求到极致，不想留遗憾。如果事后发现一个用词不恰当，他就会抱憾很久。很多时候，凌晨两三点刚走出办公室，突然又有了灵感和思路，就又急切地返回。有时为了一份紧急材料，通宵达旦，吃住在办公室，饿了泡方便面，困了躺沙发上，趴在办公桌上。援疆以来，李旭先后为河南省援疆前方指挥部和哈密市委组织部撰写各种信息材料近 200 份，累计 30 余万字，不但熬掉了头发，也熬出了白发，身体健康状况早已出现了"预警"，颈椎腰椎落下病根不能久坐，严寒天气诱发双膝半月板二度损伤。医生几次劝说让他住院，他总认为没有大碍，能扛就扛，能拖就拖。身体上的苦不算啥，如果工作没有做好才是他不能接受的。

忙碌着，成长着，年华如水，岁月有情，苦中有甜，苦中有乐。

责与情的辣：两地家书，凝结拳拳深爱

那天，李旭穿着草绿色防晒服，戴黑色太阳帽。他一只手掭着袖口幸福地抱怨：看！穿这干啥？没办法，媳妇非让穿，说我天天在外边跑，都晒成啥样了？

提到爱人，李旭每个细胞都是笑，因为，她贤良优秀。

李旭爱人姚惠珍无论在哪个工作岗位，都是大家赞不绝口的人。那年，因为一篇亲情家书《你的援疆，让我们变得更优秀》，感染了许多人，文中说："你逼一下自己，响应组织的号

召，在援疆工作中接受锻炼；我和孩子也逼一下自己，抛开依赖你的惰性思想，主动面对工作、学习和生活中的种种挑战……这真得感谢你的援疆，让我们都重新有了前进的方向和动力，让我们都变得更加优秀！"爱人的贤淑通达，李旭颇引以为傲。

其实，三年前，爱人得知他要来援疆，内心非常纠结。他在郑州，即便再忙，再不管家里的事儿，但她心里毕竟有依靠，踏实。可是她太了解李旭了，他认定对的事，不容易改变，思量再三，决定尊重他的选择，不仅不拖后腿，反而要加倍支持，让他安心放心地去哈密，她给自己鼓劲加压：不能生病！遇事挺住！还鼓励儿子：爸爸在外挺累的，咱在家，多报喜不报忧，不能让爸爸操心，不能给援疆人丢脸。

她拿到汽车驾照六年了，却从来没有开过车，李旭援疆后，她竟然一夜之间就开车上路了。一次，周五她生病了，为了不耽误周六去学校接孩子，慌乱中，从药箱里拿错了药，吃下后，不一会儿便手臂抖动、头晕难忍，折腾到半夜，又使劲呕吐出药物。等到天亮时，病竟然好了。也许，坚强是治病的良药。此时，李旭正在几千里外的哈密。

如今，他们最开心的就是，晚上12点多，互报平安，彼此一句"这边挺好的"，所有的辛劳都烟消云散了。

让李旭能全身心地投入工作，神定心闲的原因还有儿子。

子不教，父之过。刚来哈密那年，儿子开始进入叛逆期，学习成绩一度下滑，夫妇俩身心俱疲，心情火辣辣。他决定郑重地给儿子写平生的第一封信：

儿子：

在这夜深人静的异乡，老爸伏在电脑桌旁，14 年来你成长的一点一滴，你的欢声笑语，喜怒哀乐，清晰地浮现在老爸的眼前……

这封情真意切的信，共计 2164 个字，条分缕析，从"你下劲吃苦了吗？你是一个笨小孩吗？你想做一个平庸的人吗？你是一个诚实的孩子吗？你具备好的学习习惯和学习品质了吗？"几个方面，苦口婆心，谆谆叮嘱，句句关涉怎样学习与做人，帮助儿子渡过难关。落款是：爱你的老爸，2017 年 4 月 15 日凌晨 3 点 56 分于新疆哈密。

这种用古朴的方式传递的深挚父爱，让儿子沉默了，觉醒了，变化了。

随后，给儿子写信，成了这位父亲最重要也最幸福的事情。2019 年 3 月 12 日，李旭写完第四封信，因过于郑重，他没有发电子邮件，而是把叠得整整齐齐的六张信纸，寄给了孩子。拳拳父爱，溢于言表。

父母是孩子最好的老师。如今，儿子成长了，很懂事很努力也很优秀，从之前的班级 40 多名，一跃到了 20 多名，正在全力备战高考。

静下来想想，李旭总觉得亏欠他们母子太多，爱人做手术，没等出院，自己就匆匆返哈；儿子每天深夜放学，他不能去接；母子暑假来哈密，常常夜晚十一点多了，他们还在小区门口，徘徊等他，而他有时要加班到凌晨甚至更晚，一整天也跟他说不上几句话；爱人来的第一天就要给他买衣服，一直等到第五天，才勉强拉他买了件黑色 T 恤。他不是无情，而是没有时间。他的时间，都用在了工作上。他的工作，因为他的努力而日趋完美。

开拆远书何事喜，数行家信抵千金。

信，这种生活中日渐消失的稀罕物，因为援疆，而重现于李旭家里。他们饱受思念的煎熬、心志的历练；但是，他们却又是如此幸运，火辣辣的情与爱，像最美的花，总是开在最险峭的枝头。

没有磨炼哪有阅历，没有磨砺哪有成熟，没有磨难哪有厚重！

李旭不仅把援疆当成一种经历去体味，更把援疆当成一种财富来收藏。酸甜苦辣皆有味，喜怒哀乐都是歌。历尽援疆百味，笑对人生年华！很多时候，李旭喜欢到园区的新疆特色农产品体验中心，静静地看着五颜六色的格桑花，青翠欲滴的君子兰，带着河南气息的五香菜，还有百香果、火龙果、柠檬、杧果、枇杷，看上去是那么美好，完全不像只长茇茇草、骆驼刺和红柳的戈壁滩，犹如郑州对哈密未来生活的美好祝福。

援疆是部队生活的继续

——记哈密市伊州区工信局援疆干部人才王恒

王刚

这无疑是一次艰难的采访！

采访时间：2019 年 7 月 1 日 15 时

采访地点：新疆哈密市援疆公寓

采访对象：王恒

问：你报名援疆，家里有没有什么困难？

王恒：没有困难，妻子和女儿都很支持！

问：女儿舍得你去援疆吗？

王恒：舍得，女儿已经习惯了！

问：那来到新疆后，工作上碰到什么困难没有？

王恒：没有，单位领导和同事们都很支持我的工作！

…………

一连串的提问，王恒都是如是简明扼要地回答，每次回答完提问，还要随口说上一句口头禅：是不是！这句口头禅仿佛是在反问，抑或在肯定自己的回答，又像是一堵墙，隔堵了再往下深入交流的可能。

看着这个飞行员出身的蒙古族汉子质朴而真诚的眼睛，我知道他不是在有意为采访制造障碍，而是内心真实的表达。

采访无法继续，那就闲聊吧，聊他在部队的生活，聊他一次次的驻地调动，聊他一家三口屡屡三地分居，聊他如何驾机降落克服险情，聊他两次在部队荣立三等功……渐渐地我明白了，这个性格坚毅的汉子不是没有碰到过困难，而是碰到了无数的困难。只不过他对困难有着极强的耐受力，也许在别人眼里无法克服的困难，放在他身上根本就不是事。如他所说："在部队无论遇到多大的困难，都要说没有困难，保证完成任务。作为一个军人要有'刺刀见红'的精神！"

长时间的交谈渐渐打开了王恒的心扉，也褪去了他身上原本包裹着的厚重甲壳，显露出本真和自我。他开始娓娓道来：将近三年的援疆经历，一度冰封的情感，像天山上终年不化的积雪，在阳光的照射下，融化为雪水，汇聚成涓涓小溪，流入大江大河。

时光回溯到了 2016 年。

一

2016 年底，郑州市工业和信息化局召开援疆工作动员大会，号召大家积极报名参加援疆工作。听完动员报告，王恒热血沸腾，当过兵的人哪个没有家国情怀，国家需要的时候怎能不冲在最前面！会议刚结束，王恒快步抢上前去，拦住了还没有离开会议室的领导，表达了想要去援疆的愿望。

领导看着这个刚刚转业到局里工作尚不足两年的下属，关切地说，别急，还是先回去和家里人商量一下再做决定吧！谁知王恒斩钉截铁地说，家里的事我当家！

是啊，家里的事王恒确实当家，在部队就一直跟着他来回奔波的妻子，从来没有在工作上拖过他的后腿，王恒心里有数，这次报名援疆，妻子纵有百般不舍，也不会阻拦他的。

但是，真如王恒所说，他去援疆，家里就没有什么困难吗？

其实，困难太多了！

王恒有一个弟弟一个妹妹。弟弟 2016 年 6 月 30 日不慎从楼顶摔下去世，弟媳也于 2017 年 3 月 5 日因故离去，留下了一个 16 岁的女儿和一个 10 岁的儿子。父母年事已高，身体不好，常年住院，仅靠妹妹一人怎么能照顾得过来！妻子这边，岳母患了阿尔茨海默病，岳父一直住院，也都离不开人照顾。不说别的，仅做饭就够妻子忙的了，岳父岳母饮食上各有不同的要求，加上他们自家的一日三餐，妻子每天要做九顿饭，还要去医院送饭，他走了，妻子忙得过来吗？还有女儿，每天上学谁去接送呢？

…………

想到和想不到的困难，王恒心里并不是不清楚，但是他相信办法总比困难多，没有克服不了的困难。况且，自古忠孝不能两全，为了国家就要舍得自己的小家。

下班回家，王恒把报名援疆的事告诉了妻子，妻子张彦珍听完沉默了。自打结婚，由于王恒在部队工作，她和丈夫一直过着聚少离多的日子。现在，好不容易熬到丈夫转业，一家三口可以团聚了，这才不到两年时间，丈夫却又要离家援疆，家里的老人单凭她一个人行吗？她又没有三头六臂！

看着沉默的妻子，王恒没有说话，也没有做工作，他默默地点燃一支烟，他相信妻子一定会理解和支持他的。

空中青烟缭绕，屋里万籁俱静，丈夫低头不语，妻子思绪万千！时间过得很慢很慢，终于，张彦珍开口了："去吧，家里你放心，老人小孩我来照顾！"

虽说是在意料之中，但王恒还是兴奋地掐灭了烟头，满眼感激地看着妻子。

"只是，只是该怎么和女儿说呢？"张彦珍不无担心地说。

是呀，该怎么去和女儿说呢？

上高中的女儿学业繁重，每天都要学习到深夜，为了让女儿能多睡上十分钟，他每天都会开车去送女儿上学。自己走后，女儿怎么办？她会不会觉得爸爸太自私了？

有那么一刹那，王恒也觉得自己有点自私！

接下来的几天，一次次面对女儿，王恒怎么也张不开嘴，只是每天眼睛眨也不眨地看着女儿吃饭、写作业，怎么也看不够。当兵这些年，他亏欠妻子，更亏欠女儿，从小到大女儿正需要父爱的时候，他却屡屡不在身边。转业到地方后，他们一家人终于团聚了，他能感受到女儿因此而充满了幸福。可是，他给女儿幸福的时间实在是太短了。

王恒确实不知道该怎么和女儿说，面露愧色。但他心里清楚，女儿这道坎儿终究是绕不过去的，早晚还是要面对！

王恒终于下定决心：晚痛不如早痛！于是鼓足勇气，向女儿道出了实情。

猛然听到爸爸要去援疆的消息，女儿王怡然扑闪着纯真的眼睛，一下愣住了，脑子里立即翻腾出两个字："奇怪！"奇怪，我的爸爸怎么就和别人家的爸爸不一样呢，总不能和家人团聚在一起。爸爸在部队的时候，驻地在济南，妈妈在鲁山，她在郑州的姨妈家，三人分居三地。眼下好不容易爸爸妈妈都回到了郑州，一家三口终于能在一起了，可这才短短的一年多呀，爸爸却又要去援疆了，新疆在大西北，好远好远啊！

此一别又要三年，三年的时间有一千多天啊！看着爸爸，女儿忽然觉得爸爸一直没有转业，永远都在部队，永远都穿着军装！

哭泣、哀求、耍性子、纠缠……王恒曾为女儿的反应做出种种设想。但是，出乎意料，女儿只是平静地看着他说："爸爸，你去援疆一定要照顾好自己的身体，我在家会好好照顾妈妈的，我也会好好学习，你不用担心。只是，爸爸你太辛苦了！"

听了女儿的话，王恒这个钢铁般的硬汉鼻子一酸，眼泪夺眶而出。

好懂事的女儿，他一把将女儿紧紧揽在怀里！

二

在哈密市伊州区援疆公寓王恒的宿舍里，阳台上和墙角，整齐地摆放着 20 多个用 5 升食用油桶改成的容器。这些容器是王恒从食堂找来空油桶洗净后，从桶的肩部截开一分为二做成的。容器里盛满了水，有些容器里养着油绿的绿萝。

王恒说："里面的水三五天就蒸发完了，这里的天气实在太干燥了！"

来到新疆后，王恒和许多援疆干部一样，难以适应这里的干热天气，经常会鼻子流血。在郑州的时候，南方人都说郑州干热，适应不了，现在来到新疆，才知道什么是真正的干热。显然，单凭加湿器已经无法解决问题，王恒便想出了这个土办法。

王恒是作为第九批援疆干部人才来到新疆哈密的，自从下了飞机、踏上新疆大地的那一刻，他就觉得自己心中的夙愿终于了却了。

新疆是王恒非常向往的地方，早在第四飞行学院学习飞行时，他就憧憬有朝一日驾驶战机在新疆的天空飞翔，从万里高空俯视新疆大地，领略天山美景。曾经近在咫尺的机会却失之交臂，让王恒留下了无尽遗憾。如今，他终于来到了新疆，来到了哈密，虽然不能驾驶战机在蓝天遨游，但是，能够迈着坚实的脚步在这块土地上丈量，同样可以实现往日的梦想。

这次援疆，王恒任职哈密市伊州区科技和信息化局副局长。转业前，王恒在空军鲁山场站任副团职站长，转业到郑州市工信委后是主任科员，眼下来到新疆，任副科级的副局长，可以说是一个台阶一个台阶地往下走，从副团到副科，落差不可谓不大。但是王恒明白，如果一直惦念过往的荣誉和地位，就会背着沉重的包袱，无法沉下心来踏踏实实地工作。从援疆之日起，必须做到正视自我，从零开始，保持军人的优良作风，把援疆当作部队生活的继续。

到单位报到后，王恒立即像战士到了战场一样，投入援疆工作中。

他分管的节能和信息化科只有两个人，单单检查三大运营商落实实名制的工作，就要跑三四百个运营网店。以前这项工作不规范，运营商嫌麻烦不做人证比对，长期以来积累下大量问题和隐患。要完成这么大的工作量，在别人眼里也许困难重重，但是在王恒的眼里依旧是没有困难。他一方面抽调人员分组检查，一方面亲自带队奔走在第一线，一本本地检查、比对。每每错过了饭点，他就随便在街头吃碗拌饭，或者买一个馕饼，回到车上就着矿泉水填饱肚子，稍微打个盹后，又继续工作。靠着身上这股在部队长期磨炼的斗志，王恒带领下属在规定的时间内，保质保量地完成了任务。

伊州区邮政安全发展中心挂靠在科技和信息化局，也是王恒的分管范围。由于管理不达标，市区 130 多家快递网点被关闭，顺丰、京东、韵达、中通等快递公司的业务面临瘫痪。为了规范管理，降低企业负担，王恒起草方案，建议把小网点集中起来"划行入市"，全部迁移到邮政物流基地。通过施行这项措施，快递企业受益匪浅，不仅减少了设备投入和人工成本，而且改善了仓储和交通条件，提高了工作效率，全市的快递业务迅速恢复，并迈入正规发展轨道。

王恒援疆之前，节能和信息化科档案资料不健全，人员业务不熟悉，他就亲力亲为，跑到一个个相关局委查数据、找资料，建立健全档案管理，并撰写了《伊州区三年来信息化建设情况报告》。

为了帮助哈密招商引资发展经济，王恒通过后方的原单位——郑州市工信委，积极协调 18 家郑州企业参加哈密市伊州区组织的招商活动，吸引到了 4 家有意向到哈密投资的企业。

2018 年 9 月，王恒开始分管安全生产工作。伊州区地域广阔，很多矿区位置偏远，需要穿越戈壁，道路极其难行，因此，负责安全生产不仅责任重大，而且是标标准准的苦差事。但是，对于工作分工，王恒毫无怨言。

自此，长途跋涉下到矿区检查安全生产便成为常事。

一次，王恒到距离伊州区 230 余公里的大明矿业检查安全生产，下了高速，是 40 多公里长的戈壁滩搓板路。汽车一路颠簸，司机几乎把握不住方向盘，王恒坐在车上，被颠得肠胃翻江倒海，几乎散了架。即便如此，凭着超出常人的毅力，王恒一到该单位，便开始认真细致地检查安全生产，指出问题，限期整改。为了不耽搁第二天的工作，王恒没有歇息和停留，随即踏上了返程，硬是做到了当天来回。

这样的事情不胜枚举。

说实话，无论生活条件还是工作条件，新疆比内地都要艰苦得多，加班加点更是家常便饭。但是，王恒的口中从来没有说过"苦"和"累"，这个在部队大熔炉里锻造出来的铮铮铁骨的硬汉，就如他的女儿王怡然所说，永远都在部队，永远都穿着军装！

采访中，王恒看着身边的女儿说，连着三年了，女儿的暑假都是来新疆过的，好在女儿争气，今年考上了上海大学！

女儿王怡然是个文静内向的姑娘，说起爸爸不由得就动了感情，泪眼蒙眬地说，只要爸爸妈妈的感情好，我就放心了。其实，妈妈心里一直把爸爸放在第一位，爸爸也深爱着妈妈，看天气预报说郑州下雨，还会特意给妈妈打电话，让妈妈不要在电线杆下走！

张彦珍的眼睛也湿了，她说，虽然我长期当军嫂，已经习惯了这种生活；可当王恒离开家后，我一下觉得房子大了！有时忙得分身无术，被逼得都想出了没有办法的办法：一次妈妈有病要到中医院看医生，我实在抽不出时间，只能把家里的地址和医院的地址写在纸上交给出租车司机。

王恒猛抽一口烟，看了看妻子，又看了看女儿，说，其实，每个援疆干部的家里都不易，但是让我感到欣慰的是，能够得到家乡人的理解和帮助。来援疆后，家里的车没人开了，妻子又不会开车，她的一个同事得知情况后，便每天主动开车接送妻子上下班。逢年过节，工信委的领导都要带队到家里进行慰问，每年还会到新疆哈密看望我们，在这里我要真心地感谢家乡的领导和人民。

三

王恒伸出手，手掌上有一个还没有痊愈的水泡。他说，这是前些天到亲戚家帮着干活磨的。

王恒口中所说的亲戚，其实是他的结亲户——哈萨克族努尔兰·依得热斯一家。每次王恒去走亲戚，努尔兰·依得热斯都会亲热地迎上来，用不太熟练的普通话说："哥哥来了！"

说起来很有意思，刚结亲的时候，由于不知道各自的年龄，王恒一直叫努尔兰·依得热斯哥哥，后来得知王恒的年龄大，努尔兰·依得热斯便改口叫王恒哥哥。

王恒和努尔兰·依得热斯一家是 2017 年结的亲，当时努尔兰·依得热斯在山上放牧，只有妻子和儿女在家，王恒便主动帮着他们家种草、喂羊羔、打扫卫生、整理院落。闲暇的时候，王恒便教努尔兰·依得热斯的妻子马克夏义·艾山学习普通话，帮助正在上小学六年级的儿子叶尔哈那提复习功课。

　　一天，叶尔哈那提突然发高烧，母亲马克夏义·艾山有些不知所措。王恒得知后，立即四处寻找生姜熬姜汤，并用湿毛巾给他物理降温，可是忙到晚上一两点也没有好转，没办法只能送到村卫生院，一测体温已经 38 度多了，医生说必须立即打针，可是叶尔哈那提却挣扎着不让打，王恒怎么劝说也没有用，他只好用双手紧紧摁着叶尔哈那提的胳膊，双腿紧紧夹着叶尔哈那提乱踢腾的腿，这才勉强让医生打了针。

　　打完针，叶尔哈那提像狼崽子一般瞪着眼睛看着王恒，恨恨的，回家的路上不说一句话。"不过，等烧退下去，病好了，他也就不恨我了！"王恒哈哈笑着说，"现在，我们关系好得像爷儿俩，叶尔哈那提管我叫干爹，还加了我的 QQ，没事就会在 QQ 上问我，忙什么呢？什么时间来？最让我没想到的是，我过生日他竟然还记得，祝我生日快乐呢！"

　　努尔兰·依得热斯的女儿玛依拉·努尔兰在哈密市十三中上高三，马上就要考大学了。王恒知道毕业班学习很辛苦，孩子需要补充营养，就坚持每两周给玛依拉·努尔兰送去一箱牛奶，时间久了，连学校的门卫都熟了，见了他就说："又来看你的女儿了！"是啊，女儿不在身边，王恒就把对女儿的爱放在了玛依拉·努尔兰身上，像对待自己的女儿一样。

　　正是靠着真心换真心，王恒和努尔兰一家结下了深厚的民族友谊。

　　哈萨克族人习惯喝奶茶吃馕，早上没有熬粥的习惯，但只要王恒一来，他们会特意熬大米粥喝；过春节的时候，玛依拉·努尔兰还会给王恒打电话，说："春节好，我宰了只羊，你带回去，这儿的羊好！"

王恒没有把羊带回去，但是他把玛依拉·努尔兰一家的深情厚谊带了回去，告诉了妻子，告诉了女儿，告诉了同事。

这次跟随王恒来到玛依拉·努尔兰家，好客的主人为我们准备了丰盛的晚餐，还上了手抓羊肉。席间，当听说王恒再有几个月就要回内地时，正冲着奶茶的马克夏义·艾山着急地说："不回，不回，来我们这里！"玛依拉·努尔兰则说："我们是兄弟，一辈子的兄弟！"王恒的眼睛潮湿了，喃喃自语："是，我们是兄弟，一辈子的兄弟！"

回程的路上，王恒说，少数民族人都很纯朴善良，当我们真心地去对待他们、帮助他们的时候，他们会感受得到，慢慢就把我们当作一家人了。以后回郑州了，我会邀请他们到郑州做客，这个亲戚要一直做下去！

…………

采访结束那天，王恒和妻子张彦珍特意上到了援疆公寓的楼顶，俯瞰熟悉的哈密市区，瞭望横亘在远方的美丽天山，仰望湛蓝天空无瑕的白云，心里几多不舍！

三年的援疆征程很快就要走完了。这三年，王恒经历了很多很多，碰到了无数他不认为是困难的困难，遇到了无数他不认为是艰辛的艰辛。但是，这一路走来，王恒自觉还是收获更多，为援疆三年在这里洒下的汗水感到值得！

给我们合个影吧！张彦珍对摄影师张笑丰说，我要把这张照片放大挂在我们的客厅，作为永久的纪念！

随着"咔嚓"一声轻响，一张以天山为背景，以朵朵白云为烘托的合影，被拍摄下来。镜头里的王恒虽然没有着军装，但是那挺拔的身躯，依然展现出军人特有的气质，仿佛穿着一件无形的军装。

确实，王恒是一个永远穿着军装的人！

三年磨一剑　百炼始成钢

——记哈密市伊州区发改委援疆干部人才王礼光

王艳

夏天的哈密，天高云淡，炽热干燥，王礼光已经熟悉了这里的一草一木。从最初的陌生担忧，到如今的豁达与热爱，在这座丝绸之路上的名城，快三年了，他经历了怎样的心路历程？

翻越一座座山峰去看你

2019 年 7 月 4 日，是王礼光母亲和妻儿来哈密的第三天。一大早，他们就备好了面粉、食用油、牛奶等生活用品，还有一件从郑州带来的胡辣汤料，和中原人走亲戚一样，带着满当当的礼物，开开心心地去他的结亲户包拉提坎·托坎家串亲戚。

出了市区，风越来越大，路边的榆树被吹得哗哗作响。十点多钟他们赶到了三道岭镇，这里距柳树沟村还有三四十公里。包拉提坎在电话中说，他凌晨 5 点就起床下山来接了，现在去三道岭镇上办点事，让再等一会儿。

走亲戚的车停在了路边。天气预报说当日的气温为 40 摄氏度，干燥的风和灼热的阳光，铺天盖地。一个多小时过去了，母亲和儿子，已经在小声地说肚子饿了。王礼光歉意地说，忍忍吧。

一直到下午 1 点 40 分，包拉提坎才匆匆赶来，这位 1983 年出生的哈萨克族年轻人，身体健壮，皮肤黝黑，眼睛很亮。他普通话说得生硬，但王礼光还是听清了，他想让大家在镇上的小饭店里先吃午饭，再出发去家里。王礼光摇摇头说，还是赶紧先去家里吧，走亲戚就是要感受家庭氛围。

包拉提坎一家原本住在西戈壁政府统一规划建设的安居房里，但一到夏天，他就会带着母亲和妻子，到大山深处他父辈曾经扎帐的地方住两个月，是避暑，也是怀旧吧。

接下来是长达二十多公里的茫茫戈壁，目之所及荒无人烟，连只飞鸟都没有，只有银灰色的商务车，孤独地在细小的石子路上颠簸不已。

到了柳树沟村口，前方的山路愈发崎岖，包拉提坎说商务车不能通过，无奈，大家只得分乘邻居的两辆小卡车上山。路上横亘着小河滩、小石头、沟壑、枯树枝、石板桥，人在车厢里被颠簸得东倒西歪。越往前走，大山越巍峨，树木越葱郁，阳光白银一样倾泻而下，偶尔有几只羊几头牛，或在碧绿的草甸上低头觅食，或在清幽的山涧旁悠然而卧，即使是资深驴友也难以寻见如此壮美的疆域景色。

路况越来越差，直到下午 4 点多，他们才疲惫不堪地抵达包拉提坎家白色的帐篷。远远地，看到他七十多岁的母亲和穿着红色上衣、包着紫色小碎花头巾的妻子萨木盘，站在毡房外的草地上，微笑着招手迎接。

两家人见面了，不是握手，而是彼此伸开双臂，环抱肩膀拥抱。老人开心地对王礼光的爱人付利说："阳刚子，阳刚子

（哈萨克族语：媳妇）。"大家愉快地说着，脸上洋溢着开心的笑容。很快，雪白的奶豆腐、金黄的馕、酸甜的葡萄干，先后摆出来了，空气里弥漫着融洽愉悦的气息，犹如奶茶的甜香。饭前洗手，王礼光事先提醒大家，洗完手，不要甩手（哈萨克民族的风俗）。这一句轻声提醒，让人感到主人的细心与尊重。

喝完奶茶，两家人兴奋地照了合影，远处的蓝天白云低得触手可及，一座座大山绵延到天际。

要分别了，包拉提坎母亲边说边高高地伸出一个巴掌晃动着。包拉提坎在西戈壁上幼儿园的侄女，会说普通话，翻译说是要客人们在这里住五天。

包拉提坎拉过王礼光的手，放在自己的掌心，恳切地说："住下吧，晚上宰一只羊。"王礼光摇摇头说："单位里的事太多了，走不开。最近几个援疆项目正接近验收的关键阶段，事情很多，第二天还要值班，得回去。"

空气一时显得凝滞，包拉提坎满心愧疚，他后悔没有款待客人一顿丰盛的手抓羊肉。尤其听到王礼光说今年援疆就结束了，年底要离开哈密了，竟伤感地立在一块石头前，久久不语。他或许在回忆这位郑州来的干部，虽说自己不善言辞，可这三年来，这位亲戚给他们家办了许多实事：搭建蔬菜大棚，种上了菠菜、韭菜、西红柿；想办法为没有生育孩子的妻子，四处找援疆医生问诊；冬天为他们家送来两吨过冬煤；房子漏水，他自己花钱找人修补；每次来，他都带着大包小包吃的喝的用的……

王礼光说，刚开始结亲，他们很客气。后来次数多了，每个月相处 6 天 5 晚，每次来，老母亲都很激动，临走，还抓两大把酸奶疙瘩，塞进他衣兜里。那次省委组织部拍一个援疆短片，老人搂着他的头，对着镜头说：这就是我儿子。这让王礼光很是意外。儿媳妇萨木盘每次看见他，都开心得跳起来，拉着他的手，高兴地说："好吗？你好吗？"他都不好意思了。看得出来，她们不是装出来的，而是发自内心的热情。和包拉提坎的合影，别人一看就说是亲兄弟。

以我心换你心，始知相忆深。

这些以游牧为生的哈萨克族人，做梦也没有想到，在他们偏远低矮的帐篷前，迎来了热情与善良、真诚与厚道的中原客人。

离开时，远山如黛，余晖笼罩着依依不舍的两家人。

一个郑州男孩的暑期之旅

儿子王宠翔因为在 2017 年 2 月给爸爸的行李里悄悄塞了一封信，一时竟成了"网红"。

当时他还在郑州一所小学读五年级，知道爸爸要去新疆工作三年，实在舍不得他走，连妈妈都没有说，就写了一封信。信的大致意思是：爸爸，我会想你的，我会好好学习，好好吃饭，帮妈妈分担压力。你要照顾好自己，按时吃饭，不要太劳累……

两年半后，王礼光拿出这封保存得完好无损的信。孩子的确做到了，不仅懂事听话，还考上了理想的初中，个子也蹿高了一二十厘米。

爱人付利说，她和王礼光 2004 年结婚后，家里的大事小事都是老公操心。她血压高一直服药，2016 年 11 月，血压突高至一百八，当时医生就让她坐着不要动，给家人打电话立即安排住院，她在中心医院住了半个多月。

2017 年初的一天，王礼光下班回家对她说，要去新疆工作三年。她还以为是在开玩笑，他说是真的。当时，付利觉得整个天都要塌了，非常恐惧和不安：我们娘儿俩怎么办？

各种纠结之后，付利选择支持王礼光的工作，做王礼光坚强的后盾。虽然心里非常舍不得，眼泪在打转，她却下定决心要坚强，不能让王礼光为她担心。但直到王礼光出发的前一天，她还希望王礼光能留下来。

自己要工作，下班回来又要接孩子放学，买菜做饭，送孩子上辅导班。因为高血压，遇到事情头就疼得受不了。三个月内，她竟瘦了 20 斤，血压也降了，药也减半了，这也算是一件好事吧。

在王礼光援疆的两年半里，她克服了很多困难，有时真的很累，真想大哭一场，但是心里却不觉得苦，为老公是一位援疆干部感到自豪和骄傲。援疆同事称她"援嫂"——虽说这辈子没做成军嫂，援嫂也是很光荣的。

儿子对她说："我喜欢上新疆了，等我长大了，也像爸爸一样来援疆，到时你退休了可以来住上几年。"

2019 年，暑假还没有来到，宠翔就兴奋地准备来哈密了，即便是要坐 30 多个小时的火车，也一点不觉得辛苦。他把该复习的预习的书带了一大摞，来到爸爸住处，因屋里地方小，他的小床只能临时放在客厅，开心地当上了"厅长"，书整齐地码在床头。奶奶和妈妈回郑州后，爸爸早出晚归，他一个人在家，上午写作业，下午看课外书，他喜欢《红星照耀中国》《昆虫记》等，他还会到小区周边转转，一个人去食堂吃饭。有时爸爸忙工作，到半夜十一二点才回来，他实在等不上就睡着了。他觉得爸爸是一个对家人特别好，对工作特别负责的好爸爸，自己真幸福。

这个假期，尽管常常一个人在家，但宠翔觉得很充实，也增长了见识。他喜欢哈密湛蓝的天空、辽阔的高山、顽强的红柳，还有热情开朗的少数民族同胞。

宠翔身材瘦削，王礼光担心他和大多数独生子女一样，成为温室里的花草，就半开玩笑地说："儿子，从现在开始，把你放在这里锻炼十年，戈壁一定会还我一个健壮坚强的儿子。"没有退路的磨砺，定会大浪淘沙，锻造出真正的好钢。

爸爸在成长，孩子在成长，家庭在成长，没有一滴汗水是白流的。

儿子陪着爸爸援疆，爸爸陪着儿子长大。

陪伴，是最长情的告白。

第三方介入，全程监管真金白银

第一次见到王礼光，是在哈密七月那金属一样铮亮的阳光下，由于皮肤黝黑，他笑起来，牙齿尤显洁白。他调侃说，本来就不白，到这儿以后，总要下基层看项目，脸就更黑了。头发呢，之前很厚实，一根白发都没有，现在掉得都快看得见头皮了，白发也长出来了。唉，人间正道是沧桑啊。

三年前，郑州市发展和改革委员会要选派一名年轻后备干部参加援疆。王礼光父亲去世早，他是长子，母亲依赖他，爱人血压高，常年吃药，儿子身体单薄，又马上要小升初，他是家里顶梁柱，家里处处离不开他。但身为服务业局综合发展处处长，他主动报名援疆，就像立志要去当兵的十八岁男儿。

王礼光万万没有想到，这三年承担了超乎想象的工作和压力。

援疆后，王礼光任哈密市伊州区发改委副主任，主要负责援疆项目。这是一份烫手、扎手又必须踏实做好的工作。王礼光说，项目援疆、产业援疆，在国家考核指标体系里占援疆工作考核百分之六十的份额。尤其是在援疆工作快结束时，压力就更大了。要接受国家考核，考核援疆项目实施进展、资金拨付、项目完成等情况，这些都是实打实的硬指标。

为了科学规范管理援疆项目，王礼光提出了引入第三方的工作思路。通过公开招标遴选代理机构、审计机构，对资金使用进行全方位、全程高效能监管，甚至在技术、流程管理等环节，及时发现和解决深层次问题，提高援疆资金使用效能。

王礼光说，援疆资金来之不易，咱们河南也不富裕，还没完全脱贫。如果使用不规范，资金没有充分发挥效益，咱就觉得心疼，如果不管理好这些援疆资金，就对不住咱郑州，对不住家乡父老乡亲。所以，援疆办在资金使用上想了很多办法，现在我们的这种第三方介入、全程参与监管的模式，在哈密甚至在全疆，应该是首创。

这种方式实施之后，对项目单位来说，是非常大的有效制约。第三方介入之后，对申请资金全程核查，对现场施工质量进行不间断检查，这样，这个钱，咱们花过之后，自己心里就踏实了。要为咱们的资金负责，为咱们的工作负责。

为此，王礼光加倍努力。节假日不休息，工作日程满负荷。在办公室吃点干粮、方便面，就算是一顿饭了。发改委负责煤炭、安全生产、救灾物资等，属于应急口，其他部门休息了，但他们不能，要随时待命。

两年多来，他先后实地督导援疆项目近 30 次，到伊州区乡村双语幼儿园、伊州区豫哈实验幼儿园、伊州区安居富民工程、困难家庭安居工程、豫哈实验学校等项目现场，协调解决问题。

为深化产业援疆，他多次与后方派出单位沟通协调，汇报产业发展需求，并得到了大力支持，推进了产业援疆、教育援疆、民生援疆、文化援疆和旅游援疆，增强了伊州区经济社会发展的内生动力，促进了两地融合互动。

援疆三年，一种高强度、宽维度、加速度的成长

在哈密，王礼光看到一些同事兢兢业业干了大半辈子，并没有获得一官半职，却无怨无悔，知足常乐。办公室一位刚毕业的 90 后维吾尔族女大学生，每天上班准点到，下班却没概念，加班是常事，有时忙到夜里十一二点，还放不下手里的工作，却毫无怨言。

2018 年秋天，王礼光带队去帮扶点开展群众工作，白天走村串户，晚上开会讨论，有时忙到夜里十一二点才休息。有一天上午，他正在布置工作，突然有同事慌忙跑过来说，一位同事因工作劳累突发心脏病猝死。

王礼光强忍悲痛协助家属处理完这位同事的后事，他悲从

心来，独自走到村委会房子后边，任凭眼泪哗哗地流出来。此时，他心中五味杂陈，百感交集，感叹人生无常。他问自己，援疆，究竟为了什么？这三年，是一种高强度、加速度的锻炼，是对体能、智能、技能的严峻考验，也是一把拓展人生宽度的利剑。

王礼光还分管办公室工作，每遇重大材料，必亲自操刀。经济形势分析类的，要调查思考，有理有据，提炼观点；会议总结类的，要抬高站位，把握全局。写材料费脑子耗时间，有时实在没时间，就在驻村结亲时带着笔记本电脑，趴在亲戚家的大炕上写，由于腰椎有毛病，没办法就跪在炕上，常常写到凌晨。

三年来，虽说陪伴亲人的时间少了，但是亲情却因此愈发浓烈；虽然缺失了很多舒适，但能力素质却得到了提升。所有付出，都会在不经意间开花结果。

现在，走在哈密大街上，一不小心就会感受到哈密与郑州的融洽。一次坐出租车，司机听说他是郑州援疆干部，说啥也不收钱。

2017年暑假的一个周末，王礼光和几位援疆干部陪孩子去旅游，导游从游客信息中知道他们是河南援疆干部，就郑重地对车上的人说，今天咱车上有河南援疆干部，他们为哈密做了很大贡献，我们表示感谢。车内响起一片掌声。

这让王礼光很感动也很意外，能够赢得哈密老百姓如此尊重，付出再多的心血也值！

让王礼光自豪的事还有很多。河南籍在哈密谋生的人，得知郑州援疆干部在哈密做的一系列造福社会的事情后，也有了极强的荣誉感，走路的腰板都是挺直的。而哈密人则会开玩笑说，哈密是河南的第十九个地市。

正所谓君子忧道不忧贫，君子养心莫过于诚。王礼光凭借真诚、朴实与勤勉，守着一颗初心，践行着一个援疆干部的为民情怀。三年间，郑哈两地悠远的相思之苦，一万多个日夜的磨砺之艰，此时，都成为他漫漫人生路上的成长财富。

一个文化援疆人的生命宽度

——记哈密市伊州区文体广旅局援疆干部人才程进军

叶语

在产业援疆、医疗援疆、文化援疆、旅游援疆方阵中，程进军属文化援疆方阵中的一员。他进疆前姓"文"，供职于郑州市文广新局；进疆后也姓"文"，任哈密市伊州区文体广旅局副局长。

为什么援疆？这是每个援疆人都要深入思考的人生新命题。作为文化援疆人，程进军思维的宽度和深度，让笔者眼界大开，肃然起敬。我们见面之初，他就端出自己的思考之果……

地处新疆东大门的哈密，是丝绸之路上的重镇，也是东西方文化交汇之地，既有鲜明的中原文化脉络，又有少数民族古老的传统风情。在这里，屯垦文化、丝路文化、草原文化、民俗文化交相辉映。伊州，作为历史重镇，"丝路明珠"，本该有与它相匹配的文化地位。

由于东西部发展不平衡，哈密文化产业、文化事业发展相对滞后，公共文化服务体系建设、优秀文艺精品创作、非遗传承与保护相对薄弱，文化产品的供给与群众的渴求存在一定差距。作为一名文化援疆人，当好文化使者，发挥河南文化大省的资源优势，架起中原文化与东天山文化的桥梁，把厚重的中原文化与东天山文化有机融合，推动两地间文化交流交融，形成矢量叠加效应，显得尤为迫切。

2019 年 6 月 30 日傍晚，笔者一行来到哈密，采访郑州市第九批援疆工作队。这次采风活动，程进军既是策划者也是接洽人。他是我分担的采访对象之一，因为见面之初就分享了他文化使者的高论，自然把他列为第一个采访对象。

顺当的开篇之后，却多日不能为继。每次邀约，他不是参加会议，就是在下基层的途中，或是需要处理的急事挤掉了约见时间。我暗自叹息：这次采访，是自己经历过的所有采访中时间切得最零碎、效率最低的一次。已经在哈第五天了，竟然没能完成一个人物的采访。他也过意不去，有时请我到他的办公室，在两场会议的短暂间隙，能谈一点是一点。他每次表达歉意，我都说能理解。理解归理解，也不能完全消解我空耗时间的郁闷。

然而，在经历他去机场前约我到援疆公寓一个小时的交流，尤其意外目睹了他在公寓大门口买瓜的那一幕，我心存多日的郁闷尽消。

采访组到达哈密的时间，与正在紧锣密鼓筹备中的哈密瓜节撞在了一起。哈密瓜节在当地的重要性，程进军在哈密瓜节中的承担之重，回放一组昨日的镜头，答案，就在里面了……

2017 年 7 月 19 日，哈密，这颗西部明珠，陡然在央视两个频道辉光闪耀，夺目燃睛，央视 13 套《新闻直播间》播发了《豫哈联手打造哈密瓜特色经济》的报道，央视 2 套《经济信息联播》也播发了《收获季看市场：甜蜜之乡打响经济牌》的报道。

　　西部明珠为何忽而这般光彩夺目？答案就在 2017 年 7 月 18 日。这天上午，中国哈密"甜蜜之旅"第十四届哈密瓜节开幕。与往届瓜节大为不同的是，这届瓜节颇具里程碑意义，开幕式首次跨区域在哈密与郑州两地实时同步电视直播。正是这个开创性的跨越，才一步"跨"进了央视两个频道，让哈密在国人眼中熠熠生辉。

　　这次跨域两千五百公里、两地三台同步成功直播的杰作，是郑州援疆成果的一次展示。作为主管伊州区广播电视台的副局长，程进军肩负的责任、付出的心血不难想象。协调郑州电视台直播团队抵哈，直播现场临时搭建直播车，先后八次修改直播方案等，可以想象到，在成功之前，走过多远的路，闯过了多少难关。

　　定于 2019 年 7 月 19 日上午举行开幕式的第十五届哈密瓜节，首次在郑州设立分会场，延续哈密与郑州两地实时同步电视直播，再次创新实现两地直播连线。这是两地交流交融的一次盛举，也是郑州第九批援疆工作队三年援疆的精彩收官之作！

　　风险、压力、挑战，驱动着急促的脚步。作为郑州分会场筹备工作负责人的程进军，工作千头万绪，实在抽不出时间与我深谈。

　　2019 年 7 月 5 日傍晚，程进军突然电话联系我，说他刚结束瓜节协调会，请我到他的公寓。他已订好当晚八点多的机票，回郑州协调分会场有关事宜。我到他公寓时已近 6 点，离他 7 点出发去机场仅剩一个小时。

　　我进屋时，小小的旅行箱空空的，在客厅地板上敞开着，箱盖上是尚未收拾的衣物。程进军边整理物品边说：这是哈密瓜节首次在异地开设分会场，是郑州援疆成果的一次检验，各级领导非常重视，是宣传推广哈密的非常好的机会……这次短暂的行前采访，有一半时间在走动中进行。他一边翻找必带的物品，一边回答我的问题。司机打来电话催他出发，他一手拿着电话接听，一手去拉旅行箱拉链，因为小箱子太满，他不得不半跪着，用膝盖压住箱盖才把拉链拉上。

出公寓大门时我才知道，同机回郑筹备哈密瓜节分会场的，还有我的另一个采访对象邱冬云。邱冬云一手扶着箱子，一手提着3个哈密瓜。程进军问他在哪儿买的瓜，他指指大门右侧一个守着瓜车的老汉。程进军急忙下车，花24.4元买了3个哈密瓜。

看到这一幕，我对援疆人有了更深理解，更多敬意。在这个季节来哈密的旅人，几乎都会带几个当地的哈密瓜。他俩都有妻子孩子，按人之常情，这个时节回家，又是因筹备哈密瓜节回家，怎么说也该多少带点特产吧。然而，他们确实公事太多无暇顾及。若不是在大门口正巧碰上个卖瓜老汉，两个从"甜蜜之都"回家的援疆人，也就空手而归了。

笔者把当日的采访变成文本后，时间已近夜半，程进军乘坐的航班，也该降落郑州机场了。回想与他的交谈，不难想象，他的午夜归来，不仅会给妻子带来久别的惊喜，也会带来久违的心泰神安。他的妻子不是个独立性很强的女性，援疆前，家里大大小小的事，都得丈夫"做主"。程进军援疆后，她不得不单挑独扛了，但一遇到大事，不管远水是否能解近渴，她的第一应急反应，是向丈夫问计求援。

连家里疑似"失火"这样的紧急关头，她不是先稳稳神探个究竟，而是第一时间向远在哈密的丈夫急报"火警"。

那天中午，电话里突然传来妻子惊慌的声音：厨房在冒烟，都蹿到客厅了，是不是着火了！怎么办啊？

多年的军旅生涯，造就了程进军遇事冷静沉着的心态，他有序地远程指挥妻子：先拉下总电闸，进厨房看有没有明火，打开窗户通风，闻闻燃气灶、冰箱、烤箱、微波炉有无焦味。妻子在他的指挥下一步步探明烟雾的来路，原来是自家烟道坏了，别人家的油烟倒排所致。"一朝被蛇咬，十年怕井绳"，"失火"让妻子至今都心有余悸。

柔弱的妻子会因丈夫不在身边缺失坚实依靠，大丈夫也会在妻子的关爱缺席时夜不成眠。忆及远离家人之初，程进军谈笑中不乏苦涩：初到哈密时，陌生的环境，恶劣的气候，时区的差异，离别的忧愁，无以排遣，无以倾诉，只能深深地埋在心里，常常失眠，不免发出"天山外古道旁，夜不能眠向东方，无处话凄凉"的喟叹。结婚十八周年纪念日，他无法陪伴妻子，以诗言情：

> 十八载幸福相伴，
> 十八载风雨同行，
> 如同十八岁花季，
> 绽放出春的色彩，
> 我们用无悔的青春，
> 书写着美丽的诗行。
> 我们在风雨里哭泣，
> 我们在阳光下微笑，

我们在平凡中坚强，

我们在聚散中弥香。

那就让我们一路欢歌，

奔向远方！

"夜不能眠向东方"的程进军，有时会苦中作乐化解郁结于心的乡思愁情。那篇《一壶"肉汤"》的生活随笔，正是程进军苦中作乐的典型版本。

为增进民族团结融合，全体郑州援疆干部人才都在柳树沟村结了一家少数民族亲戚。这个村地处戈壁滩，虽然戈壁滩植物和动物都很稀见，苍蝇家族却出奇兴旺，屋内屋外床头餐桌无处不在。援疆干部刚来时，很难忍耐苍蝇一家独大的环境，但时间长了，也就见怪不怪了。

在《一壶"肉汤"》里，苍蝇竟成了故事主角——

结亲周里故事多，就说说结亲周里的囧事吧。为了能喝上热水，我特意从公寓带来了热水壶，在闲暇之余，几位援友围坐在临时指挥部毡房，煮上一壶开水，泡上一杯热茶，侃侃大山，拉拉家常。日子过得飞快，一转眼又要返程了。临行前收拾行囊，准备把壶中残存的水倒去，打开盖子一看，壶底一层黑乎乎的，毡房内光线不好，一时分不清是何物，拿到毡房外仔细一看，着实吓了一跳，二十几只苍蝇附着在壶底，摆开了"龙门阵"，不知道啥时候进去的，在里面"住"了多久。可能因为长时间炖煮的缘故，一个个体态呈现"肥美"状，场面颇为"壮观"。援友们"会心一笑"，相互调侃道：中啊，这天天吃泡面啃馕饼子的，煮上一壶"肉汤"，喝着得劲，能量满满，增加了营养，改善了伙食呀。

如果没有记错，不下十位援友都曾分享过这壶里的"美食"，真所谓有"福"同享啊。事情虽然过去很长时间，每每援友们聚在一起，"一壶肉汤"的故事还常常为援友们"津津乐道"，成为饭后茶余的谈资。

说到这里又想起一次"恶作剧"，哪一次结亲周记不清了，晚饭时间，在临时指挥部小院，援友们或蹲或坐，左手拿着馍，右手端着汤，打开"馍菜汤"模式，边吃边聊着结亲周里的小故事。此时，一只苍蝇不慎坠入我的汤碗，几番挣扎后当场毙命，我佯装不为所动，淡然一笑，大口"喝"了起来，坐在身边的张朝霞、杨东晓两位女援友看得"真切"，直接饭喷。

…………

把这些事写下来，我想表达的是，在这个特殊背景和特定环境下，在这段难忘的岁月里，援友们甘苦与共，苦中作乐罢了。

2019 年 7 月 19 日，第十五届哈密瓜节郑州分会场盛大开幕。郑东新区如意湖畔人海如潮，"天山嵩山根连根，豫哈人民心连心"的红色空飘迎风飘荡，"甜甜"和"美美"两个哈密瓜吉祥物分立舞台两侧，主屏两侧代表商都文化符号的红色饕餮纹镂空造型，如同展翅腾飞的祥兽，寓意着豫哈两地携手共创美好未来。两地艺术家联袂献艺，为观众献上了一场文化盛宴。中原父老乡亲享受了一次甜蜜之旅。郑州电视台、郑州人民广播电台等多家媒体现场直播了开幕式盛况。

此时，程进军是憔悴的、疲惫的，但无疑内心是喜悦的。

作为"文化使者"的程进军，一直致力于推动豫哈两地文化交流。

2018 年 9 月，由郑州援疆工作队协调郑州市文联、新疆中原文化促进会共同举办的"豫哈情深——河南新疆百名书画名家作品巡回展"，相继在乌鲁木齐、哈密和郑州开展；协调郑州市文广旅局捐赠豫版图书 1 万册，"郑州书屋"与哈密读者见面；协调郑州市文广旅局成功协办"一带一路西部民歌节"；协调海燕出版社、新疆青少年出版社向哈密市第七小学等 5 所小学捐赠优秀图书 1 万多册；组织哈密工艺美术协会参加中原博览交易会，参访郑州文化企业；带领业务骨干到浙江大学等高校参加文化产业培训；邀请新疆文联"千人培训计划"走进哈密；历时三载打造《一带一路　甜蜜之旅》音乐专辑，在郑州成功发布……郑州文化援疆步伐坚实而有力。

程进军援疆的职责是当好"文化使者"，然而，在做很多具体事时，却成了不太"文化"的普通体力劳动者。2019 年 1 月 10 日，郑州市党政代表团来到哈密，看望援疆干部人才，为推动援疆工作，再次捐款 500 万元。在做"我是郑州援疆人"的展板时，由于气温太低，厂家贴在边框上的保护膜被牢牢冻结，用指甲抠起一角，用力小了撕不动，用力大了一撕就脆断，用刀子刮又怕损伤表面光洁。要把数十块展板的四个边框用指甲一点一点地撕干净，即便援疆人全部上阵，也难在有限的时间内完成。有人急中生智，用毛巾蘸热水焐一会儿再撕，在零下二十几度的高寒下，刚"焐"片刻，湿毛巾和边框就冻结在一起了。最终有高人想出高招：一个人用吹风机预热，一个人在后边撕揭。

如何把数十块展板运到展区？他们放弃了租车，宁愿在刺骨的寒风中你扛我抬。援疆人知道，家乡政府虽然援哈出手大方，但家乡父老的生活其实并不富足，因此，他们花钱时特别心疼，能省一点就省一点。

程进军援疆生涯中的许多经历，都是此前不曾想象到的。他尤其没有想象到，上军校时练就的爬电线杆架通信线路的本领，会在这里派上用场。他在军校学的是有线通信指挥，毕业后就再没爬杆子上树了。然而，在一场特大洪灾中，程进军又当起了爬杆放线的通信兵。

2018 年 7 月 31 日，哈密市伊州区沁城乡暴发特大洪水。百年不遇的凶猛洪水冲决水库、淹没村庄、摧毁田园、夺人性命、卷走家畜……造成重大生命伤害和财产损失。为了救民于水火，把损失降到最低，预防次生灾害，当地政府和附近军民全力投入抗洪救灾。

灾情就是命令。抢修恢复交通、供电、通信成为首要任务。程进军带领抢修人员第一时间进入灾区，抢修架设应急广播系统，让灾民第一时间听到党的声音，了解减灾防疫常识。

程进军的职责是现场指挥，然而，一遇到危险关头，他就亲自上阵。那些斜倒在烂泥里的电线杆重新栽直后，需要有人爬上去架设应急广播，这即使在正常状态下，也属高危作业。而刚在泥里水里立起的电线杆，稳定性不够，人爬上去还要高空作业，风险不小。不惧风险的抢修队员个个争着要上，最终，程进军以军校爬杆能手的老资格争得"爬杆权"。

程进军每在摇摇晃晃的高杆上当一次"猴子",下面的队友就为他的安危捏把汗。高空作业体能消耗很快,每次完成任务下到地面,他都要抱着电线杆喘息一会儿。

对灾民的真情大爱,催促着程进军等人不断加快抢修速度。早上8点受命出发,11点抵达现场,17个小时马不停蹄,深夜11点,应急广播系统如期抢修架设完成。饥肠辘辘的程进军第一时间向郑州援疆工作队领队马宏伟汇报了任务完成情况,马宏伟要求他们到救灾指挥部吃点东西,程进军说时间来不及了,救灾指挥部新的命令已经下达:开通固定安置点小堡新村"户户通"电视设备。

固定安置点距离灾区有60多公里。上级下了死命令,要求在一天之内让灾民安置房达到入住条件。程进军的任务是:次日天黑前,必须为72套安置房安装开通"户户通"电视设备。

其实,协调工作于下午7点就已经同步展开,设备正在调配组装,技术人员正从各乡镇抽调。程进军一边协调,一边乘车赶往小堡新村。深夜灾区道路更加难行,忽然前车急打方向,他乘坐的车急刹车,下车查看,一个前轮已经悬空。原来是道路被洪水冲垮了一大半,若不是刹车及时,后果不堪设想。为节约时间,他们只能绕道戈壁滩,艰难前行……

午夜12点30分,设备开始进场,物料开始进场,第一批技术人员开始集结,第二梯队也已待命……

凌晨5点,第一户电视信号顺利开通……

当新一轮太阳再度烧烤戈壁滩时,嗓子嘶哑、身心俱疲的程进军实在撑不住了。他把设备包装箱铺地当"床",拿过一瓶矿泉水瓶为"枕",倒头"迷糊"了半小时。

晚上6点,程进军率领的团队第一个按上级要求如期圆满完成任务,72户电视信号全部正常!

在胜利的喜悦中,全体施工人员照了一张"全家福"。事后他翻看通话记录,进入灾区后的一天一夜,他接、打电话近两百个。

有一种责任叫援疆,有一缕情怀叫缘疆。程进军留在天山、戈壁的深深足迹,就是他对责任与情怀的最好诠释。

医改重头戏

——记哈密市伊州区卫健委援疆干部人才梁士杰

谷凡

一个人的一生，如果选错了职业，叫生活有色差；若选对了职业，就叫有了对色的生活。有太多的人不是在对口的岗位上工作，也有太多的人不喜欢自己所从事的职业。但还有一部分人，是专业对口且热爱自己的工作。梁士杰就是这么一位有着对口专业且热爱自己工作的人。

梁士杰是时代的幸运儿。2004 年从河北医科大学毕业后，他来到郑州工作。说到当初参加工作时的情景，梁士杰特别开心。他学的是流行病专业，那时非典刚过，这方面的人才急需，找工作不费吹灰之力，几家单位争着要他。

医科大学毕业，自然选择去医院工作，不说在医院工作待遇好，首先看病方便吧！但梁士杰认为，公卫专业的现场应该是在疾控中心，所以，当郑州市疾病预防控制中心发来邀请的时候，他没有犹豫。

梁士杰是郑州市疾病预防控制中心引进的第一位研究生，在单位虽不算如鱼得水，但也顺风顺水。年轻的梁士杰对工作热情很高，大有"世界缺我少颜色，我为世界添色彩"的劲头。

2008 年汶川地震，梁士杰作为第一批救援人员抵达灾区。

回忆那时的景象，他依然心有余悸。缺水、少食物，余震不断。更让梁士杰不安的是，妻子正值临产，因为没有信号，无法和家人联系，妻子的近况不得而知。虽然心里装着不安和各式各样的猜测，但望着滑坡的山体、倒塌的楼房和等待救援的人们，他个人的这一点点事情又算得了什么？

或许就是有了汶川救援的经历，这次单位号召大家支援新疆工作，梁士杰又一次冲在了前面。

在援疆之前，梁士杰先教女儿坐公交。他的女儿才上小学二年级。对于一个小学生来说，一个人坐公交上学，家人得有多担心，尤其是小女孩。梁士杰在家的时候，都是由他和爱人轮流接送，他这一走，不是一天两天，也不是一周两周，而是三年，万一有什么事情，妻子一个人又怎么能应付得过来。尽管妻子没有反对他援疆，但他心里依然是对妻女满满的愧疚。

2017 年春节刚过，梁士杰就来到新疆哈密，任职哈密市伊州区卫健委副主任。他来时，正赶上自治区慢性病综合防控示范区创建。别小看这个慢性病综合示范区创建，它决定着后续的卫生城市和文明城市的创建，也就是说如果慢性病综合防控示范区申报不上，其他的根本没戏。

自治区慢性病综合防控示范区创建，不是说说那么简单，关键在于要理解创建的内容，怎么样搞才能达标，怎么做才能顺利申报成功，这些都需要梁士杰先打个腹稿，一步一步落实，一步一步安排。

眼下，自治区慢性病综合防控示范区创建，是伊州区政府的一件大事。初来乍到的梁士杰人生地不熟，各项工作都要亲自抓、带头干。

没有来得及喘口气，梁士杰连夜研读文件，熟悉创建慢性病综合防控示范区的内容。健康生产、生活环境、优化人居环境，加强公共服务设施建设，完善文化、科教、休闲、健身等功能都是创建内容。按照要求，梁士杰一一对照，在这个过程中，健康步道成了一条拦路虎。

在所有创建慢性病综合防控示范区创建内容上，健康步道是一个重要环节。

为了尽快落实这项工作，梁士杰加班加点，带领疾控科和疾控中心共同寻找健康步道的落实点。

按照规定，在公园建一条健康步道是最合理的。找公园的负责人，他们说这个自己做不了主。梁士杰又去找了城建局，城建局说这个不归我们管。梁士杰没有气馁，最后又找到森林管理局，经过多方面的协调，由城建局和森林管理局共同负责，才算把健康步道规划出来。

马不停蹄，梁士杰又带领疾控科和疾控中心人员对重点部门和重点街道逐一进行指导和督促，查看重点小区体育设施的设置情况等。

功夫不负有心人，经过几个月的忙碌和奔波，基本的设施总算敲定了，最后一个环节就是撰写汇报材料。

别小看汇报材料这个环节，它和挪砖、添瓦、动树一样重要，甚至比这些还要重要；若是汇报材料写不到位，那前面的工作等于白做。

梁士杰深知汇报材料的重要性，因为汇报材料的好与坏是直接影响创建的关键点。疾控中心提交上来的汇报材料，梁士杰发现问题还是很多的，首先与国家慢病示范区创建内容不一致，甚至跑题。由于时间紧，梁士杰只好自己动手撰写，他硬是实打实写出一份汇报材料。

有人认为梁士杰这么写不行，为他捏了一把汗，怕他这样写申报不上。梁士杰说："能做到的，我们尽量去做了，有困难的，实在是做不到的，我们就如实上报，但要在规划中罗列清楚。"梁士杰坚持自己的观点，他充分阐述目前的工作现状和重点指标，并重新梳理撰写汇报材料。

令人没有想到的是，这份汇报材料被自治区专家组高度认可，并且顺利通过了申报。

援疆干部的工作作风，令同人佩服。因当时没有经验，对申报慢性病综合示范区想打退堂鼓的人员，更是对梁士杰刮目相看。伊州区慢病综合防控示范区的创建成功了，而且得到了自治区专家组的认可，他们的做法在全新疆推广，后面其他申报城市，都按照伊州区模式进行。

第一项工作赢得了满堂彩，梁士杰对自己的工作有了更大的信心。来到哈密市工作后，梁士杰负责的是医政、医改、疾控和援疆项目工作。

2018年，哈密市被列为新疆首批医共体试点城市，梁士杰负责医改工作。关于医改，甭说在哈密市，就是全国各大城市都是一项难搞的工作。第一次承担如此重要的工作，梁士杰深感责任重大，他内心充满了忐忑。对于来自郑州市疾控中心的专业人士，疾控工作他相对熟悉，而医政和医改工作他从没有涉及过。

什么是医共体？为什么要开展医共体建设？伊州区现有的条件是否能开展医共体建设？如何开展医共体建设？这些问题

都需要梁士杰一一思考，认真研究。

首先，梁士杰搜集了国家和自治区相关政策文件，吃透其中的政策方向和环境支持。

根据《"十三五"深化医药卫生体制改革规划》，梁士杰明白了医改工作的重要意义。医改工作不仅仅是关于医院整理和医生的调配，更是改善民生、规范医疗行业过度诊疗等不正之风的必要手段，使医疗服务和药品价格不断合理化，让群众在分级诊疗的过程中降低医疗成本，解决看病难和看病贵的大问题。

该"规划"提到医改工作要"坚持医疗、医保、医药联动改革"，同时明确提到，要建立科学合理的分级诊疗制度、建立科学有效的现代医院管理制度、深化医保资金支付改革，发展"三医联动"是主要方向。

所谓医保支付改革，就是把医保资金打包支付给一家牵头医院，由这家医院通过绩效管理来完善分级诊疗，小病不要大治，该做的检查做，不该做的检查不做，省下的钱可以改善医疗设施等。

为了推动医改工作，梁士杰又研读了国务院办公厅印发的《关于全面推开县级公立医院综合改革的实施意见》和《关于城市公立医院综合改革试点的指导意见》，对医疗、医保、医药联动改革有了进一步的了解。

在此基础上，梁士杰又学习了关于"三医联动"具体实施的政策文件：《国务院深化医药卫生体制改革领导小组关于进一步推广深化医药卫生体制改革经验的若干意见》中，提到了支持医疗联合体建设，从而推动分级诊疗制度的加快建设。同时，国家又发布了《关于全面推开公立医院综合改革工作的通知》，在县级公立医院综合改革中，鼓励积极推进县域医疗服务共同体建设。

通过对国家政策文件的解读，梁士杰心里大致有了方向，很快找出了推动医共体的几个关键环节：政府主导、部门联动、医保资金支付改革、现代医院管理等。关于医改问题，梁士杰心里清楚，这是必须啃下的一块硬骨头，功在当代，利在千秋。

医共体是医改的重要穴位，需要政府推动。2018 年初，为了推动此项工作，梁士杰拟定了哈密市伊州区医共体实施方案，结合伊州区实际情况，多次向各级领导进行汇报，讲解医共体的重大意义，让各级领导充分意识到这是一项利国、利民的长远之计，需要大力支持。

在第一次医共体方案研讨会上，财政部门认为医保资金打包支付给牵头医院存在较大的资金管理风险，同时实施新的绩效考核会对其他部门产生心理冲击。人社局认为医保资金打包支付会出现无法监管的问题。编办、民政局和发改委等部门均提出了不同的意见，其中最大的问题是医保资金打包支付给牵头医院的问题。

面对这么多的反对意见，梁士杰没有退缩。经过三天三夜的奋战，针对医保资金问题，梁士杰又做了一份计划书。这份计划书包含专门起草的医保资金打包支付办法，怎么监管、怎么实施都一一说明。

经多次与医保局沟通协调，这份计划书终于得到伊州区政府主要领导的支持，并作为医改和医共体推进措施。梁士杰说，根据国家的有关文件，医改本身就是要立足于"改"和"破"，要打破陈规，吸收卫生领域的新血液，虽然有部门反对，但还是要坚持，这是医改工作中必然会遇到的问题。

一个又一个日夜，梁士杰想的是医共体，梦的还是医共体。在反复修改、反复打磨、反复推敲后，方案顺利通过，下一步就是推进实施了。

第一脚总算踢出去了，如此大刀阔斧地实行医改，说实话梁士杰也为自己捏了一把汗。万一哪个环节考虑不到位，出了岔子，自己如何去面对支持自己的各级领导，又如何面对"援疆干部"身份。再难，也要把这条充满崎岖的路走下去，找准方向，不留任何遗憾。

在医共体推进过程中，又一个难题出现了：牵头医院存在畏难情绪，认为没钱、没人、没技术，无法托管17个乡镇卫生院，而且现有人员远不能达到技术下沉的需要。为了解决人这一问题，梁士杰又提出依托市级医疗机构和援疆力量，借助市卫健委的支持，建议从市级医疗机构协调10余人的技术团队，来支持负责牵头的伊州区人民医院工作。尽管如此，人员还是紧张，最后梁士杰又想出了增加柔性卫生援疆人数。

为了保证医共体的推进，在第一次启动会上，梁士杰明确要求各乡镇卫生院和牵头医院意见要一致，服从大局，深入领会医共体创建的意义。随后，每周均开展医共体推进会，制定安排医共体推进计划。

为了第一时间了解推进中存在的问题，梁士杰在伊州区人民医院进驻一个半月，参与查找问题、解决问题，不断做思想工作。梁士杰知道，第一步如果迈不成功，那下面的工作就更难做，他不敢有半点松懈。

在医共体的推进中，缺什么梁士杰就想办法补什么，在坚定了牵头医院的信心后，乡镇卫生院的技术现状又给医共体提出了挑战。由于是第一次开展医共体创建，不可避免会存在这样和那样的问题。

2018 年 5 月，梁士杰专程返回郑州，来到金水区总医院，他计划利用金水区总医院的医共体创建经验推动伊州区医共体工作的全面开展。在郑州市卫健委的大力支持下，经过梁士杰的牵线和努力，郑州市金水区总医院与伊州区人民医院签订友好医院协议，在医共体互帮互派方面进行了确认。伊州区每次派两名基层医务人员赴金水区总医院进行为期三个月的实践学习。

能如此顺利地完成这项医改工作，梁士杰说他非常感谢大后方的支持，郑州市卫健委、金水区卫健委尤其是金水区总医院，站位高、顾大局，大后方无条件支持是梁士杰前进的动力。

2019 年 5 月，国家先后出台《关于推进紧密型县域医疗卫生共同体建设的通知》和《关于开展紧密型县域医疗卫生共同体建设试点的指导方案》，明确了医共体推进路线和方向。梁士杰非常欣慰，因为这一方案与伊州区医共体创建方向是一致的。

援疆生活对梁士杰是一次不折不扣的历练，有苦，有累，也有欣慰。看着 17 个乡镇卫生院的成长，看着伊州区人民医院的就诊人数的增加，看着分级诊断秩序的不断完善，梁士杰由衷地笑了。三年时间，他没有枉费时光。伊州区卫生系统每个援疆专家他都熟悉，每个乡镇卫生院的情况他都了然于心。记不清多少次梁士杰带相关人士下到乡镇卫生院给那里的医生做培训，缺少医务人员时梁士杰协调，缺少管理人员时梁士杰也协调。如今，伊州区人民医院及 17 个乡卫生院，都在这次医改、医共体发展中得到了发展。

　　眺望远方，梁士杰心存感恩，他衷心希望祖国越来越强大，新疆人民的生活越来越美好。如果祖国需要，他还会再来援疆。

新疆孩子想念你

——记哈密市伊州区规划管理局援疆干部人才葛咏

罗辛卯

圆梦天安门

天安门。

五星红旗。

毛主席纪念堂。

圆梦夏令营 36 名身着草绿色服装的小队员排着整齐的队伍站在天安门广场上，凝视着国旗。

国歌奏响，升旗手把红旗往空中一抛，国旗像鸟儿一样展开红色翅膀缓缓飘入空中时，孩子们不约而同地高喊：祖国，我爱你！

一个短发圆脸的中年妇女说，你们是外国小朋友吧？队伍中，一个胖胖的、扎着马尾辫的小姑娘说，我们是中国人，是新疆人。接着，一阵响亮的喊声：我们是中国人！我们是新疆人！

新疆的孩子来北京了！

人们的目光唰地投过来，孩子们一个个站直了身，一副骄傲自豪的姿态。

队伍的末尾站着一个平头、圆脸、英姿勃勃的年轻人，他笑眯眯地看着这些神气的孩子，一副甜蜜的样子。

这个年轻人名叫葛咏，是一名河南援疆干部，圆梦夏令营正是由他一手促成的。

在新疆哈密市伊州区柳树沟乡柳树沟村，葛咏有一家亲戚，那是葛咏援疆结对子结下的亲戚，男主人叫阿斯哈尔·沙里木，他的孩子叫阿伊多斯·阿斯哈尔。有一天家访的时候，葛咏问阿斯哈尔，现在你最想干什么？阿斯哈尔不假思索地说，我最想去北京，最想在天安门看升国旗。上北京，看升国旗，这不正是许多新疆孩子的心声吗？葛咏想，我要圆了他们的梦。于是，葛咏把自己的想法告诉给援疆指挥部的领导。后经组织同意，层层选拔，从贫困的少数民族家庭中，挑选出 36 名品学兼优的学生来到北京。国旗卫队听说他们是从新疆来的，专门给他们作了表演，和他们合了影，让他们瞻仰人民英雄纪念碑，看升国旗仪式。

升旗仪式刚结束，小姑娘古丽达娜·库瓦提就迫不及待地跑到葛咏面前：叔叔，叔叔，我给妈妈打电话。她从葛咏手里接过手机拨通了妈妈的电话，与妈妈一起分享喜悦。电话通了，她高兴地叫道：妈妈，妈妈，我看到升国旗了，我看到毛主席纪念堂了！数千里之外的妈妈也为女儿圆梦北京而倍感兴奋，并嘱咐说，你是咱村第一个到北京看升国旗的人，你要记住带你实现梦想的河南亲戚。

凯迪尔旦·居麦小朋友说，回到新疆，我要给我认识的人都讲讲，让他们有时间一定来北京看天安门，看升国旗。

葛咏看着这一张张纯真的笑脸，听着那甜甜的童音，心花怒放。这一刻，也是他期盼已久的。他十分感谢这次援疆机会，他要用爱心点亮自己和边疆人民的生活。一步一个脚印，办好每一件事，把这三年的援疆路走好。

这些孩子中，很多都加了葛咏的微信，他们经常给葛咏发信息：叔叔，你在干吗？叔叔，你吃饭了吗？叔叔，好想你呀！

援疆，我去

进疆之前，葛咏是郑州市规划局金水分局局长。

2016 年 12 月初，郑州市规划局要委派一名干部前往新疆支援建设，葛咏得知这一消息后第一个报了名。

但谁不知道援疆的艰辛呀！

回到家，当葛咏把这个决定告诉家人的时候，妻子、父母都沉默了。

父亲坐在沙发上闭上眼睛，母亲的泪水从眼角慢慢溢出。

葛咏是他们唯一的儿子，他走了家里有个事怎么办？妻子虽是报社记者，性格开朗，但是她也不愿意丈夫离开自己，到戈壁沙漠去呀。

同学知道了，朋友知道了，说，你傻蛋呀，放着福不享，去受罪。

葛咏在郑州外国语中学上的高中，一所有名的学校，虽然没能如愿考上清华、北大，但也考上了重庆工商大学，后又读研究生，2001 年毕业后到规划局工作。当年，他第一个参加郑东新区规划编制设计，2003 年到郑东新区负责最早一批项目审批，2004 年参与郑州市第一个城中村燕庄的改造、规划编制，金水路城市设计、中州大道景观规划等重大工程中都有葛咏的心血和智慧。2005 年后，葛咏历任中原规划分局副局长、二七规划分局局长、金水规划分局局长。大家都说他是规划系统最年轻的局长，同时又是资历最老的分局局长。让人没想到的是，援疆报名的第一个人竟然会是他。这其实源于葛咏心中的一个声音：要去做有意义的事，点亮自己和他人的生活，到最需要的地方去。

葛咏说服了父母、告别了妻子，义无反顾，豪气地登上了飞往新疆哈密的飞机。

走进机舱的那一刻，葛咏心潮澎湃，感慨万千。

老公身体棒着呢

2017 年 2 月 20 日，葛咏从郑州来到新疆哈密市。

他的援疆单位是哈密市伊州区规划局，职务是副局长。他不只是协助局长开展工作，还要主抓建审科、综合科，负责分管十几项具体业务。哈密技术人才欠缺，考虑到他在内陆城市规划一线工作，对专业熟悉，业务能力强，伊州区规划项目全交给他技术把关。哈密市冬季漫长寒冷，特殊的地域环境对建设项目都有限制，需要项目快速审批，快速落地，时间紧，任务重，这无疑是新挑战。他知道考验自己的时候到了，越是艰难，越要磨炼自己的意志。

他的工作诀窍是：腿勤，嘴勤。

不管是寒风呼啸的冬日，还是烈日炎炎的夏天，他都要实地察看项目，即便是周末，他也照例去工地转转。他心里有主意：用脚丈量过的项目，印象深刻。刚开始，由于哈密夏季光照强烈，水土不服，葛咏身上出现了不少小红点，没过多久这些红点便连成一片片红，奇痒无比，越抓越痒，医生说是皮肤过敏，直到半年后他才逐渐适应哈密干旱多风多沙多尘的气候。以前在家出门开车，不常走路，现在走路多了，脚上打了水泡。这事被妻子知道了。这天晚上他刚回到公寓，妻子就打来电话：你别不要命地跑路了，上班下班，没车就打的。看项目，也少走路。说着说着就嘤嘤地哭起来。他却朗朗地笑了：哭什么？来这儿就坐车、打的，还叫什么援疆？男子汉大丈夫还吃不了这点苦，说出来不丢人？他啪啪啪拍拍胸脯，你还不知道，老公身体棒着呢。葛咏性格乐观开朗、直爽，平常不管在单位或是在援疆单位都能和大家打成一片。妻子破涕为笑：看你，别把肋骨拍折了。葛咏哈哈大笑起来。的确，葛咏身体很好，充满活力，似乎总有一股用不完的力。而且性格豪爽，很受领导和同事的喜爱。妻子又嘱咐他治疗皮疹要吃药带抹药，别带一身疤回来。他和妻子又耍起了贫嘴，回去就变成牛魔王了，你要当牛魔王老婆了。

妻子心情好了，他也高兴了。

当地政府考虑到家属探亲等因素，给每名援疆干部分配了一套援疆公寓，葛咏不爱看电视，爱看书，三室一厅的房子，总显得空空荡荡的。是啊，在家里有妻子有父母，有时还能和朋友喝个小酒，聊聊天，其乐融融，这里只有他一个人。于是，他就把所有的门关得死死的，只剩他住的这一间。空间小了，屋子里显得温馨了，有生气了，葛咏就觉得有精神了。看看书，活动活动身体，然后睡觉，准备第二天的工作。孤独寂寞就这样被赶走了。

2017年，葛咏累计现场勘查60多次，召开规划评审会20次，审批规划项目200多个，在确保总体质量的基础上，跑出了哈密市伊州区规划审批的"加速度"。不仅如此，他还积极动用社会力量参与援疆，先后协调郑州慈善总会、河南省济困助残总会、郑州华夏眼科医院等机构入疆，为300多名符合条件的白内障患者做免费复明手术。他还推动设立郑州市援疆慈善帮扶基金，首批募捐130万元用于贫困救助，赢得各族群众称赞。

妻子哭着说，老公，老公，咋办呀

有一次，葛咏跟马宏伟书记到乌鲁木齐出差。去时就牙痛，吃药也不管用，一路上，他就拿一瓶矿泉水，一会儿噙一口，开始能管5分钟，后来3分钟，再后来3分钟也不行了。侧身躺着噙矿泉水没用了，他的半边脸肿起来。在见自治区党委组织部一位领导的时候，这位领导笑了，说，小葛胖了，这边脸吃胖了。他只能苦笑，其实那会儿他疼得想拿头撞墙。这天回到哈密时，已是夜里12点。郑州和新疆有大约两小时的时差，同样是12点，这里的人刚吃晚饭，郑州已经深夜，人们早已进入梦乡。妻子忽然打电话来，他心里一惊，还没问话，电话里就传来妻子的哭声，老公，老公，咋办呀……

什么咋办呀？他不知道发生了什么事，心一下提到了嗓子眼。他拿电话的手紧张得发抖，忙说，别哭，别哭，究竟发生了什么事？屋里全是水。妻子告诉他。暖气公司供暖试压，三楼的阀门开着，家没有人，三楼的水就一下漏了下来。开始她用盆接，现在大盆小盆，连碗都用上了，满屋都漏，没法接了，满屋都是水。妻子发来视频，他看到地上摆满了盆盆罐罐，水珠扑嗒扑嗒往下滴。妻子的哭声，杂乱的水滴声，搅和在一起，一时间他的心乱了。前些日子他还到哈萨克居民小区亲自上房顶为他们修房子，他们的房子也是漏水，房子修好了，他们一个个脸上笑得开了花，连连说，亚克西，亚克西。如今自己家的房子漏水，他却毫无办法。听着妻子的哭声，那一刻，他恨不得立马飞到家。他甚至问自己，把妻子一个人丢在家，他跑到新疆，这援疆到底值不值？

终于，沉静下来，葛咏点上一根烟，好一阵儿，坐在床上没动。

妻子的哭声停止了。

葛咏的眼前是盆盆罐罐的水，耳边是扑嗒扑嗒的水滴声。

许久，葛咏摁灭烟头铺床睡觉，脸上现出一丝自嘲的笑意：没有过不去的火焰山，老婆，难为你了，自己解决吧，明天我还要陪马书记下去检查工作呢。

牧民拉着葛咏的手，泪流满面

2017 年 12 月，新疆哈密已经很冷了。滴水成冰，气温降到零下 30 多摄氏度。这一天，天空又洒下雪粒。柳树沟乡一棵树村的书记亚克甫·吐尔逊慌慌张张地跑到指挥部，说山上的牧场突降暴雪，牛羊被困，没有草料。灾情就是命令，葛咏立刻向指挥长马宏伟请缨，"把草料送上去，解决他们的困难。"葛咏连夜调动人马，购买草料，天一亮就向山里赶去。去牧场要翻山，道路崎岖不平，十分难走，有时候走着走着就没路了。饿了啃点馕，手冻僵了，找来牛粪，点上火烤烤，继续赶路。山上没有信号，不好联系，他们就来回跑着找有信号的地方。直到下午他们才找到结亲户们的冬窝子牧场。牧民看到他们，感激地拉着葛咏的手，紧紧地拉着，摇着。牛羊已经断草乱粮几天了，再没粮草，几百头牛羊就全完了。

返回时已是深夜，拖着疲惫的身体，葛咏仰望长空，忽然想起唐代诗人王维的诗："大漠孤烟直，长河落日圆。"

透过茫茫雪雾，他似乎看到无际无涯的大漠中，一缕烽火台上的孤烟，直上青天。

放弃亲朋挚友相伴，能去援疆的都是勇者。

2018年初，葛咏听说牧民多力坤的儿子患有先天性心脏病。新疆没条件治疗，他给马书记汇报后，决定帮助这家牧民。然而手术费要30多万元，多力坤家根本拿不起。

葛咏随后联系了郑州市第七人民医院和郑州慈善总会，获得了它们的鼎力支持，顺利为牧民多力坤的儿子做了手术。

多力坤不知道该怎么感谢葛咏，送东西？送牛羊肉？援疆干部肯定不接受。后来他找到村书记商量，决定把葛咏请到村里，请到家里来做客。

这天天气晴朗，万里无云，虽然西风刮得有些烈，但还没到村头，村干部和多力坤一家人就出来迎接了。

牧民们以最高的礼节招待了葛咏。席间，多力坤一家人多次给他敬酒。多力坤一个劲地说，共产党，亚克西。共产党，亚克西。多力坤不懂汉语，这话发自他的内心。

此时，葛咏感慨万千。只是尽己所能为新疆人民做了点事，却收获了浓浓的亲情。

沧海横流，方显英雄本色

2018 年，葛咏组织郑州市第二人民医院开展了 2018 郑州慈善援疆"光明行"活动，为哈密市低收入家庭和贫困家庭实施免费白内障手术，包括患者的手术费、人工晶体、手术的耗材和术前术后的药费，112 名白内障患者重见光明。他又组织向伊州区五堡镇 400 名贫困家庭学生捐资助学 6 万元，并设立 5 万元帮扶资金开展贫困扶贫。他组织关爱环卫工人活动，向伊州区卫生管理处捐赠了 100 辆保洁车，价值 10 万元。6 月肉孜节，为伊州区五堡镇 8 名学生每人发放 1500 元助学金，为 447 户贫困户送上米面油慰问品。组织开展河南援疆"心通道——心理援助慈善项目"，累计开展心理课堂讲座 36 场次，受众 3000 人，免费个体心理咨询辅导 150 次……

一件件实事，记录着葛咏流下的汗水、付出的艰辛，以及他在援疆路上所做的努力和贡献。然而，这几年他对家做了什么呢？

葛咏是个孝子，平常在家的时候，每天下班他都要去看看父母，坐一会儿，问问父母身体，拉拉家常，去援疆后就再也没有时间了，即使从新疆回来，也是来去匆匆。

有一次从新疆回来，他觉着明显不对劲。妈每天吃过早饭就出去，而且都是很长时间才回，走路也慢慢腾腾的，没有过去利索。他问妈是不是身体不舒服，妈说没有。他又问，这两天你都是吃了早饭就出去，去干啥？妈说，和几个老太太转转买点菜。老人说得倒是合情合理，但他还是有些怀疑，最后他逼问妹妹，妹妹告诉他，两个月前妈做手术了，怕影响他工作，不让告诉他。那一刻他心里百味杂陈！

事办完了，要回新疆了，葛咏去看父母。父亲坐在沙发正在系鞋带，似乎准备出去。母亲在抹桌子。从他们的精神状态上，葛咏发现父母的身体都不如从前了。特别是父亲，有时候正说着什么，突然停顿了。还会问，我说到哪儿了？这明显是阿尔茨海默病的前兆。他知道儿子又要走了，看着儿子，声音很沉稳，字字清晰，说，去吧，好好工作。母亲扭过头说，别操家的心，家里有李枚，还有你妹。再说，我俩的身体好着呢。那一刻，葛咏看看父亲，看看母亲，心里一酸，这个坚强乐观的汉子流泪了。他哽咽着说，爸，妈，援疆回来我好好守着您二老。

有人说，踏上援疆旅途的人都是勇者。葛咏觉得援疆需要的不仅仅是勇气，更是一种奉献精神。

人生几何，岁月匆匆，葛咏很自豪。因为他选择了奉献，得到了历练，收获了友情，三年援疆让他人生无憾。

愿岁月静好　不负流年

——记哈密市伊州区公安局援疆干部人才赵宏钧

王艳

他简短地说了一句："援疆，不枉此行！"大漠胡杨，戈壁荒滩，锻造出他耐得住寂寞、受得了寒暑、扛得住压力的意志。

繁忙的公务、紧张的节奏，赵宏钧养成了雷厉风行的作风，总想在最短的时间内完成工作。他说，援疆，收获了友谊，跟援友处得像兄弟姐妹一样；援疆，自己得到了历练，如果还有机会，还要来援疆。

在他堆满文件的办公桌对面的茶几上，一个盛着水的小小饮料瓶里，插着一株青翠的绿萝，浑圆碧绿的叶片，伸展着优美的弧线，朴素却生机盎然的摆设，透着他刚强背后的平和与温情。

孩子，你是父母的痛，父母的爱，父母的希望

赵宏钧来哈密的第一年，儿子上初二，开始叛逆。2018 年春节，整整一个寒假，儿子沉迷于手机游戏，连作业都完不成，并萌生了不想上学的念头。恰巧开学后，因为患肠梗阻，送医院治疗，一周病好后，就彻底不想上学了。此时正值初三下半

学年的关键时期，之前，儿子的成绩在全校排名中等，再加把劲，很有希望考上理想的高中。

无奈之下，赵宏钧动员亲戚劝说儿子重返学校。儿子返校后，成绩却一路下滑，很快进入差生序列。为了让儿子有一个更好的学习条件，赵宏钧和爱人决定在学校附近租房子陪读。

可是，就算煞费苦心，爱人还是在一次晚自习下课后，发现儿子竟然到网吧上网。面对儿子的执迷不悟，爱人从循循善诱，到气愤至极，说出狠话，宁愿儿子撞在飞驰的汽车下。然而，网瘾如毒瘾，儿子依旧难以自拔。

可怜天下父母心。眼看就要中考了，赵宏钧心急如焚，五一假期急速从哈密赶回家，苦口婆心，恩威并施，总算把儿子劝回了学校。表面看似乎一切归于平静，谁也没有想到，接下来却是儿子更大的自我伤害。

就在中招的前一周，儿子竟然夜不归宿，在同学家的躺椅上整整坐了一周，打打游戏，玩玩手机……说到这儿，对孩子的痛恨、怜惜、愧疚以及希望，一起涌上心头，赵宏钧难以抑制地哽咽：我对孩子管得少……

经过多方努力，这个基础好、聪明、让家人费尽心血的孩子，终于走进了高中的大门。如今，儿子的状态正在慢慢向好的方向转变，也正在走向成熟，成绩也随之提升。希望到考大学的那一天，他自信、阳光、坚强，不再辜负父母一路的艰辛。

母亲，你是儿子一生的愧悔

2018年9月，赵宏钧七十多岁的母亲从姐姐家回来后，便发起了高烧，情绪十分烦躁。赵宏钧得到消息时，正在指挥部值班。

他万万没有想到，母亲的病会发展得如此迅猛，早上患病，到下午连东西都吃不了了。

病情进一步恶化，当地医院提出马上转往郑州治疗。赵宏钧赶紧电话联系医院。当时，正赶在援疆干部结亲周活动期间。第二天在快乐克小区，得知赵宏钧母亲病重，援友程进军提醒赵宏钧，让他尽快请假回郑州。

就在此时，姐姐急匆匆地打来电话说，咱娘刚被推进 ICU（重症监护室）。

母亲患过腰椎骨折，但平常身体还好，赵宏钧原以为不会有什么大碍；而此时，他才意识到母亲病情的严重。当日（9 月 13 日）已经没有航班了，赵宏钧当即订卧铺赶到兰州，然后乘高铁，直奔郑州。来到医院时，母亲已经失去意识，不认识他了。

接着，脑积液抽不出了（为确定病因需多次抽取脑积液）。

接着，医生通知抓紧时间办理出院！

太突然了！

2018 年 9 月 19 日，母亲去世！

母亲临走都没能再看一眼她心爱的儿子，都没有跟匆匆赶回的儿子说上一句话。赵宏钧心如刀绞，万分愧悔，他不停地哽咽着自责：是我把母亲的病耽误了……

赵宏钧七十多岁的父亲，曾做过两次腰椎内固定手术，弯腰非常困难，近来又患上了帕金森病，需要有人陪伴。而赵宏钧能做的，就是经常打电话问问情况，仅此而已。

从郑州到哈密，三年来，赵宏钧一次次愁肠百结地两地奔波，一次次万般无奈地扼腕叹息，一次次流下滚烫的泪水。亲人、家庭、单位、国家，这些饱含情感的沉甸甸的字眼，在他心里不断地撞击、融合，锻炼出他更为成熟的心志，浇铸出他钢铁般的抗压耐力。

刚进疆时，赵宏钧头发乌黑、意气风发，如今的他皮肤黝黑、双鬓微白，但举止更加沉着。他的声音沉稳低厚，说起纷至沓来的工作，说起取得的成绩，说起各种各样的压力时，显得极有定力。

相信到了援疆圆满结束的那一天，这个刚强、勤勉、执着而又深情的汉子，一定会对哈密这个让他尝尽苦辣酸甜的地方恋恋不舍。而援疆，也必成为他人生中的一件大事。作为一名公安干警，赵宏钧心中最美的愿景就是，任时光流转，岁月依然静好！

诗和远方永远铭刻心中

——记哈密市伊州区文体广旅局援疆干部人才李明昌

王刚

山前无流沙，
风起俱苍黄。
胡杨因风舞，
雪莲渐次放。
归乡路迢迢，
伊州情长长。
失神凭栏处，
明月敲西窗。

这首《秋高望乡》，乃李明昌所作。诗中流沙、大风、胡杨、雪莲，皆为其入疆后所见所识所闻。援疆后，李明昌以诗明志。三年的援疆经历，让李明昌的生活变得如同新疆金秋的风景一般绚烂多彩，多了一份人生阅历，收获了诗和远方。

初见李明昌，觉其儒雅谦逊、风度翩翩，待人彬彬有礼，谈吐温文尔雅，身有谦谦君子之风。如果不知其身份为郑州市旅游局办公室原主任，现任伊州区文体广旅局副局长，单凭其相貌、风度、气质以及鼻梁上架着的金丝边眼镜，大概会误以为他是一个诗人、学者。更让人想不到的是，一身儒雅的李明昌竟然是行伍出身，一个不折不扣的军转干部。李明昌说，当年从郑州防空兵学院毕业后，分配到了54军，自此就一直在部队里摸爬滚打，副营职转业后，通过公务员考试，考到了郑州市旅游局。

作为一个从农村走出来的孩子，李明昌这一路扎扎实实走来，靠的是踏实能干和吃苦耐劳。凭着出色的工作成绩，他得到了领导和上级机关的赏识，省旅游局领导爱其才，曾一度要将他调走，后被市旅游局领导极力挽留下来。但是，金子在哪里都会发光，李明昌的能力和干劲、努力和付出没有被淹没，他先后被提拔为郑州市旅游局办公室副主任、主任，成为郑州市旅游局最年轻的正科级干部。

援疆工作动员开始后，市旅游局因为机关干部人手少，符合条件的人不多，工作一时陷入停顿，身为局里大管家的李明昌得知情况后立即向领导表态：如果没人报名，我去！

报名援疆，李明昌不是没有顾虑，一是局里的工作不好脱手，二是儿子繁繁刚9岁，他援疆三年，繁繁的学业没人管，小升初考试怎么办？妻子在黄河路一小当老师，上班很远，还带着两个班，平时忙得还要他帮着改学生的试卷，而且妻子老家在山东，郑州本地没有亲戚。他如果去援疆，妻子哪有时间接送和照顾孩子啊！说实话，那天下班后，当妻子听到李明昌要去援疆的消息时，确实有些不愿意，但是听李明昌讲明单位的情况，又看到李明昌的态度很坚决，便没再阻拦，说：你想去就去吧，我支持你！

出发前，考虑到儿子没人接送，李明昌便和繁繁商量，要把他由离家最近的东风路小学，转到离妻子工作单位较近的纬三路小学。繁繁哪里愿意离开熟悉的同学、亲爱的老师呀，噘着小嘴死活不答应！李明昌看着从小到大和他亲得不得了的儿子，顿时一阵心酸。繁繁小的时候，妻子在山东上班，一直是他带着，所以爷儿俩感情特别深。2015 年元旦，繁繁给李明昌做了张贺卡，上面写着：祝爸爸元旦快乐！连旁边的妻子看了都忍不住吃醋，嗔怪道：怎么没有我？儿子这才急忙加上"妈妈"两个字。虽然心里和儿子无法割舍，可是李明昌还是强忍着心酸慢慢地给儿子做工作：繁繁，爸爸要去援疆，妈妈工作也忙，上班还很远，不转学你没人送怎么办？要是刮风下雨了，多危险啊……孩子明白这终究是无法改变的决定，也只有在心里默认了！

临走那晚，繁繁非要和李明昌睡在一起，以前儿子起得晚，那天却早早就醒了，紧紧地抱着李明昌说：爸爸，我不让你走……

平沙天际远，
塞外暮色迟。
婆娑左公柳，
探窗忽几枝。
星漫半天外，
雨小润眼湿。
不忘平生志，
静心夜读时。

此乃李明昌所作《仲夏夜读》。

李明昌虽非中文科班出身，却与文字工作结下了不解之缘。在部队的时候，他搞宣传、写总结、办板报，工作做得有声有色。到了郑州市旅游局，公文写作更是其主要工作内容之一。从一个不谙写作的门外汉，到成为单位公认的文字高手，除了常年的笔耕不辍，还得益于他从小养成的读书习惯。俗话说：读书破万卷，下笔如有神！熟读唐诗三百首，不会作诗也会吟！可以说读书和写作，一直伴随着他的学习、工作和成长。

进疆之前，李明昌专门买了一本价格不菲的电子书，目的不是为了打发孤单的生活，而是要尽快熟悉新疆的历史、文化、地理、风俗等，以便更好地宣传和推介哈密。白天工作繁忙，唯有夜晚牺牲睡眠时间读书，也许这便是李明昌"夜读"的灵感来源。

功夫不负有心人。2017 年 3 月 29 日，距李明昌到任伊州区旅游局副局长仅一个月零四天，他便应邀出席哈密市雅丹景区开发规划研讨会。会上，李明昌从雅丹景区在哈密旅游业的特殊地位谈起，阐明了景区规划的特殊要求、结构布局和要素衔接，得到了与会专家的肯定。时任哈密市委常委、宣传部长李秋瑾，得知李明昌入疆还不到四十天，竟能够对哈密雅丹景区的开发规划提出如此专业的建议，不禁大为惊讶和赞叹。

"辽阔疆域，无限风光，哈密是个好地方。大得出乎意料，苍苍茫茫；美得难以想象，无法抵挡。雪山、草原、沙漠、戈壁，如诗如画；黄杨、骆驼、牛羊，神采飞扬！葡萄架下，《买西来甫》情似火，《冬不拉》歌声悠扬；坎儿井旁，红柳烤肉新疆馕，伊力美酒十里香。"

这是李明昌对哈密最初的印象。

相比之前在郑州市旅游局办公室的工作，援疆后李明昌更多的是侧重于业务工作。他不止一次在心里暗自发问：援疆援什么？怎么才能援好疆？答案清晰可见，既然自己从事旅游管理工作，就要把旅游援疆当作抓手，主动走出去宣传推介哈密，促进哈密旅游的发展。

2017 年 10 月 18 日，李明昌带队到浙江嘉兴宣传推介哈密旅游，因为两个女同事晕机不能坐飞机，为了路途上照顾她们，只好坐了 37 个小时的火车到上海后再转车到嘉兴。旅途中，李明昌抓紧时间一遍遍修改稿子和幻灯片，笔记本电脑没电了，便去找车长协调充电的地方，然后继续修改……在那次 20 分钟的推介演讲中，李明昌全靠之前的大量阅读和调研积累，把哈密的旅游特色、人文风情如数家珍般介绍给与会者，引起了他们极大的兴趣。演讲结束，他用维语向大家说道："大家好！新疆欢迎你！"将演讲带入高潮。会后，当地记者专门对他进行了采访，并配发了新疆哈密的风景图片，起到了意想不到的效果。不止于此，李明昌还积极协调郑州后方单位，先后启动了"哈密文化旅游进中原"宣传周、"瓜乡掠影，甜蜜哈密"庆七一摄影大赛、"一带一路西部民歌艺术节"、"中国哈密东天山徒步越野赛"、"新疆缩影，甜蜜哈密"等一系列文化旅游宣传推介活动。

哈密雅丹生态保护及公共服务配套设施建设项目，是河南旅游援疆的重点项目。2017 年 5 月，交通标示和紧急救援规划进入实地勘察定点阶段，李明昌主动请缨，随同规划单位的技术人员进入了素有"无人区"之称的雅丹大海道核心区。他以前从未经历过如此复杂多变的天气：白天，风沙漫天，遮天蔽日；夜晚，狂风大作，砂石打脸。是夜，猛烈的 9 级大风狂吼着摧毁了帐篷，李明昌和同事们只得挤在车上度过了漫漫长夜。就是在这么恶劣的自然条件下，李明昌和同事们开始了测点工作，风沙了遮挡视线，就扯着嗓子报位置。经过两天的努力，27 个交通标示牌定位任务按时完成。

为了把旅游援疆落到实处，李明昌积极参与协调郑州机场、郑州高铁站和郑州地铁站，通过电子显示屏连续不断播出哈密的旅游宣传片，把哈密的苍茫戈壁、皑皑雪山、潺潺小溪、郁郁森林以及风吹草低见牛羊的美丽景象展现给家乡人民，吸引家乡人民到新疆旅游。截至 2019 年 10 月，旅游援疆成绩斐然，共开行"豫哈情 丝路行"专列 163 列，接待游客近 11 万人，专列总数及旅客数量均居全疆第一。李明昌还特别注重把旅游意识灌输给当地农牧民，逐步开发"市民近郊游""工业旅游""民族风情园游"……使之成为哈密自然风光旅游和人文旅游的补充，以此带动当地农牧民就业，帮助他们脱贫致富。

李明昌说，作为一个基层旅游工作者，我要珍惜每一天，踏踏实实做好每件事，把能够做好的事情做完，不留遗憾！

星隐月没夜，

静坐煮茗时。

生当此寂寥，

会饮亦如是。

动如参与商，

忽有相会时。

爹娘千里外，常思难常伺。

为解对远方父母妻儿的思念之苦，李明昌作了这首题为《明月在窗》的诗，以抒心中之孤单寂寞。白天工作繁忙无暇思念亲人，而回到援疆公寓，思念便会不期而至，让李明昌隐痛于心，备受煎熬。

李明昌喜欢作诗，来到新疆后，他的人生虽然拥有了诗和远方，但是现实生活不会那么浪漫、富有诗情画意，时常要面对的则是困难、艰辛和坎坷！

那天，李明昌和几个援友难得空闲，便在援疆公寓小酌。酒，很快让几个中原汉子打开了心扉，相互倾诉深埋在内心的苦痛。相同或者相似的境遇交相感染着，让他们眼泪哗哗，哭成一团。不知道是谁先哭的，也许是李明昌，也许不是。让他们痛哭的原因无外乎对家人的愧疚。在李明昌心里，藏着太多的担忧和放不下：爹娘年迈，不能在身边伺候，生病住院了无法照顾；儿子调皮不听话，学习成绩波动很大；最让他担心的还是逐渐"沉默"的妻子，那个为了爱情，宁愿放弃熟悉的城市、优越的家庭、离开爹娘远嫁的女子，现在却越来越忙，越来越沉默。

看着和他一样痛哭的援友，李明昌心里清楚，援疆干部，家家都有本难念的经！由此及彼，他更加切身体会到，只有后方的家人安心，前方的援疆干部才没有后顾之忧。

很快，兼任指挥部办公室主任的李明昌向指挥长马宏伟提出了一个建议：统计援疆干部亲属的生日，在生日那天安排郑州本地的花店和蛋糕房为他们送去鲜花和生日蛋糕，代替援疆干部献上浓浓的祝福。建议得到了马宏伟的支持，马上付诸实施。至此，李明昌又多了一份工作，把援疆干部七八十位亲属的生日记在心中。

援疆干部邱冬云的妻子生日那天，突然收到指挥部送来的鲜花和蛋糕，既惊喜又感温暖。原来老公在郑州的时候都很少给她买花和蛋糕，现在老公远在千里之外的新疆，她竟然收到了这样的祝福，怎么能不兴奋！她马上把照片发到了援疆干部微信群里，让大家和她一起分享喜悦。

李明昌白天在旅游局上班，指挥部的工作只能利用晚上来干。作为办公室主任，他的工作繁杂，大到指挥部的工作汇报、总结，援疆快讯的撰写，上级会议精神的传达，小到车辆的安排，后勤管理，乃至干部签到，事无巨细都要管。他心里清楚，援疆不是来当官的，而是来干事的，也许干不出什么轰轰烈烈、惊天动地的大事，但是，再小的事情也要踏踏实实地做好，因为援疆干部代表的是河南的形象。

所以，李明昌干了许多也许别人根本看不到眼里的小事。

2018年6月5日，李明昌来到天山沿线口门子路口一座"臭名远扬"的旱厕，蹲在厕位上，用"批灰刀"一铲一铲地清理着陈年污垢，干一会儿跑出来吐一会儿，换口气进去接着干。清完厕所，又清理了周边的杂草垃圾，然后运来沙土铺地，连一起来的5个南疆"巴郎子"都冲着他竖大拇指！随后，李明昌积极协调，争取到河南援疆资金3850万元，用于建造旅游厕所、安装旅游标示牌等项目，将新建20座固定厕所、9座移动厕所、改建3座固定厕所以及安装278块旅游交通标示牌。

援疆近三年，李明昌的头发白了不少，先后患上了心脏病、胃病、皮肤病和失眠，去一家医院看病都看不完，要跑好几家。有一次开会他突发心绞疼，会议结束后站也站不起来，急忙吃了速效救心丸，过了好长时间才缓过来。可以说，这三年李明昌做出的牺牲和付出的代价不菲，但从他的嘴里听不到任何怨言，可谓无怨无悔。也许在李明昌的眼里，生活并没有想象中的诗情画意，但是，生活毕竟还有诗和远方！

> 陌上苍林疏，
> 山涧溪断流。
> 故园小梅稀，
> 何日倚东楼。
> 娇儿兴起闹，
> 难抑滴滴愁。
> 志当歌诗行，
> 肝胆照三秋。

此诗题曰《冬之遐思》，乃李明昌与远在千里之外的儿子繁繁视频通话后的心情写照。在李明昌的面前摆放着一本画册，那是儿子繁繁特意为他做的，他不时翻看着，画册的每一页都是儿子亲手画的，其中一页写着一句话：爸爸，我想你了怎么办？五一你能不能回来？

看着儿子稚嫩的字体，李明昌思绪万千。儿子想爸爸，爸爸又何尝不想儿子呢！不但想，而且想断肠。但是李明昌不能给儿子答案，援疆工作繁忙，他不能给儿子放空炮。

"稚子牵衣问，归来何太迟？"也许三年援疆结束，回到郑州，他也会面临儿子如是发问。

好在李明昌在哈密还有一个女儿——阿合努尔，他是这个乖巧可爱的哈萨克小女孩嘴里的汉族爸爸。想起阿合努尔，李明昌脑海里闪现出那次他教阿合努尔"大头大头，下雨不愁，人家有伞，我有大头"的画面，本来以为阿合努尔学不会，没想到几遍教下来，小小的阿合努尔居然学会了，而且还是一口的郑州腔，让李明昌现在想起还忍俊不禁。

阿合努尔是李明昌的结亲户——努尔别克的女儿，他们是2017年4月结成的亲戚。记得见面第一天，努尔别克和他的妻子礼貌而热情地和李明昌这个汉族亲戚聊天时，当时还不到两岁的羞涩而腼腆的阿合努尔，只是躲在远处，用怯怯的目光看着这个陌生的"河南亲戚"。但是，很快她就发现这个汉族叔叔是如此和蔼可亲，他会趴在地上让自己当马骑，他会给自己捎来那么多好玩的玩具：水枪、风筝、遥控汽车、积木……那天，李明昌在努尔别克家包饺子的时候，对阿合努尔说，我什么时候带你去郑州玩，你去不去？没想到阿合努尔立即答应了。自此以后，阿合努尔便改口叫李明昌"汉族爸爸"。慢慢地阿合努尔和李明昌的感情越来越深，真的情如父女！偶尔李明昌因为工作脱不开身，阿合努尔碰到别的援疆干部就会问：我的汉族爸爸怎么没有来？

努尔别克文化水平不高，大部分时间都在山里放羊，为了方便联系，李明昌手把手教会了努尔别克使用微信，有时间就和他微信联系，相互问候。一有机会，他就和援友一起到山上看望亲戚，送去米面油蔬菜和常用药品。2017年底，李明昌和其他援疆干部冒着严寒和危险，为包括努尔别克一家在内的牧民送去了过冬的牧草，解了他们的燃眉之急。

李明昌的真心付出，让努尔别克深为感动，他对李明昌说，谢谢你亲戚！是你们帮我修好了漏雨的房子，给我们送来了过冬取暖的煤，还教阿合努尔认字，她是我的女儿，也是你的女儿！临近春节，还在山上放羊的努尔别克，特意跑到 5 公里以外有手机信号的山头，给李明昌打电话说：我准备了很多马肠子和风干羊肉，你过节的时候带回去……

前不久，得知李明昌要回郑州筹备组织第 15 届哈密瓜节郑州分会场活动，几个哈密同事给他送行，觥筹交错，言语之间，感叹时间流逝何其太快，不觉触动情肠。李明昌即兴赋诗一首，题曰《书赠哈密亲友》。

人到中年语渐迟，
半生懵懂半首诗。
胡姬酒肆三杯醉，
夜静风轻纵神思。
轻云散漫星河远，
明月弯弯映小池。
求法不远延碛苦，
心许菩提心已痴。
白马未曾驮经来，
万紫千红余空枝。
出行缘由戍边志，
新疆笃行百千日。
哈密亲友亲密事，

活成回忆炼成诗。

相见迟，情愈炽，

离别后，不相思。

我向长天发一笑，

顷刻无语襟带湿。

今朝一别自兹去，

相忘江湖志相知。

　　三年援疆经历，有着说不完道不尽的故事，李明昌的付出和收获都很多。如今，漫漫三年援疆路即将走完，他终究还要回到故乡，回到原来的工作单位，回归久别的家庭。此时李明昌的心情很复杂，一方面，要倍加珍惜援疆机会，把想做的事情尽可能做好做完，不留遗憾；同时还要抽出时间，关心关注郑州的发展动态，与家人多沟通互动，回去后能更好地适应工作，能更好地补偿父母、妻子和儿子！也许明天的生活和工作还会像援疆前那样，但是，新疆和哈密将长久地驻留在李明昌的心中，那曾经的诗和远方也将会铭刻在他的心中，成为他人生至为宝贵的财富！

修一条勇往直前的路

——记哈密市伊州区交通运输局援疆干部人才张书军

谷凡

张书军给人的第一印象比较朴实,往那里一站,透露着憨厚本分。的确,他本人就是那种踏实肯干的人,不管是对待工作还是对待朋友,都认认真真,一丝不苟。

说到援疆,张书军有点不好意思,因为他援疆的目的比较纯粹。单位通知大家报名援疆,张书军心想,自己是一名老同志老党员,长期工作在道路施工一线,专业技术没问题,既然新疆需要道路交通口的技术人员,咱得上啊。"我是革命的一块砖,哪里需要哪里搬。"张书军也没和家人商量,果断向组织提交了申请。

就这样,作为交通运输部门一名专业技术干部,张书军来到了新疆哈密。张书军的工作单位是郑州市路通公路建设有限公司腾盛分公司,和其他援疆人员小有不同的是张书军的工作单位属于企业。论年龄,张书军并不算年轻,来新疆那年是53岁;论技术,张书军已经在这个行业摸爬滚打几十个年头。不管技术水平、业务能力,排在张书军前面的人都不多,这一点儿,张书军还是比较有自信的。

初来新疆,和其他人一样,对这里的气候不是特别适应。

掉头发、失眠、脱皮。一次到乡村检查路况，眼前的茫茫戈壁让张书军倍感惆怅，就在张书军为眼前的景象难过的时候，突然发现有大的"雨滴"落下来，抬头看看一片艳阳天，再仔细分辨落下来的"雨滴"，才发现有点与众不同，"雨滴"是红色的。这个时候张书军才意识到，这"雨滴"是自己流下的鼻血。

由于身体的不适应，警报从张书军的腿部到头部全面拉响。尽管身体的警报四起，但作为一名援疆干部，张书军深知自己肩上的重担，他一没有退缩，二没有害怕，而是认真负责地完成自己的每一项工作。

身为交通运输方面的技术干部，张书军的首要任务就是了解路况。郑州市对口支援哈密市伊州区，伊州区有 18 个乡（镇），所管辖的道路 2930 公里。别小看这 2930 公里，它连接着 93 个村委会，探查、检修、维护，任务量可真不小。

说起修路，张书军的话匣子算是打开了。新疆这边因为地势原因，道路也比较特殊，和中原的路况大不相同，修起来得采取特殊方式。这对于爱动脑子的张书军来说，比较有挑战性。每次遇到修路这种事，张书军都热情对待，再难修的路也不放弃，他想方设法，总之一句话，把路给老百姓修好，让人和牲口能安全通过。

新疆是个少雨的地方，但也有下雨的时候，尤其是张书军来新疆没多久下的那次大雨，让张书军终生难忘。那次大雨过后，多个乡村村委会告急，有很多路段被大雨冲毁。由于这次大雨是百年一遇，一些抢修设备和人员跟不上，张书军他们只能以一当十，最短的时间内为老百姓修好更多的道路。

记得一次去榆树沟修路，本来任务已经完成，准备收拾家伙返回的时候，有一位维吾尔族老大爷上来和他们说话，一副忧心如焚的样子。张书军一行见老大爷着急，也跟着急。老大爷急是张书军没有听懂他的话，张书军急是不知道老大爷说的啥。就在大家一筹莫展的时候，刚好村里有一个志愿者，是一位维吾尔族大学生。这位大学生给张书军翻译了老大爷的话。原来，老大爷的儿子在山上放牧，现在通往山上的小路被水冲垮了，儿子和牛羊都无法下山。

张书军知道，对于牧民来说，牛羊就他们的主要财产，也可以说是全部家当。眼下已经进入九月，九月的新疆是会下大雪的，一旦天气有变，后果不堪设想。

援疆人员来新疆工作不就是解决老百姓的困难吗？眼前这位老大爷心急如焚，如此担忧，如此着急，不正是我们要伸出援手的时候吗？虽然通往山上的路不归乡村路段管辖，张书军还是毅然决定修。

根据牧民的指点，张书军查看了被水冲毁的道路。他大手一挥，指挥着同行人员，找木头的找木头，找石头的找石头。被冲毁的道路并不长，有二三百米，但就是这二三百米，阻断了牧民家的牛羊下山。更何况眼下又临近古尔邦节，牛羊下不来，就意味着牧民无法过节。

一定要牧民的牛羊能从山上下来，并安全到家，一家人开开心心过节。对于这段路的抢修，张书军采用就地取材，把倒在路边的树木利用起来，用碎石铺垫，用最短时间为牧民修建好一条回家的路。

经过八个多小时的连续奋战，路通了。望着牛羊从山上下来，看着牧民满脸的笑容，张书军他们也笑了，劳累顷刻间化为乌有。

牧民热情邀请他们到家里吃饭，张书军说天气已晚，还要赶回去。牧民说一个小时就能让你们吃上羊肉，张书军以时间紧、回去还有事为由坚决推辞。见张书军他们一行执意要走，牧民急了，伸出胳膊拦住他们说："四十分钟，给我四十分钟我保证你们吃上羊肉。"看着牧民如此热情，张书军和同事们勉强答应下来。

宰羊是牧民的拿手好戏。只见牧民顺手揽起一只小肥羊，眨眼工夫小肥羊就成羊肉了。望着牧民熟练地剥着羊皮，张书军感觉这和画家作画、书法家写字，甚至音乐家弹琴是一样的，都富有艺术性。

牧民做羊肉很简单，羊肉下锅，用清水直接炖，也不放啥调料。在山上吃草的羊就是与众不同，羊肉的鲜美，简直无法形容。也是第一次，张书军吃到了这么好吃的羊肉。

牧民的朴实，深深地感动着张书军一行人，也只有和牧民接触后，才能够深切体会到各民族一家亲。临走时，望着牧民真切的眼神，张书军落泪了。他自感并没有做太多工作，只是修好了二三百米被水冲垮的路，而且这样的路只能人和牲口过，车是过不了的，牧民居然这么感激他们。新疆牧民们的纯朴善良，让张书军感动不已。

新疆特殊的环境、地理位置，让它成为全国瞩目的地方。把新疆建设好，让牧民富起来，成了援疆干部永恒的信念。普普通通一条乡村道路，看着不起眼，却关系到牧民的切身利益。有了路，就有了丰厚的收入，老百姓就有了平安的日子。

严格说，乡村道路不算真正意义上的"路"，这段路虽然不算长，却可以给几家牧民带来欢笑，让老人和孩子平安出行。这就是张书军修好每条乡道、村道的动力。

一次下大雪，上级领导要求他们下去检查路况。尽管知道雪大的时候去检查险情，他们这些护路修路人是有危险的，然而，任务下来以后张书军和同事还是二话不说，开着一辆老桑塔纳上路了。

新疆的雪很大，尤其是在乡道和村道上，根本看不出哪里是路、哪里是田、哪里是戈壁。当然，对于一般的司机来说，这是一个困难，但对于这群护路修路人来说并不算什么，因为这些道路的每道弯每座桥他们都了如指掌。也许只有在这样恶劣的条件下，亲身体验茫茫大雪中的路况，他们才更清楚哪里需要加护栏，哪里需要垫高，哪里需要增设路标。

大雪茫茫，国土的辽阔让张书军热血沸腾。热爱这个国家，对国家充满深情厚谊，是张书军他们这一代人最不同寻常的地方。就在张书军和同事不惧风雪、不畏险情的时候，他们的车子在经过一个小爬坡下坡时失去了控制。因为路滑结冰，桑塔纳已经不听他们指挥，自己开始撒欢。

有了之前的经历，在车子要走一个大下坡时，他们拿出了准备好的绳子，拴在车上，人力往后拉着，以此减缓车子的速度。一段路滑行下来，几个人累得够呛。有人拿出了两块大石头，在车子的前方放好，来阻止汽车的滑行速度。就这样拉着、阻着，车子总算到了相对安全的路段。

这次探查，需要安装两个路标，一处护栏。当工作快要结束的时候，张书军和同事蹲在路边休息。茫茫白雪，还有前面的山影，还有四处觅食的野黄羊，他们仿佛置身童话世界。若不是这次来援疆，自己怎么能欣赏到这么美的雪景。苦啊，累啊，危险啊，此刻在张书军的心里全部化为乌有，他由衷地觉得自己这次来支援新疆工作，虽然没有做出轰轰烈烈的大事情，但修好一小段路，搭起一座牛羊和牧民能过的小桥，已是他这个修路人最开心、最欣慰的事情了。

三年的援疆生活，张书军苦并快乐着。对伊州区的每条道路，他都了然于心。说热爱新疆已经有点儿俗气，但新疆是一片让人容易动情的地方，说不来它的风情来自哪里，也许来自茫茫戈壁的一棵红柳，或许来自一阵风刮起的沙尘，也或来自某个街尾拐角处少数民族大妈的一个微笑。总之，三年的援疆生活，让张书军对这里的一切都割舍不下。

从当初的毅然援疆，到对这片土地深深眷恋，这种变化是不知不觉的。望着窗台上从戈壁滩捡来的碎石块，张书军感慨颇多。人生如石，谁也预料不到自己将会遇到什么样的风沙，只有经过千年的洗礼，万年的风化，才能变成现在的模样。只有个别石头，能遇到有缘人被捡回来欣赏，大部分的石头，依然默默守候在戈壁滩上，对望星辰，对望日月。

有多大能力做多大事

——记哈密市伊州区应急管理保障局援疆干部人才刘朋辉

叶语

　　与刘朋辉见面前，笔者已从他的几个"援友"口中略知道他的精神概貌、个性特征和生命底色。

　　"援友"——援疆人员之间的特别称谓。

　　2017年初春，时任新密市安全生产监督管理局应急监控信息中心主任的刘朋辉，成为河南省第九批对口援疆队伍中的一员，到哈密市伊州区应急管理保障局任专业技术人员。

　　凡是说起他的援友，无不褒赞他任劳任怨——既可解读成褒，亦可解读成"不善言辞"。当笔者有机会与公认的"不善言辞"者长谈后，十分认同大家对他的这种赞誉。

　　每当笔者听刘朋辉讲完一桩感人的事，禁不住向他表达由衷的敬意时，他总是重复一遍实诚人的实诚话："有多少劲使多少劲，有多大能力做多大事……"

　　同事们言及刘朋辉来哈密后的事，都不约而同从他连续一个月当交通志愿者切入。仔细想来，大家念念不忘他这段经历，应该是敬佩与感谢兼而有之。笔者走进他生命深处时，也打破时序，从他当交通志愿者开始……

　　2017年11月，受援单位要派出一名志愿者，上路指挥交通。做"马路天使"的时间不是一天两天，也不是一周两周，而是一整月。实话实说，这个差事不是个好活。

不是好活又必须有人去，刘朋辉就主动报名做了交通志愿者，定岗在哈密市最繁华的地段——中山北路与广场南路交叉口，早、中、晚三个交通高峰时段在此站岗值班。

初冬的哈密已是寒气逼人，刘朋辉站在干冷的厉风中，尽职尽责疏通车辆，用心用情守护着行人的安全。

经历整整一个月的风吹沙打，魁梧的刘朋辉身上又多了几分坚毅。

从刘朋辉初次站岗值勤那天往前推 10 天，走进 2017 年 10 月中旬，也就走进了他连续 15 天与村民同吃、同住、同劳动的沁城乡牛毛泉村。他在这里为村民做了多少实事，排解了多少难处，桩桩件件都铭记在受助者的心里。

当刘朋辉发现村里绝大多数农户掰下的玉米棒子都已脱粒归仓，但是个别缺少人手的农家院里依然堆积着玉米棒子时，他不辞劳苦，像干自家的活一样，脱粒、簸净、装袋、入仓。

刘朋辉不仅是困难村民的贴心帮手，也是乡村兽医的得力助手。畜牧站给牧民的羊群集中打疫苗缺少人手时，"安监专业技术人员"又成了"专业抓羊人员"，他在羊圈里忙得气喘吁吁，放开山羊又抓绵羊……

刘朋辉刚到村里时，一位家住村头的村干部就特意提醒他注意人身安全，晚上起夜时要当心野狗和狼。村干部的担忧来自切身经历。不久前的一天夜里，他家的羊被咬死六只，他根据经验判断是狼作的孽。野狗虽然也祸害羊，但不会一次咬死这么多，咬死了也不会只掏吃内脏，只有狼喜欢先掏吃猎物内脏。他家被咬死的六只羊，内脏全掏空了。

村委会没有厕所，刘朋辉起夜，只能到村外荒凉处的旱厕。他虽身强力壮，但只身孤影来往于暗夜，难免有些胆怯。为防野狗恶狼突袭，他每次起夜，都要带上根一米多长的木棍壮胆防身。

刘朋辉默默做事苦累不言的个性，他的妻子申惠霞比外人感受更深。他不像多数援友那样，几乎天天都要给家人打个电话，通通消息报个平安——即便他偶尔问问女儿的生活与学业，也是把满腔父爱浓缩在三言五语里。妻子每次来电话询问他工作是否劳累，饮食是否习惯，他总是重复着一句老话：你只管照顾好孩子，不用操我的心，这儿啥都好。

即使夜宿牛毛泉村委会，门口放着防狼木棍的那些夜晚，偶尔接到妻子的电话，他也还是对妻子说"这儿啥都好"。

夫妻相处时间长了，难免影响对方的行事风格。妻子事先不打招呼突然带着女儿千里迢迢来到刘朋辉身边，就颇有丈夫的行事风格。

刘朋辉当初要远离妻子援疆三年，这样大的事，竟在妻子知情前就已成定局。这倒不是刘朋辉不尊重妻子的意愿，而是没有与妻子沟通交流的时间。他是当天下午在办公室看到援疆报名通知的，当晚就要报名，他正式报名后才回家告知妻子。妻子听后惊讶不已，他也找不到合适的劝慰话，只是一再低声重申：这事已经定下了，不能不去……

7 岁的女儿芸秀正读二年级，她对爸爸非常依恋，刘朋辉远行那天，女儿不舍的泪雨，打湿了他的心。

刘朋辉虽一再重弹"这儿啥都好"的老调，却打消不了妻子对他的殷殷牵挂。刘朋辉虽疏于父女间的亲密交流，但女儿依然能感受到爸爸对她深藏于心的真情至爱。2017 年暑假，郑州至哈密的列车，载着对刘朋辉牵挂的妻子和对爸爸思念的女儿，穿越千山万壑，驰往遥远的新疆。

在妻子、女儿与刘朋辉正在迅速拉近的那个昼夜，刘朋辉却全然不知，他更不可能知道，他的妻子和爱女在列车上经历了什么。

申惠霞当时在新密市煤炭局工作，为了省钱，她没有预订票价太贵的卧铺票。出发当日，她带着女儿芸秀从新密来到郑州，购买当日普通硬座车票时，已经只有站票了。无论回家还是住在郑州等待有座位的车次，都会增加开销。为了早日见到丈夫，征得女儿的同意后，她买了两张站票，踏上了两千余公里的路途。

在拥挤的普通车厢里，白天还好过些，有时好心人会让出座椅一角，让她们母女蹭坐片刻。饭时，母女俩挤到餐厅车厢买份便宜饭菜，尽可能多坐一会儿。深夜就更难熬了，有座位的乘客多已闭目打盹，餐车也已关闭，进入夜间行车模式。申惠霞只好拉扯着极度困倦的芸秀，一点点挪腾到两节车厢的连接处，小心地铺开纸板，母女俩相依而坐。随着轮声铿锵车身摇晃，刚坐下时不忍让妈妈抱着睡的芸秀很快合上眼睛，身子不由自主向妈妈倾斜，做母亲的顺势把女儿揽在怀里。稍后，极度困乏的母女双双沉进甜蜜又苦涩的梦旅……

母女俩结束近 30 个小时的艰难旅程走出哈密火车站时，申惠霞已是两腿麻木双脚肿胀。

妻子和女儿带给刘朋辉的，只有从天而降的意外之喜，却对长途经历一字不提。多日以后，他才从援友口中得知妻子和女儿路途的艰辛。

刘朋辉家的经济状况比较拮据，他和妻子虽都克勤克俭，对他人却厚道大方。当他同妻女带着礼品到哈萨克族结亲户家结亲时，亲戚家绝不知道，刘朋辉家还背着不少债务。

刘朋辉的厚道实诚，结亲户的父亲在黄泉路上也当有知。老人去世时，刘朋辉正因公出差远离哈密。人难到，心意一定要到，他委托村干部送上 500 元钱，代他慰问悲伤中的结亲户。

没能亲自参加结对亲戚家的葬礼让他深深抱歉。42 天后，刘朋辉终于等到了补救的机会。哈萨克族在亲人去世 42 天时，要举行隆重祭礼……如同中原汉族"五七"祭奠。那天他里外张罗，直到送走所有亲朋好友。

罗布泊野骆驼国家自然保护区内非煤矿山的依法关停，也有刘朋辉的小小功绩。

2017 年 8 月上旬，刘朋辉与伊州区环保局一个同行一起，连续 12 天奔走于罗布泊野骆驼自然保护区北部的南湖戈壁，检查保护区内勒令关闭的铁矿、碱盐矿、花岗岩矿等十几家企业拆除是否到位，地貌恢复是否达标。

第一天去的地方最远，离开公路在隔壁滩小道上又行驶四五个小时才到目的地。司机把他俩送到现场，留下干粮和水就返回了。

八月的午后戈壁，高温能烧熟鸡蛋。在他们苦苦寻找阴凉躲避暴晒时，发现一台报废的铲车斗里有丢弃的破被子，他们爬进铲车斗里，拉开破被子当帐篷，在"铁屋"里熬过难耐的每一刻。

"铁屋"里的打熬，只不过是 12 天苦路的第一站……

刘朋辉身后留下的足迹，不断见证着他言行如一的可贵品质。在借钱垫资购买 100 辆环卫保洁车这件事上，是对他"有多少劲使多少劲，有多大能力做多大事"的人生理念和做事信条最生动的诠释。

2017 年末，郑州援疆工作队和郑州慈善总会拉开了"慈善援疆"的序幕，要给哈密市伊州区环境卫生管理处捐赠价值十万元的 100 辆保洁车。伊州区共有环卫工人近三千人，他们每日尽心尽责为美化城市辛勤劳作。为表达对环保工人的关爱，减轻城市美容师的劳动强度，提高保洁效率，郑州援疆工作队和郑州慈善总会共同发起以"民族团结一家亲·我为环卫工人送温情"为主题的捐赠活动。

刘朋辉接受采购保洁车任务时，距拟定的捐赠日期只有短短十天时间。他在本地实体店寻找无果后，又到网上搜索，最终搜寻到河北省一个专业车辆厂家。而这家车辆厂没有现货，要让他们把零部件组装起成品，喷上捐赠标识，必须先交清全部货款。

郑州慈善总会划拨善款有严格流程，不是十天八天能走完程序的。陷入两难境地的刘朋辉没有止步，也没有把困难上交，而是默默迎难前行，苦苦寻渠道找门路，他一定要如期圆满完成任务。

借，向朋友们先转借一下。当刘朋辉向几个朋友借钱时，一听是要替公家垫付十万元货款，都劝说他不要干这种事。你先把借来的钱交给厂家，人家拿到钱晚发货或不发货，你不就抓瞎了。

　　刘朋辉理解朋友的好言劝说，但他没有停下迎难前行的脚步。急难时刻，他得到了连襟弟弟张涛峰的理解和支持。对方倾其所有，答应借给他八万多元。还差一万多元咋办？他知道妻子没钱，无奈之下，他还是请她代为转借。申惠霞转借不来又想帮丈夫一把，只好透支信用卡刷出一万多元现金。

　　全部货款虽然凑齐了，刘朋辉却仍有疑虑。他没进过厂家，更没见过产品，从哈密到河北又路途太远。于是他又恳请张涛峰帮忙，代他去探探厂家是否正规，看看产品质量如何。

　　张海峰到厂家仔细查看后，才代刘朋辉正式签了合同，交了货款。

　　2018 年 1 月 11 日下午，100 辆保洁车捐赠仪式在伊州区环境卫生管理处如期举行。在气氛热烈的捐赠现场，除了刘朋辉本人，几乎没人了解保洁车曲折的来历，接受捐赠的人们，更不可能知道他的特别奉献。其实，刘朋辉压根就不想让人知道他做了什么，环卫工们的开心笑脸，就是他的最大慰藉、最高酬报！

援疆有你更精彩

——记哈密市伊州区市场监督管理局援疆干部人才程锦辉

罗辛卯

援疆就是办实事

七月初的一天。

一个艳阳高照的上午。

在哈密市的哈密瓜主产区南湖镇的瓜田，一个穿灰绿色汗衫、天蓝色牛仔裤、高个的中年汉子正在和一个年轻的小伙子谈着什么。小伙子弯腰摘下一个哈密瓜起身递给中年汉子，中年汉子把瓜掂在手里，看着瓜，点点头，流着汗水的红脸上露出满意的笑：行，就按这样的标准。瓜的大小，不能相差太大。

这中年汉子就是程锦辉。

程锦辉在和瓜农高峰谈选瓜的标准、瓜的价格、到郑州的销售办法。这个年轻的小伙子仰面望着程锦辉，黝黑的脸上挂满笑意，细细的眼睛眯在了一起。程锦辉说，咱们这是第一车瓜，要保证质量，在郑州一炮打响，以后销路就打开了。

他们的脚下是碧绿的瓜田，一个个曝着白纹的青皮哈密瓜把身姿迎向太阳，展向空中。虽然阵阵热浪掠过，却不失它们的色彩。

程锦辉和高峰的认识是一个偶然。那天，程锦辉骑自行车下班回家，路过一个小门市部，一扭脸，看到屋里一堆哈密瓜。他忽然来了兴致，想去问问，这瓜是不是自己种的，是不是卖的，如果是卖的就买几个回去。于是，他放好车走进屋里。这时，一个年轻的小伙子从摆有电脑的桌子后面站起来。小伙子一副憨厚朴实的模样，细细的眼睛和黝黑的脸上露出暖暖的笑意，也透露出他的聪明机灵，问，买瓜吗？程锦辉应着，接着问，这瓜是自己种的还是批发别人的？小伙子说自己种的。听小伙子是河南口音，程锦辉和他拉起了家常。他告诉程锦辉老家是河南柘城县的，他父亲 1961 年支边来到这里，他们家也就安在这里了。问起种瓜的经历，他告诉程锦辉，他父亲是种瓜能手，当年种瓜比赛，父亲得了"瓜王"的荣誉称号。他们的地在南湖，在哈密土质最好，种出的瓜香、脆、甜。谈话中，小伙子抱起一个瓜，刀那么一斜一斜，一块块月牙形的瓜块出来了。给，尝尝。小伙子双手递过来放到程锦辉手里。他告诉程锦辉说，他现在是网上销售。程锦辉问，销路怎么样？销路不好。小伙子摇摇头。这时程锦辉想，我为什么不能帮他卖瓜呢？这么好的瓜，在郑州开辟个市场多好，小伙子的瓜有销路了，郑州人也能吃上纯正的哈密瓜了。尽管这不在自己的工作范围之内，可来新疆干什么，不就是帮助新疆人民，解决他们的困难，让他们发家致富吗？程锦辉把自己的想法一说，小伙子很高兴，立刻把名片给了他，并留下了程锦辉的电话。他们俩，都在这附近住。一来二去两人成了朋友，高峰几次带程锦辉到他们瓜田看瓜的成色，两人计划着今年哈密瓜的销路。

程锦辉这人办事从来是丁是丁，卯是卯，一丝不苟，认认真真。为此，程锦辉还专门找人在江苏设计了代表南湖哈密瓜的商标。

父亲，我了却了你的心愿

我喜欢新疆，我喜欢新疆一望无际的戈壁滩，我喜欢新疆湛蓝的天空和新鲜的空气。离开新疆 20 多年了，我还常常梦见在那里生活的日子。援疆，不仅仅是想回去作贡献，也是了却父亲的心愿。当程锦辉得知第九批援疆工作队开始报名时这样说。他还说，我从小在新疆长大，对新疆的气候环境饮食都习惯。

程锦辉出生在新疆。

当年，程锦辉的父亲响应国家支援边疆、建设边疆的号召，来到新疆，在新疆生活了 50 年。直到 2011 年，因年迈需要人照顾才回到河南老家。新疆的风沙，新疆的寒冷，新疆的广阔天地，磨炼了老人，也造就了程锦辉敢于担当、勇于奉献、无私无畏的性格。他 18 岁当兵，20 岁到郑州高炮学院上学。部队铁的纪律和文化氛围，造就了他一心向上、忠于祖国、保家为民的品格。军校毕业当排长、战勤科科长，成为优秀标兵、旅优秀主官。转业后分配到了郑州市质监局。

在程锦辉报名时，父亲患血管炎已经住院。父亲太需要人照顾了，自古忠孝不能两全，一边是危在旦夕的父亲，一边是援疆重任。于是，他把援疆的事托妹妹告诉在北京住院的父亲，令他没有想到的是父亲竟然很支持他，交代全家谁也不要阻拦他。他在家排行老二，在父亲不能说话的情况下，用笔给家人写下了"老二去新疆我放心，你们谁也不要阻拦他"。临走前，他去看望父亲，看着父亲失去血色的蜡黄的脸，那暗淡无神却又注视着他的目光，他鼻子一酸眼泪夺眶而出，他哽咽着叫了一声：爸……再也说不出话来。

西北边疆，天寒地冻。哈密与郑州，相距近5000里，这一走不知道还能不能跟父亲见上一面。2017年2月20日，作为河南省第九批的援疆干部，程锦辉登上西去的列车时，父亲已经吃不下饭，连喝水也呕吐，每天依靠营养液维持生命。老人瘦得皮包骨头，原来那高大的身躯，现在只有45公斤。果然，程锦辉随队到达哈密的当天夜里，父亲就与世长辞了。夜里9点，爱人打电话说父亲走了。听到这一噩耗，他拿着手机的手垂下来久久没动……站了很久，走出屋外，望着星空，望着家乡的方向，他竭尽全力又哑然无声地从心里喊道：父亲，你放心去吧，儿子不能为你尽孝了，可我一定完成你的心愿，建设好美丽的新疆！

程锦辉来到哈密新工作单位报到的第一天，就直接走进工作现场，沉着冷静又有条有理地展开工作，在伊州全区内开展液化石油气钢瓶的整治活动，大量的废旧钢瓶需进行报废处理。面对堆积如山的钢瓶，程锦辉捋捋袖子，斩钉截铁地按照规格，坚决处理；指导建立废旧钢瓶工作站，彻底结束了哈密无法批量系统报废钢瓶的历史。

安全质监显身手

　　程锦辉在援疆前的职务是郑州市质量技术监督局特种设备安全监察处处长，援疆单位是伊州区质监局。

　　特种设备安全管理工作涉及社会和谐稳定及人民群众的生命财产安全。伊州区完成了工商、药监、质监部门的机构改革，面临的最大难题是很多管理人员业务不熟悉，很多同志没有接触过特种设备，对各种设备缺少直观的认识。为了提高同志们的业务能力，程锦辉把主要精力放在手把手传帮带方面，三次带领哈密质监系统的同志到内地考察学习，将成功的经验和工作机制引入当地。他经常带领大家到各个市场监管所，开展特种设备日常检查工作，从如何分辨设备，到如何查看资料，再到如何发现问题，对同事提出的问题耐心解释，一一回答。这个说，程处，分辨设备的时候，应该注意到哪一点？那个说，有的资料上没有怎么办？张三、李四、小吴、小王，提这个问那个，程锦辉亲自示范，把自己所学所会全部教给他们，为提高全局的特种设备安全工作水平做好了前期铺垫。

　　特种设备安全管理是一项系统工程，需要全面谋划严密组织。2018 年的初春，新疆大雪扑面，气温零下 20 多摄氏度，西北风呼呼刮着，人们早已入睡了，开完会回来的程锦辉却坐在桌前，开始起草《2018 年特种设备现场监督检查条例》和全年工作整体规划。这些天，他白天上班，夜晚加班，天天熬夜，当他完成最后一稿放下鼠标舒口气的时候，看看表已是第二天四点了。

　　不久，他又提交了《关于加强液化石油气钢瓶管理意见》《关于对 10 吨以下燃煤锅炉整治的工作意见》。伊川区的电梯数量虽然不多，但管理工作面临不少难题，电梯事故频发，市民投诉时常发生。为解决电梯安全管理中的难题，努力打造安全舒适的乘梯环境，程锦辉又起草了《伊州区电梯安全专项治理方案》。一条条建议，一份份规则，这些为哈密人民的安全起到了决定性的作用。这是程锦辉费尽多少心血，熬过了多少夜晚才取得的成果啊！

馕饼飘香

　　西出哈密市区 30 公里，有一片新型的哈萨克居民区，它北望天山雪峰，南倚连霍高速，这就是伊州区柳树沟乡柳树沟哈萨克快乐小区。房屋整齐，布局合理，银白色的墙，深红色的顶，小区大门口矗立着"河南援建"标识的纪念碑，从这里可以看出河南援疆所作出的贡献。

　　在新疆走进任何一家哈萨克牧民家中，总在院子的一角见到一个一米见方的柱形建设，土坯搭建，泥土粉饰，顶上开口，这就是馕坑，平时吃的馕饼就是从这里烤制出来的。

　　新疆少数民族有一句谚语：宁可三日无肉，不可一日无馕。几乎所有援疆干部都跟哈萨克族老乡打过馕，程锦辉自然也不例外。

　　程锦辉的亲戚家主人叫木拉提别克·苏来曼，女人叫古丽孜然，他们家三个儿子，大儿子上初中，二儿子上小学二年级，小儿子四岁。自从结为亲戚，程锦辉每月都在这里住一个星期，跟他们同吃同住同劳动。结亲就是"走心"，只有心走到一起了，事业才会有成，民族才能兴旺发展。程锦辉给他的儿子们买学习用品、食品，还给他们买了电风扇，教他们包饺子，教他们种植蔬菜，他们则教程锦辉打馕。

馕已有两千多年的历史，馕水分少，便于携带，制作精细，用料讲究，吃起来香酥可口。相传，当年唐僧取经穿越沙漠戈壁时，身边带的食物就是馕，是馕帮助他走完了艰辛旅途。哈萨克族人也把它当作最好的礼物招待客人。

程锦辉的爱人是郑州市第二人民医院医生，来新疆后程锦辉带着她一块走亲戚家。

哈密的山，哈密的沙漠，哈密的烈日，哈密的骆驼刺，还有哈密的生硬风景和荒凉，一路上的所见所闻，在程锦辉爱人陈楠心上打上了深深的烙印。她没想到少数民族亲戚是如此热情好客。当她在村头下车的时候，古丽孜然和父母一家老老少少都跑来接她了，一家人兴高采烈的样子无言以表。村上的人听说陈楠是医生，都跑来要陈楠给他们看病，有老人，有抱着孩子的媳妇，不一会儿院里院外挤满了人。

在这里，陈楠感受到在中原从未有过的情调，古丽孜然用哈萨克族接待客人的最高礼遇招待她，还教她制作馕饼的方法。走时给她装了一袋子馕饼，送了好远，还恋恋不舍地拉着陈楠的手，用哈萨克语说，欢迎你再来，欢迎你再来。

回去的路上，陈楠十分感慨，说，想着你在这里很枯燥，和这里的少数民族不好交流，不好沟通，工作很难，想不到你生活很充实，和这里的少数民族感情这么深。程锦辉说，你别忘了我是老新疆，我在这里如鱼得水，生活工作都很好。看着丈夫的笑，陈楠推他一把：看你美的。

两年多来，程锦辉不管是组织电梯安全专项治理、许可证抽查、安全生产检查，还是帮结对亲戚脱贫致富，各项工作都风起水声，硕果累累。他还以自己的努力为瓜农开启进军中原的渠道，7月6日，第一车装有32吨的南湖哈密瓜已经运往郑州。

生活是甜蜜的，看你怎么酿造。

程锦辉用自己的双手，用汗水和智慧，为新疆人民酿造出一坛美酒，让新疆人民分享。

沙漠中的胡杨

——记哈密市伊州区审计局援疆干部人才王全胜

王刚

"不是所有的树都能在沙漠中生长，胡杨做到了；不是所有的花都能在雪山上绽放，雪莲做到了；不是所有的人都能践行援疆梦，我们做到了！"

王全胜再也等不下去了！

援疆干部结亲已半年有余，眼看着其他援友和结亲户打得一片火热，处得像一家人，而王全胜却连男主人的面都没见上，他的心里怎能不急！

王全胜的结亲户是哈萨克族的卡开夏·艾外里汗一家，因为一直在山上放养牛、羊、骆驼，这半年多的时间，王全胜一直和卡开夏·艾外里汗未曾谋面，有事只能和他当协警的儿子叶斯里别克联系。这天，当王全胜听说叶斯里别克要上山看望父亲时，便急不可耐地说，我也去，咱们一起去！放下电话，王全胜急匆匆跑出去买了棉衣、被子和米面油等一应物品，赶到了事先说好的会合点。

出发的时候天气尚好，晴空万里，微风轻拂，哈萨克小伙叶斯里别克开着他那破旧的二手车，嘴里哼着小曲，一副轻松快乐的样子。谁知车入深山风云突变，狂风夹裹着雪花骤然而至。山路崎岖不平，小溪结冰难以穿越，路上的乱石随时会扎破车胎。叶斯里别克有些慌了，紧张地说，王哥，坏了，车上没有备胎，山里手机也没有信号，万一车子抛锚就全完了！

不知为什么，本应叫王全胜叔的叶斯里别克，却一直叫王全胜"王哥"，而此时的王全胜哪里还顾得上这些，他看着车窗外没多久就变成了白茫茫的世界，忧心忡忡，没想到来看亲戚竟然会遇到这么大的危险。此时的山路上看不见一辆来往的汽车，唯有狂风呼啸。那乌云盖顶的天上仿佛正上演着一场酣战，漫天飞舞的雪花犹如"战罢玉龙三百万，败鳞残甲满天飞"。来到新疆后，王全胜曾经无数次远观过天山美丽的雪峰，并为之陶醉，真想哪天得闲亲临实地去亲近亲近，现在真的身处其中，却是另一番滋味。

唉，没办法，只能听天由命了！王全胜心里默默地说。

叶斯里别克双手紧握方向盘，全神贯注地睁大眼睛分辨着已被白雪覆盖的山路，小心翼翼地开着车。深山里蜿蜒起伏的山路上，车子如同缓慢蠕动的青蛇，艰难地在风雪中走走停停，终于到了藏在山沟避风处的雪窝子。

卡开夏·艾外里汗没想到，这么恶劣的天气他的汉族亲戚竟然会来看他，激动地拉着王全胜的手走进了雪窝子，为王全胜冲上了热气腾腾的奶茶。雪窝子不大，也就六七平方的样子，是用山里的石头垒成的，墙隙漏风，房顶透气，时不时有雪花飘进来。王全胜没有想到哈萨克兄弟在山上放牧的条件竟然这么差，好在河南为他们援建的小区早已建成，搬迁到山下，居住条件和原来相比可谓天壤之别了！

坐在炕上，王全胜和卡开夏·艾外里汗亲热地唠起了家常，叶斯里别克则充当着翻译。卡开夏·艾外里汗说，我一直在山上，没有见过你，但是常听儿子说你来到我们山下的家，帮着我们干这干那，还为我们带来了好多好多的东西，我早就想见你了，可是一直在山上放羊放牛离不开……

虽是头次见面，却仿佛是相交多年的知己；虽说言语交流不是那么顺畅，却有说不完的话；虽然不是一个民族，却像是亲兄弟一般亲热。是夜，王全胜和卡开夏·艾外里汗聊到了很晚很晚。

这天晚上，王全胜就和衣住在了雪窝子！

漆黑的大山寒风呼啸，暗夜里，王全胜打开手机，发现信号全无，躺在炕上辗转反侧、彻夜难眠。手机没有信号，和外界无法联系，如同与世隔绝。现在他最担心的是，晚上妻子万一有事找他却一直打不通电话，该不知急成什么样子呢！

自打援疆以后，家里的重担就撂到了妻子柔弱的肩上，原来妻子不会做饭，现在几乎什么家务活都会干了。俗话说：百步无轻担！而妻子却长年累月一个人独自扛着原本应该两人分担的生活重担，有好几次妻子都快要顶不住了，打来电话就哭。沉重的生活重担几乎将她压垮。

王全胜的妻子张晓菊是郑州市互助路小学的语文老师，还是班主任，带着毕业班，工作特别繁忙。毕业季审查学生资料的时候，每天都要加班，孩子没人带，只能在学校跟着她，常常是忙到晚上九点多，才能领着儿子回家吃饭。今年毕业班到基地拓展训练，她作为班主任必须跟着去，孩子只好托付到同事的家里。最让妻子揪心的是儿子生病，去年儿子连续六天发高烧一直不见好，而且是每天晚上七八点就烧。害怕孩子烧成肺炎，妻子一个人带着儿子焦急地奔波在市中医院、省中医学院，挂号、看大夫、抽血、化验，整夜都不敢睡……王全胜一次次从电话里妻子的哭诉中感觉出她的情绪几欲崩溃。可是，又有什么办法呢，即使心里坠着千斤巨石，即使天天担心得夜不能寐，也只能是干着急，远在几千里之外的他帮不上一丁点的忙！

想起儿子，便触碰到王全胜心里最柔软的地方，脑海里立即浮现出儿子白净可爱的模样。

援疆那年，儿子跳跳刚上幼儿园，为了不让儿子伤心，王全胜为怎么去和儿子说而伤透了脑筋。最后他挖空心思、绞尽脑汁给儿子编了一个故事："跳跳，你不是喜欢旅游吗？爸爸准备到新疆去，那样咱在那里就有一个家了，以后你去新疆旅游不用住宾馆，多舒服呀！"

故事讲得很成功，不谙世事的儿子听了以后居然很高兴，兴奋得手舞足蹈，说："太好了！"但是，没过多久故事便失去了魔力。妻子张晓菊一次打电话说，你走后，跳跳每天睡觉都要抱着你的枕头睡，不让我收起来，说枕头上有爸爸的味道。后来孩子似乎明白了什么，天天哭着说，我想爸爸，我不要新疆那个家了……

王全胜听后不禁潸然泪下。

在儿子最需要他的关键阶段，他不能像其他父亲那样成为儿子成长的守卫者和陪伴者，只能变成儿子故事的倾听者，而讲述者就是自己的妻子张晓菊。

张晓菊说：暑假放假前，我不舒服，让跳跳给我倒杯水，结果孩子一下让开水烫了，用凉水冲了半个小时还疼，虽然抹了烫伤药，第二天还是起了很多水泡。晚上我和你视频通话前，跳跳还特意交代我不要和你说，怕你担心！

张晓菊说：跳跳说你不在家，家里很寂寞，就特别喜欢家里来人。每次你回郑州，我都不敢提前和跳跳说，说了他就兴奋得晚上不睡觉，会一直等着你回来！

…………

多么可爱又懂事的孩子啊！

作为父亲的王全胜从妻子口中听到了很多很多儿子的故事，他百感交集，知道亏欠儿子的太多太多。王全胜心里清楚，援疆绝不是喊喊口号，而是附加着责任担当和家庭付出，对于儿子，他也只能等到三年援疆结束，回到郑州后再加倍补偿了。

那晚，一夜无眠的王全胜，在深山卡开夏·艾外里汗家的雪窝子里思绪万千，想了很多很多。

第二天告别卡开夏·艾外里汗下山的时候，卡开夏·艾外里汗非要宰杀一只羊让王全胜带回去，被王全胜婉言谢绝。汽车踏上归途，卡开夏·艾外里汗还在后面大声喊着："等你的儿子来了，我要送他一只羊……"

王全胜是作为专业技术人才援疆的，之前，他是郑州市审计局法制科科长。在伊州区审计局，他的工作职责是协助局长主管法制审理工作，负责业务指导培训。

法制科是审计局重要的业务部门，号称审计局中的审计局。王全胜到任后，立即调阅了往年的审计业务档案，在最短的时间内查明了业务流程和质量审计中的薄弱环节，凭借自己的审计工作经验和技术特长，归纳提炼出《伊州区审计局在审计业务中应当关注的十点问题》。针对伊州区审计局新进年轻干部较多的实际情况，他制定了近期和中远期的培训和质量提升计划，对全局人员进行法律法规培训，并充分利用日常对局审计项目审理以及下点审计的时机，指出他们在审计过程中的薄弱环节，结合郑州市的先进审计理念，从公文格式、事实叙述、法规引用等方面进行耐心指导，真正起到了"传帮带"的作用。

援疆干部的一个重要职责就是构建援受双方的桥梁和纽带。2018 年 5 月，王全胜牵线，由伊州区审计局派出四人考察组到郑州市审计局学习考察扶贫资金专项审计工作。郑州市审计局的同志向他们介绍了在登封扶贫审计中，如何利用大数据进行筛查，如何利用项目库、资金流进行分析，如何通过实地走访将定性分析与定量分析相结合确定审计重点等审计工作经验。王全胜还陪同考察组深入登封乡村易地扶贫搬迁审计现场进行观摩。通过考察交流，弥补了伊州区审计局在扶贫资金审计领域的短板。

自援疆以来，王全胜几乎参加了所有的审计项目业务审理会议，并对本级财政预算执行审计、区园林局经济责任审计、农业园区财务收支审计等多个审计项目进行法制审理和质量把关，提出了近百条修改完善意见。

2019 年 3 月份参加财政审计期间，王全胜突发痛风，疼得走不成路。为了不影响工作，他每天端盆凉水泡脚以减轻疼痛，公交车坐不成了（下车还要走七八百米），就每天打的到审计单位，一瘸一拐地扶着楼梯上楼参加会议。就这样他硬是坚持了一个多月，圆满完成了财政审计工作。

除了在伊州区审计局正常的援疆工作，王全胜还额外承担着河南援疆前线指挥部的财务工作，负责河南省 8 个地市和省直援疆单位的资金管理。年初刚入疆时，河南援疆前线指挥部的财务部门刚开始筹建，一无现成的制度可参考，二无相关的经验可借鉴，王全胜克服业务不熟、各方面环节未理顺等重重困难，从零开始，以最短的时间启动了前指的财务工作，并结合相关会计制度和中央"八项规定"的要求，完善了财务管理流程和内部控制制度。

哈密市幅员辽阔，几乎相当于河南省的面积，山北的伊吾县和巴里坤哈萨克自治县的援疆干部距离哈密市区路途遥远，且交通不便，为了方便各单位同志报账，王全胜常常放弃星期天、节假日，无论是在援疆公寓还是在单位，他都能做到随时为这些单位的报账员报账。繁忙的工作如同一根无形的绳子牵着他，让他无法正常休息，以至于援疆两年多，连哈密市都没有出过。2018 年暑假，妻子带着孩子兴冲冲地来看望他，谁知由于工作繁忙，他一直抽不出时间陪他们游玩，妻儿每天基本上都是在宿舍待着。临回郑州的时候，妻子真的生气了，说来了两个月，哪儿都没有去！听着妻子的抱怨，王全胜苦笑一下，又能说些什么呢！来新疆之前，王全胜买了一个火锅，曾经挺浪漫地想，都说新疆的牛羊肉好，以后工作之余，可以叫上同事们一起好好品尝品尝这里的牛羊肉了。谁知来了之后，这个火锅基本上就没有派上用场！

即便有机会回到郑州出差，王全胜也几乎"三过家门而不入"。上个月他带着伊州区审计局的同志到郑州学习，学习地点就在不远的登封，他却一天也没能在家待，只匆匆忙忙地回家换过一次衣服。

　　要说，无论工作多么繁忙，王全胜都能扛得住，但是无法陪伴和照顾家人，尤其是生病的老人，是他心中永远无法抹去的痛。2017 年底，王全胜得知 86 岁的老母亲病重住院，心急如焚。虽然姐姐在电话里安慰他说，别操心，家里有我和你哥呢，你就在新疆安心干你的工作吧！可是，儿子思母的情愫让王全胜心里犹如巨石压着一般，深夜里他走到窗边，遥望着家乡的方向，禁不住流下愧疚的泪水，心里默默祈祷着母亲能够早日康复。

　　虽然一直远离家乡的亲人，饱受思乡之苦，但是让王全胜感到欣慰的是，如今他在新疆也有了亲人，那就是卡开夏·艾外里汗一家。在王全胜的手机里珍藏着几幅照片，有他在深山里卡开夏·艾外里汗的雪窝子前照的，有他穿着哈萨克民族服装和卡开夏·艾外里汗夫妻的合影，还有挥汗如雨帮着卡开夏·艾外里汗家里干农活的照片……今年五月份，卡开夏·艾外里汗下山，王全胜特意请卡开夏·艾外里汗一家到哈密吃了一顿饭。而卡开夏·艾外里汗一家也早已把王全胜当成了自家人，每当王全胜来到山下的家，不善厨艺的他们还会为王全胜炒上几个菜：驼肉炒青椒、炒草菇……甚至还为王全胜宰一只羊。

　　三年漫漫援疆路，王全胜经历了很多很多，能够见诸文字的不过九牛一毛。来到新疆后，他很喜欢沙漠中的胡杨，在那么恶劣的自然条件下，胡杨依然能够茁壮生长，靠的是什么？靠的是坚毅，靠的是少索取多付出。同样，作为一个援疆干部，更不应该是温室里的花朵，而要成为坚强的胡杨，胡杨就是援疆干部的真实写照。王全胜说，援疆，是一种使命，也是一种责任，更是一种情怀。援疆人要将责任和使命化作动力，忍受孤独和寂寞，怀揣满腔热情，将汗水挥洒在这片美丽的土地上，不负组织的信任，无愧两地人民的期望！

心系天山情未了　再为戈壁添新绿

——记哈密市伊州区农业局援疆干部人才吴小波

叶语

　　在河南省第九批对口援疆人员中，来自郑州市蔬菜研究所的吴小波先生，已是第二次踏上遥远的西域，再度拥抱深爱的哈密。循着他两度援疆的人生足迹，笔者于 2019 年 7 月 8 日下午，走近他镌刻在戈壁滩上的第一个生命之圆的起点——哈密市恒顺农业发展有限责任公司。

　　位于哈密二堡镇的恒顺公司，距市区 45 公里。车在戈壁公路上奔驰一个小时，留下的痕迹就重合了八年前吴小波留在戈壁滩上的最初脚印。

　　进入他奋斗过三年的恒顺公司大院后，吴小波和几个熟人热情打过招呼，指着院内一排十棵柳树说：我刚来这里时，这些柳树还很弱小，生怕一阵大风把它们连根拔起，你看，如今长得多蓬勃。

　　公司院子呈四方形，北面和东面是简易平房，东北角一楼那间房子，见证过他此生最难忘的岁月。他动情地抚摸着关闭着的屋门说：这间屋子，曾是我的办公室兼住室。虽然门窗紧闭，但一场沙尘暴过后，门缝里面的地上还是会堆起一个小沙堆。

吴小波在这里工作生活过一千多个日夜。在这排当年的幼柳下，在这间普普通通的陋室内，他有过梦想成真的欢悦欣慰，也经历了冬夏冰火两重天的身心磨砺；他依门仰望过最晶亮的群星，也在万籁俱寂时分，饱受过透彻心扉的落寞孤寂……

吴小波能在盛年、学术生涯的黄金期给荒凉的戈壁添红增绿，偶然中也有必然。

1996 年，吴小波从南京农大蔬菜专业毕业后，在郑州市蔬菜研究所找到了人生的舞台。勤奋的汗水浇灌出的累累科研成果，使他年纪轻轻就晋升为副研究员，成为日后与哈密结下一生深缘的重要伏笔。

2010 年末，第七批援疆人员报名时，郑州市蔬菜研究所有六人申报。在自愿、已婚、男性、技术人员、副高职称以上、年龄 45 岁以下等门槛前，时年 37 岁的吴小波，以其坚定执着，成为单位的首选。

2010 年 12 月进疆后，吴小波担任哈密市恒顺农业发展有限责任公司副总经理之职，参与公司的经营管理，负责办公室、技术服务、技术培训。

吴小波饱尝了创业的艰辛困苦。投身恒顺公司的前十个月，这里没电视、没网络、没空调，报纸一个礼拜送一次，看到的"新闻"已成旧闻。

仅从员工人数而论，恒顺有限公司真的很"有限"，包括聘用人员在内，员工不到二十人。吴小波虽然挂个"副总"的头衔，也只有在"总是在一线工作、总是没日没夜奔忙"的语境里，他这个"总"才名实相符。

吴小波初踏二堡镇南戈壁时，哈密市要在此建设拥有 3000

多座蔬菜大棚的无公害蔬菜生产基地的愿景，正逐步从蓝图落到地上。这个从大学毕业一直在试验地里安安静静有条不紊探索蔬菜奥秘的科研人才，暂且成了土建工地上的技术指导和质量监工。在烈日的炙烤下，在长达一公里施工现场，挖掘机轰鸣，尘土飞扬。挖坑、放水、压碱……日烤地焙的乱石滩地温高达六十摄氏度，依然阻挡不住他巡查施工质量的坚实脚步……

在工地迎日出送日落的吴小波回到他的栖身之所已是筋疲力尽，他多么渴望安睡一觉，恢复一下透支的心力体能，然而，这点寻常的愿望，在这里却成了可望不可即的奢望。没有空调的斗室里，电扇吹出的风没有丝毫凉意，枉然转动的风叶令他徒增晕眩。想看会儿书或者写点东西打发难耐时光，得先来一番铺垫：先到水龙头下接一盆水，把毛巾浸湿后搭在肩背上，再把水盆放在办公桌下，坐下后，把两脚浸泡在水里。即便费了这么多周折降温解暑，额头的汗珠也难免打湿纸页。

熬到实在支撑不住时，上床睡觉前，再换一盆凉水，放在脚头，躺下时，把两腿奋拉到床下，双脚泡在水盆里。凌晨昏昏入梦，热醒后再换一盆水泡脚降温。这是 2011 年夏夜的常态。

吴小波不仅深爱天山，且对天山心存感恩。他说，天山融雪不仅滋养了哈密，在最难熬的夏夜，天山也赐给他美梦醒来后的神清气爽。天山山顶雨雪不断，只是七、八两个月下雪少。要是哪个夏夜睡舒坦了，不用多问多想，一定是那夜天山下雪了。

哈密的气候，堪称冬夏冰火两重天。盛夏酷暑地面最高温度达六七十摄氏度，数九寒天最低气温低至零下二三十摄氏度。然而在冰天与火天之间，毕竟有个由春到夏的过渡，从秋到冬的迁延。吴小波的"两重天"经历与众不同，十分钟内就能在冰与火中反复穿越。

严冬时节，吴小波从办公室兼住室出来，步行10分钟，就能走到最近的温室蔬菜大棚，观察长势，对菜农进行技术指导。然而，这段短短的路程，却是他从冬到夏的穿越通道。

从室内出来时，虽然他棉袄大衣重包厚裹，却抵御不住大漠风刀削皮刺骨。当他进入温室时，裸露的面部已冻麻木，膝盖僵硬生痛。虽然棚外寒风肆虐滴水成冰，棚内气温则高达二十多摄氏度。他每次从一个温室走向寒天，从冻地走向下一个温室，就多一回冰与火的体验。而这样的体验，多得难以数计……

吴小波援疆干部的身份，使他比公司其他同事多了一份奔波劳顿。平时，他在公司工作生活一周，周末傍晚搭乘公共汽车或乘公司顺路车回市内援疆干部驻地。有时回去已经夜里十点多，浑身疲惫的他不想再动手做饭，干脆嚼几口干粮充饥。周一上午乘车返回公司驻地，要在戈壁公路上颠簸一个多小时，在二堡镇车站下车后，还要在高低不平的石子路上徒步三公里才到公司。如果上面临时通知他参加援疆干部集体会议，他就得在戈壁公路上多打个来回。

领教恐怖的沙尘暴，也是援疆人的必修课，每年的四五月份，哈密都要经历几场大的沙尘暴。恒顺公司地处南戈壁，离沙漠边沿仅几十公里，距罗布泊中心地带不过300公里。2012年5月的一天，吴小波第一次途遇沙尘暴。他搭乘的汽车驶出二堡镇不远，就被遮天蔽日的沙尘暴追上了，片刻间能见度为零。紧急停车后，整个车身随着风波沙浪晃动，狂飞乱舞的粗沙飞石，把车窗玻璃打得噼啪作响，让人担忧忽陷危境的"旱船"随时都可能被沙石击碎，被狂风掀翻。

所幸，这次"末日体验"有惊无险。

郑州与哈密有两小时的时差，这也成为援疆人与家人沟通交流的"天设"障碍，平添不少感情纠结。

吴小波能在戈壁滩上耕耘出一片新绿，让当地人吃上新鲜蔬菜，离不开妻子的支持和担当。远行前，妻子一再交代，要他勤打电话多通消息，免得彼此担心。夫妻分离之初，他若一两天不报平安，妻子就会打电话埋怨。然而，因为时差的缘故，当初妻子期望天天吃的"电话煲粥"，逐渐演变成丈夫端上来她也懒得吃。

恒顺公司人员不多，却管理着 13000 亩地，3000 多个蔬菜大棚，从南到北绵延 3 公里。八小时工作制在这里已成为传说，加班加点夜以继日才是常态。很多日子，吴小波白天没时间也没心思给妻子打电话，吃过晚饭整理好工作笔记往往已经十点多了。他不是不知道妻子和儿子该睡了或已经睡了，犹犹豫豫中，思乡念亲的心潮最终冲破心岸，拨通电话……随着深夜来电"扰乱"次数增多，妻子也从隐忍到口气冷硬，最后升级为"格式化"的开场词："你干啥哩？这个时候打电话，都睡了。"

说起这格式化的开场词，吴小波只有愧疚没有责怪。他深深理解妻子的境遇和心曲。她要准时上班，儿子要准点上学，深更半夜打电话的事多了，着实烦人。

宽泛地说，吴小波是蔬菜专家，往细里说，他是黄瓜专家。

对黄瓜"专"到什么地步？在外行眼里简直"专"得不可思议。他仅仅看一眼某个黄瓜育种材料的编号，就能知道这个材料的长势和性状；在试验地里看到某一个黄瓜品种，基本上就能知道是谁研究出来的。

黄瓜专家当然要给这里引进品质最优的黄瓜，然而，在180多个蔬菜品种里，优质黄瓜不过是此地蔬菜大家族中的一员。

在吴小波充满自豪的追述中，让他最有成就感的，是设施农业观光园。那五排十个无土栽培温室大棚，一度成为哈密近郊游的一个景点。

我们来到他倾注过无数心血汗水的设施农业观光园。最先迎候我们的，是院内墙下盛开的榆叶梅。在故人老友的引导下，我们走进温室，实地实景比我进入前想象中更奇妙，昔日的戈壁滩，竟然荟萃着百香果、三角梅、桑葚、观赏葫芦、枇杷、西红柿、草莓、葡萄、石榴、火龙果、杧果、木瓜、柠檬、香蕉……

眼前的景象，无疑是吴小波第一次援疆耕耘培育出的最美好的景物，是对所有付出的最高酬慰。

为了让戈壁滩孕育出更多这样的美景，在第七批援疆三年期结束前，他申请留下来。但根据河南援疆工作的总体部署，第八批援助哈密的是其他地市，为便于管理，来自郑州的援疆人员全部返回原派单位。2013年底，吴小波怀着初愿得偿的欣慰、新愿未酬的遗憾回到郑州。

三年后，当得知河南省第九批援疆任务再次由郑州市参与承担时，吴小波在征得家人同意后，毅然再次报名了。

2017年初，与200多名援疆干部一起，吴小波再次踏上第二故乡，这次是到哈密市伊州区农业局任技术干部。然而，因为新疆工作的特殊性，虽然是技术干部，却承担了班子成员的工作，就这样，他这个"副局长"走马上任了。2月27日，到单位的第4天下午，他作为援疆干部代表在哈密市伊州区召开的援疆干部人才欢迎大会发完言，随后就匆匆赶往火车站，乘火车赴乌鲁木齐参加自治区农业工作会议，由此拉开了他三年的援疆生活。作为"副局长"，他参与班子决策，参加工作会议，值班带班，抓机关党建……把自己真正融入为新疆社会稳定长治久安总目标中。

当然，作为技术干部，为农牧民排忧解难是吴小波的拿手好戏。农业技术指导和技术培训罕有大事，他为农民解决的难题多是具体的、细微的。他跑得最勤的是牧民搬迁安置点，那里多是为保护环境退牧还草的哈萨克族牧民。

牧民变成农民，种植管理农作物的基本常识都需要有人传授指导，很简单的问题，都需要农科人员现场亲手处理。

一个豇豆种植户的地里发生虫害，怎么也治不住。吴小波到现场一看，原来是种植户用错了药，本来是虫害，打的却是治病害的药。他一指点，药到虫除。

还有个农民在政府政务信箱留言，他家的豆角田出了问题，希望政府派人解决。分管农业的伊州区领导责令农业局尽快解决。吴小波按农业局给他的求助电话号码和地址上路时，已是下午六点。他七点多就找到那家求助的农户。原来是木拉提家的豇豆地因滴灌不均匀导致严重的线虫病，他从源头上帮木拉提家解决问题后回到驻地，已经是深夜了。

吴小波留在田野的足迹，诠释着他对农村、农业、农民的认知："针对农民文化水平较低，理解和接受能力较差，对新生事物接纳较慢等问题，为农民服务就要有耐心，要不厌其烦地反复讲述。只有懂农业，才能了解农民的辛苦，知道农民的需求。只有爱农村，才能从心眼里希望农村发展越来越好。只有爱农民，才能真心想要做点事情改变农民的生活状况。"

平时主动奉献，危难时刻勇于担当。

2018 年 7 月 31 日，哈密市伊州区沁城乡突降特大暴雨，凶猛的山洪带来了巨大损失。虽然吴小波已经连续值班几天，而且还在感冒，单位也没有安排他去救灾第一线，但灾情就是命令。他处理完手里的几件紧急工作后，主动要求上救灾前线，具体任务是沿着太阳沟两岸寻找牲畜尸体。

因为太阳沟常年有水汇入射月沟水库，是下游的饮用水源，为防止污染，需要将牲畜尸体找出来，集中进行无害化处理。进入太阳沟工作现场，只见水流湍急，许多合抱粗的大树被山洪拔起，横躺斜卧在河滩上，不时有牲畜尸体夹杂在杂物间。由于时间已经过去 5 天了，部分牲畜尸体已经开始腐败。河滩上乱石遍布，人很难行走，他们分散开来，一丝不苟地向下游进行排查。

炎热的午后，身穿防护服戴着口罩，不一会儿全身就湿透了。一鼓作气搜寻了约 8 公里的河道，脱下的手套里面全是汗水，每个人的手指都被汗水泡胀。

一直感冒未愈的吴小波，能一路抱病挺下来，他力量的源泉，来自一个援疆人对灾区父老的深情大爱。

远离家乡，远离亲人，对家人的牵挂无时不在，但是援疆人有个共同心曲：既希望家人打电话，又怕家人打电话。吴小波说，他尤其害怕白天接到家人电话。白天家人一打电话，心里先"咯噔"一下。在苦涩的记忆里，白天家人突然来电，少有报喜，多是报忧。

二次援疆前，都是吴小波开车接送孩子上学，周六接回，周日下午再送到学校。他再次远行后，接送孩子的事，就得由驾驶技术欠佳的妻子独担了。两次不太严重的突发事故，都发生在白天。那天开车出大门时稍一疏忽，妻子把门禁栏杆撞弯了，赶紧打电话问丈夫该咋办。吴小波赶紧跟单位领导联系，单位很快派人来交涉修理。

另一次是倒车时不慎碰了后面的车，负全责，妻子又是第一时间问他咋办。他当即表态：准备赔钱吧。

每每想到该自己承担的家庭责任，吴小波就有挥之不去的愧疚。父亲80多岁了，自从买了车后，每年春节他都开车回重庆市万州区的老家团聚。2018年6月，父亲患急性胆囊炎，腹部疼痛难忍，医生建议切除，年逾八旬的父亲非常害怕"七十三、八十四"的关坎。母亲不在了，大哥去世了，他本该回去照顾父亲，可单位工作太忙，他就没有开口请假，暗自忍受着担忧、愧怍。

吴小波的默默付出真情奉献不仅赢得众多受惠者的感激和称道，也获得了政府部门的褒扬。2013年，他荣获"优秀援疆干部人才"称号并荣立二等功；2017年，他荣获"开发建设新疆奖章"。

结束哈密采访的头天下午，吴小波与笔者一起来到位于南湖乡戈壁边沿的哈密瓜精品园。这个始建于2017年的伊州区重点项目总面积两万多亩。在二次援疆的岁月里，吴小波的很多心血汗水就倾注在了这里。从整体布局到土壤犁耙、种子选定、浇水施肥的所有环节，都有他不知疲倦的身影……

午后的烈日，把气温推向当天高温的极值，地面温度至少六十摄氏度。吴小波在瓜田摘下遮阳帽擦拭额头的汗珠时，这个不到五十岁的中年男子，露出与其年龄极不相称、发丝几乎脱尽的"准和尚头"——由于空气极其干燥，水质太硬，隔三岔五流鼻血还有严重脱发，几乎是每一个援疆人的"标配"。先后被大漠烈风揪头发揪了五年半的吴小波，头顶"亮出"双料标配。再看一眼他那汗光闪闪的光头，让人心痛与钦敬参半。在岁月无情催人老的慨叹中，笔者恍然看到，吴小波过早地脱落头发，已经以另一种生命形态重生——化作荒凉戈壁上的片片新绿。

撒在东天山下的金色种子

——记哈密市伊州区农技推广中心援疆干部人才邱冬云

叶语

袁隆平先生被誉为"一粒种子改变了世界"的"水稻之父"，从这个高度评价中不难看出，农业科学工作者的探索研究、培育推广优良种子，对人类的生存发展，有着不可替代的重要作用。

在用种子改变世界的行列中，郑州市农林科学研究所小麦研究室副研究员邱冬云，不仅为河南本土种子优化倾注心血，东天山下哈密市的广袤土地上，也有他播撒的希望种子。在河南省第九批援疆工作队员中，邱冬云是唯一的小麦种子专家，按照组织安排，他在哈密市伊州区农业技术推广中心任职。

邱冬云急匆匆的脚步，佐证着他援疆的热切真诚。他是2017年2月28日到伊州区农业技术推广中心报到的，次日上午就到偏远陌生的沁城乡开展农业技术培训，指导小麦、棉花、中草药等作物的选种、播种与田间管理。沁城乡距哈密市一百多公里，位于天山余脉东端南坡，东邻甘肃，东北部与蒙古国接壤，是哈密市边境乡之一，总面积近两万平方公里，人口万余，有维、汉、哈三个民族在这片辽阔的土地上农耕放牧。

送邱冬云去沁城的，是一位维吾尔族司机塔依尔，一到达，司机就对人生地不熟的邱冬云说：你在这儿吧，等两天的培训结束再来接你。

邱冬云心里一沉，援疆指挥部有严格规定，不允许任何人单独在外过夜。他给指挥部打电话请示，一个人留在这里行不行。征得同意后，邱冬云留了下来。

见到从河南来的种子专家，沁城乡农科站技术员先简要介绍了乡里的农作物种植面积、结构和产销情况，并特别谈了迫在眉睫的小麦备播难题：品种老旧，田间管理粗放，病害防治也跟不上趟，产量长期在低位徘徊；困扰当地群众多年的黑穗病久治不愈，让人头疼……

邱冬云与农科站人员来到第一个培训现场时，这里已经聚集着近二百望眼欲穿的种田人……讲到河南小麦产量之所以领先全国，他如数家珍：河南小麦产量在全国屡屡居首，得益于新品种培育和推广步步领先，每隔三五年，就会推广一个新生优质品种，而哈密的偏远地区，十年甚至几十年固守着陈旧的品种。

结合沁城水土性质、耕种条件和多年农技工作经验，邱冬云向大家推介了具有较强抗病、耐旱能力的新春 10 号、新春 12 号小麦种子。

如何根除黑穗病，邱冬云细细指点：除了下种前药物拌种和田间防治，为彻底阻断病源，他建议当年麦收后，冬前把地翻耕一遍，对土壤进行低温处理。零下三十多摄氏度的高寒，对土壤中的病菌有灭绝性冻杀力。

第一天培训，邱冬云一口气跑了三个村。在这片山丘、戈壁、荒漠、农田、牧场杂然陈铺之地，邱冬云第一次体悟出什么叫地广人稀。在面积近两万平方公里的沁城乡，从一个村到另一个村，近的十公里，远的几十公里。一年之计在于春，历来春播不等人。为了不误农时，最大限度推广科学种田，他马不停蹄地在培训教室和田间地头穿梭……

"一人援疆等于全家援疆"几乎是每个援疆人、援疆家庭深切的感受。邱冬云离家赴疆那年，儿子才 7 岁，刚读小学一年级。爱人是高中英语教师，正带着高中毕业班冲刺高考。邱冬云去援疆，孩子怎么办？邱冬云年迈的父母在外地，生活勉强能够自理。而装着心脏起搏器的岳母，虽在郑州，但居住较远且年事已高，力不从心。上小学的儿子与高中任教的妻子放学时间一个早一个晚，儿子就读的学校大门口，每日便有了这样的场景：一个小男孩望眼欲穿地盯着马路上过往的行人，水汪汪的眼里，既饱含期待，也难掩落寞。那个总是迟来接他的妈妈，每次看到只身孤影等待她的孩子，也总是一脸急切，两眼愧疚……

暂时缺失父爱的儿子，反倒更加懂事了，有着超越同龄人的独立性和生活自理能力。他能理解妈妈肩上的担子太重，一升入二年级，懂事的孩子就不让妈妈接送了。正因为爸爸成年累月不在身边，早早磨炼出一个坚强的小男子汉。烈日下，他独自背着书包挥汗前行；风雨中，自己撑着伞沐雨独行……

孩子的独立性虽然让远方的父亲少了一份担忧，但对一个 8 岁孩子的独往独来，也总是有所挂念。为便于"远程监控"，他给儿子换了一块具备定位功能的电话手表。一天放学后，邱冬云发现儿子所在位置不在回家的路段，联想到小孩甚至大学生屡屡被拐骗的社会新闻，特别是他新近听说班里两个小学生放学后打架，一个把另一个打成了脑震荡，他心里陡生惊慌，赶紧打电话问儿子放学了为啥没回家。儿子的回话，让邱冬云虚惊一场，儿子说今天不想自个回家，他要去找妈妈。

邱冬云无法随时给予家庭和儿子的关爱，却就近给予了另一个家庭和他们的儿女，而他远离亲人的乡愁寂寞，也被他的哈萨克结对"亲戚"化解许多。

为增进民族团结，郑州市援疆干部人才与当地少数民族家庭结为"亲戚"。邱冬云结对的亲戚，是一个哈萨克族家庭，全家共有五口人，上海·卡司克夫妇、他们的一双儿女和70多岁的老父亲。上海·卡司克的儿子和小女儿能听懂汉语，交流中自然成了翻译。

邱冬云第一次到快乐克小区走亲戚，就大开眼界，亲眼看到了传说中的"熊舞"。

放牧狩猎，曾是哈萨克人生活的主旋律。熊，也是先人们非常喜欢的猎物。猎人常常藏身在熊出没的地方，长时间仔细观察熊的生活习性、动作特征。在欢庆捕猎丰获的聚会上，欣喜若狂的猎手们模仿着熊的各种动作，把猎熊的情景编成"熊舞"代代相传。

随着历史演进和大环境改变，狩猎者的身影日渐淡远，"熊舞"也随之由盛而衰。这一魅力独具的民间绝技，大有失传绝迹的趋势。

为了挖掘、保护、传承这一极具哈萨克族特色的舞蹈，新疆各级文化部门不仅积极寻找散落在民间的"熊舞"高手，"熊舞"还被列入首批自治区级非物质文化遗产名录。

上海·卡司克的父亲是"熊舞"非物质文化遗产传承人。

　　在结亲的家宴上，上海·卡司克的父亲乘兴跳起"熊舞"。这位老迈的舞者一进入表演立马判若两人，他时而摆臂、时而耸肩、时而扭腰、时而缩头，用丰富多变的肢体语言把熊的警觉、憨态、静动，表现得惟妙惟肖，大饱眼福的邱冬云禁不住频频鼓掌叫绝……

　　上海·卡司克家与邱冬云结亲后，他家荒着的院子里添了一景——像其他结亲户一样，新建起一座不锈钢框架的蔬菜大棚。这里因缺水导致蔬菜价格昂贵，牧民又不善种植，他们的餐桌上难见新鲜蔬菜。为解决亲戚吃菜难，郑州援疆指挥部便有了给所有结亲户各建一座蔬菜大棚的创意。邱冬云积极组织策划实施，买薄膜，种西红柿、栽韭菜，每一个环节，都是援疆人亲手完成的……

　　新播的菜种尚未发芽，亲戚家刚满六岁的小女孩古丽米扎就已心花怒放，天天盼着邱冬云再次到来。邱冬云每月来走亲戚时，除送上家用的食油、大米、牛奶，每次还都不忘记给古丽米扎带来各种她最喜欢的玩具和图书。

　　种瓜得瓜，种豆得豆，种爱得爱，这一亘古不变的道理，再一次被心底纯真的古丽米扎验证。小女孩发自内心的天籁之声，成为邱冬云记忆中的珍藏。古丽米扎背诵着儿歌《援疆叔叔来到了》表达自己难抑的喜悦之情——

　　　　今天客人要来到，
　　　　客人要来咋知道？
　　　　妈妈叫我侧耳听：
　　　　原来喜鹊喳喳叫。

喜鹊叫，喜鹊叫，

援疆叔叔来到了。

古丽米扎眼中的"援疆叔叔"总是那么和善热情；她却不知道，邱冬云叔叔逗她开怀大笑时，隐忍着环境造成的严重不适。除了援疆人"共有"的脱发、流鼻血，他还忍受着顽固性鼻炎导致的阵阵头晕。古丽米扎更不会知道，在她沉迷于邱叔叔送给她的新的童话故事时，她的援疆叔叔正置身在洪水劫后的河道里……

2018年7月31日，哈密市沁城乡连降暴雨，凶猛的山洪导致水库溃坝，灾情惨重。8月4日上午9点，邱冬云和同事们奉命赶赴灾区，参与灾后救助。12点到达灾区后，立即换上防护服，到暴发洪水的太阳沟寻找死羊。"7·31"的雨下得太猛，洪水形成得太快，太阳沟流域的许多羊群来不及转移躲避就被洪水冲走了。

山洪退去后，河道和岸坡滞留的亡羊尸体，在烈日暴晒中迅速变质。为了预防羊尸污染水源传播疾病，必须尽快把羊尸清出河道，集中掩埋。邱冬云和他的同事们到达太阳沟中游后分成两组，一组逆流而上，一组顺流而下。

中午的气温高达37摄氏度，身着密不透风的防护服的搜寻者，时而走过乱石滩，时而从横倒在河面的大树干上爬到对岸。他们眼睛鼻子并用，被大树裸根枝丫挂住的羊尸大都一目了然，而埋藏于砂石下的羊尸，只能靠鼻子闻，循着腥膻腐臭的混合气味推断大致位置后，再下手去扒。

寻找羊尸还不是最难干的活，最无法忍受的，是把找到的羊尸弄到铲车能开到的地点，再由铲车运到指定的集中处理点。体量小的羊尸，可一人或拎或扛，体量大的，需两人用棍抬。被毒日头暴晒过的羊肚子膨胀得像气球一样，用棍子一抬，肚子无声炸裂，炸出来的蛆蠕动着，令人掩鼻作呕。这种情景和气味多日挥之不去，吃饭时无论肚子再"咕噜"，强塞嘴里的饭都难以下咽……

洪灾应急工作之后，紧接而来是灾后重建。灾区一农户种了十亩辣椒，被洪水浸泡后日渐枯萎。忧心如焚的农民请教邱冬云该怎么补救。邱冬云现场指导他抓紧中耕，增加土壤透气性，尽快打叶面肥增加养分。由于抢救得当及时，十亩辣椒重现生机。老农看着揪心之地又变成希望的田野，对邱冬云感激不尽。

邱冬云在灾田病苗里"妙手回春"的故事，成为他援疆岁月里的长篇连续剧。2018 年 5 月，一村庄的棉田发生大面积虫灾，一遍一遍打药也挡不住蚜虫肆虐。如果再得不到有效控制，势必造成虫灾进一步扩散，祸及更多棉田。邱冬云深入实地了解详情后找到了症结：这里有的田块打药，有的不打，没有统一防治。更严重的是，不仅用的药不对路，配药比例也很随意。药量少的，杀不死蚜虫；药量重的，杀死了蚜虫的同时，也杀死了蚜虫的天敌，造成恶性循环。

严格按照邱冬云开出的药名、配药比例统一灭虫后，虫害得到彻底控制。

邱冬云援疆第一春，就致力根除沁城乡的小麦黑穗病，他援疆的第三个春天，再次成为黑穗病的克星。2019 年春，天山乡的驻村工作队打电话向伊州区农业局求援：小麦该播种了，去年黑穗病比较严重，请求派援疆技术人员指导今年的防治。即使对方没有指名道姓，每遇小麦方面的问题，"郑州援疆小麦专家"邱冬云都会主动请缨，第一时间奔赴现场。

这次去的是个少数民族村，他带着助手兼翻译直接来到农田，农民已在地里等着。

如何预防和根治黑穗病，邱冬云根据不同地区的不同病因，开出了与沁城乡不同的药方。这里牧业为主种植为辅，农田施肥多是牛羊粪，原态牛羊粪含病菌比较多，他建议今后先把原态牛羊粪用农药拌，杀菌发酵后再上到田里。

一个农民还把麦种带到了地里。邱冬云认真查看后说：这样品质的麦子已经不能做种子了，建议到种子公司买新种子。

第二天，这位农民又到技术中心，找邱冬云帮他买麦种，他说怕自己买的农药、种子不对路。邱冬云热情地带着这个农民，买过种子又买农药。

由于种种原因，目前整个哈密市还没有专门从事种子培育的专业人员。在邱冬云的牵线下，2019 年哈密市农业局局长带领当地农科人员，千里迢迢来邱冬云的派出单位考察学习。郑州市农林科学研究所热情接待全力支持，把中层以上领导和技术中坚召集到一起，专题探讨种子问题，为哈密的种子事业发展支招献策。

郑州市农林科学研究所新技术、新品种储备充足，不仅小麦品种优新全国领先，花生育种也属上游。新品种、新技术转让费很高，在市场化操作中，一个小麦品种全转让达五六百万元，一个玉米新品种全转让达上亿元。

考虑到对口支援关系，郑州农科所决定向哈密无偿捐赠棉花品种四个，玉米品种六个，花生品种五个。

哈密过去从没有种植过花生，2019 年引进的五个品种在试验田里长势不错，有望在不久的将来推广种植。

自进疆后，每个援疆技术人员都有"传帮带"任务，届满三年援疆人走了，要把技术留下来。邱冬云带了两个刚毕业的大学生，他们在近三年的耳濡目染中进步很快，都已成为技术推广中心的技术骨干。

为什么来援疆？来了干了什么？走了留下什么？邱冬云播撒在东天山下的金色种子，也许就是最好的答案。

三地分居心也甘

—— 记哈密市伊州区富民安居办援疆干部人才任党辉

罗辛卯

分别

2016 年 12 月的一个早晨，人们刚刚上班，郑州市城乡建设委员会工程质量监督管理站正在忙碌工作中的任党辉接到了组织派他援疆的命令。虽然这消息他盼望已久，但还是在心中引起阵阵涟漪，好一阵子才平静下来。经过反复考虑，他决定先电话告诉父母。

这是一个暖和的冬日，没有风，悬挂在东南方的太阳撒着欢，笑着，尽力地把姜黄的阳光编织成一个个绣球抛向大地，为大地万物悄悄地罩上明亮多彩的光环。于是，天气变得有些暖如春了。任党辉站在窗前，心突突地跳着。他紧张而又不安地把援疆的消息告诉了父母。电话的那头，父母听到这突如其来的消息怔住了。老夫老妻，四目相望，俩人半天没有说话。年幼的孙子不知道发生了什么事，怯怯地望望奶奶，又看看爷爷，爷爷的眼里像是有两颗泪珠，他有点害怕了，恐慌地问：爷爷，爷爷，您这是怎么了？爷爷抹一把眼睛，一改过去的爽快，声音似乎有点哀伤：你爸爸要去新疆了。新疆在哪儿，远吗？孙子问。爷爷说，远，在大西北，国边上。孙子伸手抓过电话喊道：爸爸，你去新疆干什么，你去国边干什么，打仗吗？任党辉听到儿子稚嫩的声音，一种幸福感立刻涌上心头，眼前浮现出儿子嫩白的小脸，一双忽闪的大眼。任党辉笑着对儿子说，爸爸是去工作，是帮助那里的人过上好日子。儿子不懂这些，他关心的是爸爸送他上学。儿子问，那你什么时候送我上学？任党辉眨眨眼睛，轻轻地笑笑，说，很快，很快就回来，很快就回来送你上学。儿子说，你骗我。任党辉说，不骗不骗。儿子说，咱俩拉钩上吊，一百年不能变。哈哈哈，好好。说着，任党辉的眼睛竟然有些湿了。

挂断电话，任党辉心里久久不能平静。父母知道了，该怎么告诉在北京部队服役的妻子呢？电话里说，太突然了，她会接受吗？考虑再三，任党辉决定到北京去，当面告诉她。

任党辉 16 岁当兵，18 岁到武汉炮兵指挥学院上学，22 岁当排长，正连职干部。在部队十年，他有着军人的作风和坚韧不拔的性格，只要他认准了的事，只要对党对国家对人民有利的事，他会雷厉风行，奋不顾身，小老虎一样嗷嗷叫着冲上去，不退缩不叫苦，不达目的誓不罢休。

这次援疆呢？

不到长城非好汉。他暗暗立下誓言。

当妻子突然看到任党辉时，非常惊讶。她忐忑不安地问：你怎么突然来了，也不打个电话，发生了什么事？惊讶过后，妻子一脸不安的表情。

夜是宁静的，喧闹的城市扒下了张扬的外衣，显得十分坦诚，天空少有的蓝，满天的星星各就各位，彰显出自己的光明。两人走着，任党辉把内心所有的想法、担心、忧虑和工作的重要性一股脑儿告诉了妻子。接着，又诚恳地说，打电话告诉你是怕你接受不了，才跑来告诉你。你一定要支持我。今后父母、儿子都要你照顾了。任党辉的这些话看似温柔体贴，而言外之意又说明主意已定，叫妻子说什么呢？妻子知道他的个性，始终没有说话。

妻子刘艳华在部队是副团职干部，论思想觉悟不比任党辉差，但一听这消息还是蒙了。她在北京，丈夫和儿子在郑州，他们这是两地分居，丈夫去新疆，他们就是三地分居了。

默默地，默默地拉着妻子的手；轻轻地，轻轻地踩着部队操场的水泥路面；慢慢地，慢慢地迈着细碎的脚步绕操场跑道走着。许久，俩人都没有作声。终于，妻子说话了，你去半年一年还行，可这一走三年，儿子怎么办？一时，任党辉无语了。是呀，儿子怎么办？

任党辉看看妻子，夜幕下，虽然只能看到妻子面部的轮廓，但妻子那张俊俏的脸他再熟悉不过了，他们在军校是同学，在军校谈的恋爱。他明白妻子不是那小心眼不讲道理的人，但孩子的培养教育确实是大问题。

熄灯号吹过，营房大楼窗户折射出来的灯光消失了。

俩人走着，走着，妻子好像经过了一段长途跋涉，又好像经过一场激烈运动，长长出了一口气，停下来盯着他说，这样吧，儿子接到北京。

这是个办法。任党辉吊在嗓子眼的心落下来，兴奋地抓紧了妻子的手。

告别时，妻子给了他一张照片，这是孩子在北京时和她的合影，上面还写有一段话：你在祖国的边疆，我在祖国的心脏，你在新疆和各族人民奋斗，充分展现你良好的专业素质和奉献精神，三年后我们等着你平安归来。

进疆

任党辉肩负着组织的重任，怀着对新疆人民的真情，告别亲人和年幼的孩子，踏上援疆征程。

在新疆，工作紧张成了常态。情况需要熟悉，文件需要学习，资料需要审阅。下基层、奔牧区，总是有干不完的活、做不完的事。

任党辉所在单位全称叫哈密市伊州区富民安居办公室，他负责伊州区 18 个乡镇 93 个村的富民安居工程建设。伊州区面积 8194 平方公里，最远的乡镇离办公地点 200 多公里。"以前的援疆干部都高标准完成了任务，我一定要做得更好。"任党辉暗暗下定决心。

哈密市气候干燥，夏季炎热，冬天寒冷，有效施工期只有 7 个月，这对施工质量和施工进度要求都很高。为了尽快进入角色，任党辉先后到各个乡镇农牧区进行调研，平均每天跑 300 公里。哈密市紫外线强烈，长时间的户外奔波，加上饮食不正常——常常中午一个馕饼一瓶矿泉水就是一顿午餐，很快，这个帅气精悍的小伙子那圆圆的、胖胖的、白白的脸上罩上一层黑晕，每次下乡回来头发上都沾满颗粒灰尘，本来短短的胡子配上一副眼镜显得很英俊，这下这个仅仅 34 岁的小伙子看上去像个四五十岁的小老头。有时下乡回来照照镜子，他自己也禁不住哑然失笑，要是老婆儿子见了说不定都不敢认了。

俗话说，男儿有泪不轻弹，那是不到伤心处，再铁骨铮铮的汉子也有动情的时候。有一次巡查完工程回来，突遇沙尘暴迷失了方向，在他等待救援的时刻，接到儿子的电话："爸爸，你什么时候陪我上学呀？"听着儿子的声音，望着车窗外漫天黄沙，这个坚强的汉子再也无法平复对孩子的深深愧疚和对家人的无比思念，在大漠戈壁中放声痛哭。儿子，儿子……他叫着儿子说不出话来。

开始下乡，有一个难题是语言上的障碍，当地维吾尔族和哈萨克族人多，大都听不懂普通话，到老百姓家调研，遇到复杂问题，只能问当地少数民族干部，一般问题都是通过肢体语言，比画着解决。于是，只要有时间，任党辉就向少数民族同胞学习，渐渐地能听懂一些简单的维吾尔族语，能和农牧民作一些简单的交流了。

有句话说，成功的男人背后有一个女人。入疆不久，妻子就写信鼓励他，在精神上支持他：

算算你离开家到新疆工作也有一个多月了，自从你转业到地方，工作这么多年，我们是聚少离多。我在北京服役，本来想着你援疆三年我会习惯，但还是舍不得，哭了好几次。倒是我们年幼的儿子长大了，不再哭闹了，还说，妈妈，我照顾你，我是男子汉。

在你离别的这段日子里，别人在花前月下散步，我只能独自一个人遥望远方，在孩子最需要的时候，我们都离开了。我们的沟通只能在电话里，在视频里。

看到你在朋友圈里写着：北京、哈密、郑州三地，你在祖国的心脏，我在祖国的边疆，苦了孩子和老人。你还说亏欠儿子和妻子太多，这点你不要内疚，我支持你。因为你快乐，所以我快乐，我们全家人都为你感到自豪。援疆三年，对我和儿子来说，什么都不重要，重要的是你平平安安归来。我和儿子在家等你。

刘艳华

2017 年 3 月 11 日

每到夜深人静，工作闲下来的时候，坐在床上，任党辉都要从枕头下摸出妻子的信看一遍，什么烦恼、劳累、委屈都没有了。

征程

超负荷的运转，精神的紧张，工作的压力，任党辉这个生龙活虎的小伙子终于支撑不住倒下了。经检查，任党辉不单有三高、胃病，还患有心绞痛。在领导和同志们的劝说下他不得不到医院治疗。在哈密市第二人民医院门诊室，戴白帽戴眼镜穿着白大褂的一位中年医生看了任党辉的各项检查化验单，看看任党辉的脸色说，住院吧，不能拿生命开玩笑。接着低头开住院证明，写完后抬头递给任党辉，说，你到病房办住院手续吧。任党辉张张口想说什么又咽下去了，低头走出诊断室。当走到住院部门口的时候，任党辉站下了。他看看"住院部"三个字，又低头看看住院证明，忽然决定了什么，把住院证明揉了揉装进裤兜里向医院门外走去。

任党辉没有住院，但药没有断，按照处方，他买了治疗他的病的各种药，上班下班、下乡出差，兜里都装着硝酸甘油，感觉身体不适的时候就吃一丸。妻子来哈密看他，看到屋子里堆满空药盒子，说，这么多药盒，堆成山了，还不扔了，展览呀。任党辉说，作纪念吧。由药盒做证，我吃那么多药，病就要好了。

春节期间，妻子从北京回来，任党辉也从哈密赶回了家，全家人聚集在郑州的父母身旁，这才叫个家。老人、孩子、他们夫妻，任党辉感到了家的温暖。他可以伺候老人尽尽孝了，可以带儿子逛超市，逛公园，可以和妻子缠缠绵绵了。儿子问，爸爸，还走吗？任党辉说，不走了。儿子说，好，不让爷爷送我上学了，你送。任党辉说，好好，我送你上学。妻子则在一旁看着笑。儿子看着妈妈，脑袋瓜子转转好像悟到了什么，勾着头说，你骗人，过了年你又去新疆了。儿子今年5岁，上幼儿园大班，明年该上一年级了。任党辉一本正经，说，不去了，不去了。儿子说，好，拉钩上吊，一百年不许变。儿子伸出小手，任党辉伸出大手，一只大手和一只小手钩在了一起。任党辉何尝不愿接送儿子，接送儿子上学放学是他最高兴的事。上学送儿子到幼儿园门口，儿子下了车会向他摆摆手，说一声，爸爸再见！接儿子时，儿子看到他会扑在他怀里甜甜地叫一声，爸爸。多么甜蜜幸福啊！妻子看着他们父子俩乐，她在一旁抿嘴笑，对儿子说，你爸拉钩不算数。任党辉对妻子做个鬼脸，弯腰拉起儿子的手，走，超市，买糖葫芦去。接着，妻子跟在后边，三口人高高兴兴地上街去了。然而假期是有限的，没等到儿子开学，任党辉又要走了，又要远离父母妻儿上边疆了。郑州哈密相距近 2500 公里，和八千里路云和月有什么不一样？再和父母吃一顿团圆饭，送别饭，再和妻子逛一次超市。看着儿子甜甜入睡，任党辉有点恋恋不舍了。但是，他很快又恢复了一个军人即将奔赴战场的状态。他现在是哈密市伊州区富民安居办主任，又是伊州区援疆指挥部办公室副主任，不但富民安置工作要干，指挥部的文字材料要写，各项活动他也要协调，援疆项目要参与管理。援疆项目管理异常复杂，为了加快项目前期手续办理，争取更多施工时间，在他的带领下，大家加班加点工作，二堡镇养老院项目前期手续仅用五天时间办理完毕，3000 头奶牛观光项目两天时间蓝线图就出来了，被当地干部称为哈密跑出了深圳的速度。

凌晨，儿子还在熟睡，他俯下身吻吻睡梦中的儿子，轻轻地说，儿子，爸爸不能送你了，等爸爸援疆归来，天天送你上学。

任党辉整整行装，告别父母，告别妻子，又踏上西去的征程。

分居，分居，干脆分离

刘艳华终于恼了。

她来哈密探亲了。

军人每年都有一个月的探亲假，本来她不想来的，反正分居习以为常了，自结婚，自任党辉转业到地方，他们是聚少离多。这次是任党辉要他们母子一定要来的，他说太想儿子了。确实，她也想任党辉，担心他的身体。任党辉身体不好，来了起居生活上可以照顾照顾他。然而，来到后她烦透了，每天任党辉早早就走了，晚上回来两三点还不睡觉，坐在电脑桌前写东西，烟是一根接一根地抽，她说他，别抽烟了。他笑笑，再抽一根，提提神。她说，你不睡影响俺娘俩也不能睡。他一笑，马上睡。说着，继续写下去。

刘艳华对丈夫的工作是支持的，只要丈夫提出来什么，她都努力去做。

援疆干部来到新疆，积极响应自治区党委号召，把"民族团结一家亲"活动作为工作、生活不可缺少的一部分，与各族同志团结在一起，相互走动，相互了解，一起吃饭，一起干活。援疆干部人人与老乡结亲。任党辉和柳树沟乡快乐克小区哈萨克族库尔班别克·沙班结为亲戚。

结亲就是以"心"结亲，用情感人。库尔班别克·沙班的两个女儿都在上小学。刘艳华每次来都给他的结亲户女儿买好多学习用品、生活用品、糖果点心，和任党辉一起去看亲戚。虽然生活习惯不同，刘艳华还是适应很快，喝奶茶，吃手抓羊肉，一起跳舞。

可是，刘艳华有时候也很生气，你说孩子不黏你，儿子来了你连陪儿子出去玩玩也没有，每天大半夜才回，早上吃完饭就走，儿子怎么黏你？你说你们没有礼拜天，就不会请半天假？我们母子来了你一点也没放在心上。吃饭的时候就和丈夫唠叨，而任党辉总有理由搪塞。这一次，刘艳华母子 7 月 3 日来到哈密，任党辉天天下乡，入村检查建房户的房屋质量，核查表格建档情况，几乎没在家多待过。为了参加郑州市"不忘初心、牢记使命红色故事会"大型晚会，经常忙到凌晨四五点才回，早上起来洗一把脸就去办公室了。妻子愤怒地说，你干脆别回来了，住办公室。果真，任党辉 7 日晚上一夜没归。8 日一早到家打了个照面说，现在去机场坐飞机去西安，从西安坐高铁回郑州参会，12 日回来。妻子忍不住一下火了，愤愤地说，在北京、郑州分居，来到哈密还分居，干脆分离！儿子看看妈妈那红了的脸，眨眨眼，问，什么分离？看到儿子瞪大眼睛问她，妻子忽然意识到什么，忙说，没事，你爸回郑州了，一会儿妈带你到超市。

任党辉却趁机溜了。

炎热的中午过去，哈密的夜晚是凉爽的，刘艳华牵着儿子的手在浓密树木掩盖下的人行道上散步，她时不时看看身旁的行人，低下头心里盘算着，八号、九号、十号、十一号、十二号，十二号晚上党辉就回来了。

前景可待，未来可期

哈密市是新疆的东大门，是河南对口援疆城市。2017 年 4 月，伊州区富民安居全面开工建设，涉及 13 个乡镇 75 个建设点，1834 套安居工程，投入河南援疆资金 1534 万元。入疆后，任职于伊州区富民安居办的任党辉组织人员开展业务知识培训，加强质量监管，完善档案管理，做到了"一户一档"，纸质档案建档率百分之百，住建部农村危房改造系统网上电子信息录入率百分之百。

老百姓送来了一面面锦旗，感谢援疆干部的付出。任党辉看着他们的一张张笑脸，看着那拔地而起整齐漂亮的房屋，有一种成就感自豪感。他在想，我们为了谁？我们为了什么？我们所做的意义在哪里？我们这么辛苦究竟为了哪一个？现在似乎白了，为了建设新疆，为了新疆各族人民的幸福，也为了伟大祖国的繁荣昌盛。

任党辉不会忘记，在这些工程的建设中，每栋房屋他至少要进行主体结构和室内线管两次综合巡查，最远的乡镇要驱车 4 个多小时来回 400 多公里，每天入户检查 30 多套房子。每天他不是在富民安居工程的现场忙碌，就是在赶往富民安居工程的路上，风雨无阻，从不间断。无论工作多忙，他都不敢打半点马虎，遇到工程建设中的问题，他毫不客气，盯着整改，直至达到标准。那些天，连母亲脑出血住院他都没回去照顾。

任党辉说，每一个人都很平凡，创造出惊天地、泣鬼神的伟业好像不大可能。在援疆这项大工程里，每一个援疆的同志只是其中很小一部分。我们远离家乡，远离亲人，远离舒适的生活环境，来到这里，作为个体，功绩不会有多大，成果也不会太多。然而，我们每个人的工作拼接起来，组合起来，不正是这项伟大的工程吗？

积土成山，风雨兴焉；积水成渊，蛟龙生焉。我们每一个小小的个体，每一份小小的工作，积累起来就是这宏伟的援疆工程。每一个援疆干部都是小小的星辰，汇聚起来构成了这璀璨的星空。

一位电视人的援疆情怀

——记哈密市伊州区广播电视台援疆干部人才常伟

王艳

华丽的舞台，隆重的仪式，寒冬里的抢险，结亲时的温馨，以及一尺多厚的公务材料和刚出版的书籍……三年来，援疆人砥砺前行的每一步，都被收录在他的镜头里。那么，在常伟繁忙却不善言辞的背后，又有着怎样一个深沉而又充满激情的内心世界？

记者，就是战士的代名词

作为郑州市电视台办公室副主任的常伟，也算是资深媒体人了。他有着十几年的一线采访经历，却万万没有想到，自从来到哈密，工作的繁重和精神的压力，还是让他始料未及。

新建的伊州区广播电视台，在离常伟住处 17 公里外的吐哈石油基地附近。援疆干部有一项铁律：严禁私自驾车。无奈之下，他花 3000 多元买了一辆电动车，每天上下班单程需要 50 多分钟。初来伊州区，常伟被任命为伊州区广播电视台副台长，具体负责新闻和专题两个部门的管理，由于人手缺乏，他担起的是制片主任、值班编辑、节目审核多个角色。新闻播出的审核非常严格，用他的话来说：每天战战兢兢，如履薄冰。

2018 年元旦，广播电视台搬家到新址，为不停播搬迁，常伟顶着压力，敢于踩雷。此时，他犹如上战场的士兵，只能前行，再大的困难，也要冲锋在前。为确保设备安全，他反复请教郑州电视台技术部。有的部件精细如发丝，有的又重达千斤，他时常把机器像宝贝一样抱在怀里运送。为保证节目不出错，他制作备份，凌晨一点半停播，早上六点开播。常伟知道一个小小细节的疏忽，都有可能导致全盘皆输，新台旧台相距 15 公里，提心吊胆地忙了一个月，才完成了无事故搬迁，他一直悬着的心，才敢放下来。

每天回到住处最深的感受，就一个字：累。身心疲惫，有时晚饭都不想吃，倒头就睡。体力和精力的双重透支，让他原本浓密乌黑的头发，逐渐稀疏变灰。常伟认为，自己是援疆干部，工作就要脚踏实地，要对得起援疆干部这个身份。就是这句平实的话，让他竭尽全力且无怨无悔。为此，他也时常甚感欣慰，这是对自己能力的一种挑战，也是对援疆干部的信任与认可。

2018 年 7 月，郑州援疆工作队组织伊州区品学兼优但家庭困难的 36 名小学生，组织开展"我爱北京天安门 郑州援疆助力边疆学生圆梦"夏令营活动。常伟集策划、组织、参与于一身，为确保活动方案周密，他事无巨细，几易其稿。这些八到十一岁的孩子，没有走出过哈密，他们的心理与身体状况怎样？情绪怎样？丢了咋办？水土不服咋办？途中出现意外咋办？未知的风险还有哪些？还没有起程，常伟已经把整个过程，在脑子里不知过了多少遍。

读万卷书，行万里路。为了让孩子们有更丰富的体验，单乘坐的交通工具，就有火车、高铁、飞机、大巴等。孩子们都是第一次离开父母和哈密，兴奋得在火车上就开始睡不着。行至郑州，看了黄河，感受到了中原文化的博大。途中，夜半，有两个孩子恶心拉肚子，领队拦了出租车就往急诊室跑。医院得知是新疆孩子，连夜叫醒诊室主任随诊，给孩子们服药、输液。援疆干部和随团医生，一人握着一个孩子的手，在病床前坐到天亮，检查结果出来了，原来是晕车。

在登封游览少林寺的当晚，恰逢一个孩子过生日，援疆干部买来蛋糕，大伙一起为他唱生日快乐歌。

在北京天安门看升国旗，孩子们完全被震撼！五星红旗下，有的孩子激动地给父母打电话，当时哈密尚未天明。一个女生竟然脱口而出"这时，我离祖国最近"这样让人震惊的话。

孩子们在天安门排着队正走着，旁边一路人，指着队伍里的一个男生，说：看，那个外国小男孩。男生当即用标准普通话大声反驳：我不是外国人，我是中国人！

常伟觉得，能听到孩子们这些由衷的话语，他们付出再多的辛苦也值得。孩子是祖国的未来，种下了这颗热爱祖国、奋发进取的种子，就是播下了祖国明天的希望。

夏令营活动得到哈密政府机关和教育界的赞赏，犹如竖起一座郑哈友谊的里程碑，对孩子们今后的学习、成长，以至一生都会有积极影响。

在中宣部等五部委组织的"好记者讲好故事"演讲比赛中，郑州电视台记者郝超毅深情诉说：它就像一条红丝带，把远隔数千里的哈密郑州，连接在一起；把爱国爱党和对生活期望的种子，植到了下一代人的心中！

2017年冬，郑州援疆干部领队马宏伟一行，正在结亲地开会酝酿为村民办实事工作，包村干部亚克甫过来，急慌慌地说，暴风雪马上要来了，冬窝子的羊没有草料了……

很快，购买草料30000斤、玉米2400斤。次日一早，开始挺进牧民的冬窝子——括多里克沟。迎面难关重重，首先经过一处塌陷冰面时，左后轮爆胎。在零下三十摄氏度的荒山野外，连只鸟都见不到，要换轮胎，手不敢抓铁，就拾枯木牛粪，烤热手，一个多小时后，换好轮胎继续前行。接着一个弯道处，结着半尺厚的冰，水把路面漫了，一面是悬崖，一面是河沟，人下车，护着车辘辘走钢丝般走了一百多米。再往前走，脚下几乎没路，而是河滩，大伙四处找树枝、石头，"修"了一条路。

终于在大风雪前，他们赶到了冬窝子。牧民十分诧异，这些热心的郑州人怎么知道缺草料？更不解的是，如此路况，如何这么快就送进来了？因为昨天他骑着马给女儿买药，这60公里山路，整整走了一天。

后来，常伟把此次冬窝子送草料写成了一篇图文并茂的长篇报道《深山送草记》，全文刊发在《新疆日报》上。

每次提及抗洪抢险，常伟都心有余悸。2018年7月31日，沁城乡突降百年不遇的暴雨，水坝决堤。接到命令后，他扔下碗筷，夹起迷彩服，抓起一台摄像机就出门了。

已经是半夜十二点钟，天下着雨。途中，司机突然一个急刹车，原来路面被雨水冲垮，一个车轮已经半悬空，只差几米，车就会陷进一个大坑里，后果不堪设想。这一去救灾现场，他就没有再回到住处，守在现场一个星期，饿了啃口馕饼，渴了喝口矿泉水，困了随便找一个地方，躺下睡一会儿，没有换洗衣服和洗漱用品，迷彩服被汗和雨水反复湿透又暖干，身上散发着难闻的气味。

常伟参与了，他体会最深，感受最真，他拍出来，写出来，播出来，他不仅是记者，是编辑，还是援疆干部，他要把郑州援疆人这个集体付出的心血展示出来，这是援疆干部的责任和担当。

常伟的每一次出现，标准装备永远都是挎着摄像机、相机和三脚架，这是他的武器。没有过多言语，人前人后，忙着找角度，抓细节。在他的镜头里，在他的文字里，唯独没有他自己。

每场直播，都是一场敢打硬拼的艰险之战

2019 年 7 月 19 日，上午九点，郑东新区如意湖畔，第十五届哈密瓜节郑州分会场，大红色气球高高悬挂起红色的条幅，条幅上的白色字尤其突出：天山嵩山根连根，豫哈人民心连心。

超宽超大的屏幕，正播放着从哈密贡瓜园传递过来的新疆歌舞，这边精彩的表演，也分毫不差地传送到了哈密人民的视线里。

此时，这场盛宴的总协调之一常伟，一直守在紧张有序的主会场，为了这一天的成功直播，他协调郑州电视台、伊州区融媒体中心，完成哈密历史上首次两地节目互动的电视直播。

两颗卫星同步，先后 50 多人参与，郑州直播车开抵哈密，他协助带领 20 多人的直播团队，进驻主会场，如此直播，国内也不多见，目的就是宣传哈密，支援边疆。

无疑，这又是一场硬仗，打仗哪有一切都准备妥当的万全之策？随时都可能出现突发事件，都要沉着机智应对。

所谓成功，没有偶然，只有必然，今年的这次高规格哈密瓜节直播，喜庆、隆重、热烈，达到了预期效果。

早在 2017 年的第 14 届哈密瓜节，就成功地做过一次直播，在郑哈两地引起不小轰动。从此，吃上哈密产的哈密瓜，成为郑州人的最爱。也就是那次，常伟第一次知道了什么叫中暑。因为现场是一片瓜地，没有大树遮阳，在一个圆形水泥地平台，阳光暴晒，中午地面温度将近五十摄氏度，他身穿防晒服，不停地喝水。但是，几个小时连续晒下来，加上疲劳过度，他抑制不住地头晕恶心，身子发飘，站立不稳。现场既没有进行盐水补充，也没有进行冰水降温，就那样咬牙硬扛着，直到直播圆满结束，他才敢长松一口气。

因为，他深知，哪怕只是一个环节出问题，整场直播就崩盘。如果直播失败，他不仅要负重大责任，也给援疆干部抹黑。所以，在哈密，每一次接到重要活动的直播任务，常伟就会条件反射地感到无名的恐慌，犹如一个玩火者，炸药包会随时出现在身边。只有铆足劲儿，义无反顾地豁出去，同时依靠后方支持。哈密和郑州有两个小时的时差，有时发现了问题，很想寻求郑州电视台技术帮助，又觉得难为情，但还是三番五次地半夜劳烦领导和同事。

就是靠这样的敬畏之心，赤诚之心，圆满完成了一次次的重大直播。

十九大的召开，是全国人民生活中的一件大事，为了圆满完成转播任务，伊州区广播电视台提出"宁可累到一片，不可错播一秒"的口号。在重要保障期，早上五点打开机器，六点就正式播出，一直到凌晨两点，全部节目播出完毕。此时，机器停下来，还要例行巡检，以保障第二天正常运转。

当时，常伟最怕的不是人受不了，最担心的是机器受不了。从卫星接收到节目编单，从节目输出到信号回看，每一个环节，都是双岗，常伟和同事们几乎是目不转睛地盯着节目画面看，随时应对可能出现的问题。由于长时间的定式思维模式，以及用眼过度，甚至觉得辨识能力都迟钝了。

常伟作为带班领导24小时不离岗，提前半个月，已经吃住在台里，在沙发上，或躺在两三个椅子上，枕本书就睡了，每天睡三四个小时。单位离城区远，没有外卖，早上，带点饼干馒头，随便吃点就是一顿饭。

一次，发现值机人员没有严格按照操作规程，常伟立刻令其改正，当时，他的身体已经达到疲惫极限。训斥间，背靠着身后的墙，睡着了，竟然还打起了呼噜。这事在台里被传成了一个"动人的故事"。

郑州援疆干部领队马宏伟说：郑州工作一定要扛大旗，走前头，竖标杆，每一位援疆干部都是一面旗，严守在阵地上，代表的是郑州干部的形象，也都是一本厚书，记录着各自的苦辣酸甜。常伟觉得，作为援疆干部，同时也是当地机关干部的一员，付出就要比别人多一点，不自律，不自觉，就有可能犯错误，就对不住"援疆干部"这几个字。

村上春树说，当你独自穿过暴风雪，你就不再是原来的那个人了。

在常伟看来，每一个大型活动，都是一场要穿越的暴风雪，每一次孤军奋战，炸弹就离他不远，他都是竭尽所能，拼到最后落幕的那一刻。就是这样真枪实弹的千锤百炼，锻造了他如今处事不惊的大将之风。

七尺男儿，柔情重如山

白色墙壁上，那张中国地图太显眼了，这些援疆干部想家了，就忍不住多看几眼"河南郑州"这四个字，心里就暖洋洋的。

四十多岁的常伟，生活中也正值一个中年男人的多事之秋，上有老下有小。2018 年，儿子在高考的前两个月，突然得病，住院一个月，不敢吃，不敢喝，不敢翻身。或许是怨爸爸太疏忽他了，爸爸打电话，也不接，住院十多天后，常伟才知道。在这关键时候，常伟觉得，自己不在孩子身边，吵也不合适，说教也不合适，简直无所适从。

常伟和爱人都为此非常矛盾和焦虑，担心为此影响孩子考试。当时，常伟确实无法回来，其间他正忙于抗洪和夏令营活动，只能晚上抽空匆匆打个电话问问，想着等以后闲下来了，好好弥补亏欠。

还有一个事，说到时，常伟忽然非常忧伤，沉默了很久，没有说话，犹豫着，一声重重的叹息声，终于还是慢慢说了，声音很低，已经在哽咽了，话不成句：我在家里是老大，还有两个妹妹，当时跟父母说要去援疆，父母不舍得我去，考虑了一天一夜，也没有回话。

最后，还是常伟把电话打过去，坚持要去援疆。幸运的是，七八十岁的父母身体还是可以的。然而 2018 年 10 月 3 日，妹妹带着父母去湖北旅游，母亲不小心从山崖摔了下来，伤了左腿及膝盖，医院诊断为一处骨折一处骨裂。一直到出院，父母都没有给他说，其间通电话总是说家里没啥事。直到常伟回家过年，惊诧地看到母亲走路一瘸一拐的，才知道。

儿行千里母担忧。可是儿子援疆回来，母亲却成了瘸子。此时常伟早已泣不成声，只反复说：这一辈子也还不上了，还不上了……

在父母眼里，儿子就是家里的顶梁柱，儿子去援疆，父母的心就跟着去了。

常伟懂父母的心，他每周都会打一次电话。母亲接到电话的第一句话，总是千篇一律：今天吃饭没有？吃的啥？要吃饱，才不想家。他每次放下电话，心里总是五味杂陈。

后来，常伟又找了一些专家，但是母亲的腿，再也没有得到更好的恢复。常伟说，其实，家里有事，特殊情况也能请假。当时，如果他在父母跟前，他们就有依靠。之前母亲晚饭后要到广场锻炼身体，现在也不去了，也不愿多出门。这一切，让常伟更多了些愧疚。

常伟弹一下手中的烟蒂，说：东天山是哈密风景最好的地方，我想好了，等忙过这一段，就把父母接过去，我背也要把老人背上去，让她看看新疆。

常伟起身去洗了一把脸，继续说：其实，想想，我这个还不算啥事，不管怎样，我父母身体还好，还给我孝敬的机会。咱们的援疆干部，三年里有六个亲人去世，谁不是满怀愧疚？既然援疆了，自己得到锻炼了，就不后悔。想想时间过得也挺快，一路摸爬滚打都快三年了，后方派出单位在工作上给予我很大支持，郑州电视台与伊州区广播电视台签订了战略合作协议，十几个业务骨干到郑州电视台参加了培训，郑州电视台又免费提供了三套280集的电视剧播出权。

大伙都知道常伟的杯子大，烟灰缸大，买的咖啡多。茶叶要浓，泡到杯子三分之二的量；咖啡要浓，别人一袋一杯，他要三袋一杯；为赶稿子，烟头一晚上能插满一个烟灰缸，拿烟的手指不断敲打键盘，烟头烫着手都不知道……

三年来，粗略算一下，常伟共拍摄纪录片五部，三个2T的移动硬盘存满了视频素材，累计撰写新闻报道200多篇，在他的手里有着一套完整的援疆工作音视频资料。

所有的努力，都不会白费，他刚刚被伊州区委评为2019年度优秀共产党员。他说那不是给他自己的，而是颁发给所有郑州援疆干部的。

三年来，常伟只去过乌鲁木齐，他说真想有几天假期，看看新疆的大美。

三年来，常伟镜头向下，几乎走遍了哈密的村村镇镇，他热爱上了那里湛蓝的天空，缤纷的晚霞，那戈壁滩上顽强的红柳，高山草甸的旷远。他亲历了援疆干部们工作时的殚精竭虑，想家时的百般煎熬，以及见成效时的欣慰与喜悦。

这不仅是一个从事了18年新闻的优秀记者的职业敏感，更是一个援疆人的责任担当，他要通过这些活动、事件和投入的情感，让后方单位和家属以及更多的人知道：什么是援疆，援疆干什么，援疆为什么，援疆留什么。这是国家战略的大政方针，也是每一个援疆人应该拥有的家国情怀。

神圣的使命

——记哈密市伊州区住建局援疆干部人才宋建伟

罗辛卯

穿上哈萨克服饰就是一家人

"谢谢您！我调到西戈壁环卫所工作了，骑电动车上班十分钟就到了，中午可以回家吃饭、干家务和照顾老人了。"

这是哈密市伊州区柳树沟乡快乐克小区里宋建伟的哈萨克族亲戚沙不都·孜邦的女儿努尔古力·克期克给他发来的短信。

宋建伟看着这则短信，想象着对方高兴的样子，棱角分明的黝黑的脸上现出了笑容。

2017年春天，宋建伟来到天山脚下哈密开展援疆工作的第二个月，按照援疆指挥部的要求，和沙不都·孜邦结成了亲戚，同吃同住同劳动同学习，成了一家人。

宋建伟不会忘记结亲那天的情景：结亲仪式十分隆重，沙不都一家人按辈依次排列坐在屋里，沙不都郑重地给宋建伟穿上代表哈萨克族崇高敬意的哈萨克族服饰。刹那间，宋建伟感到一股暖流传遍全身，激动不已。他告诫自己，一定不辜负新疆人民的情谊，努力工作，用心援疆。开始，语言交流困难，靠发短信交流。时间久了，学会了简单的对话，加上肢体语言，对方一说，就能明白对方要干什么了。

哈萨克人是很重感情的。有一次，援疆指挥部组织体检和义诊活动，宋建伟考虑到语言交流问题，一大早就跑到沙不都家里，带着沙不都夫妻到体检中心，又找来会哈萨克语的朋友，一字一句地给他们讲健康知识，领着他们从测量血压到做心电图，做了大大小小的各项健康体检。这对年过六旬的老夫妇非常感动，沙不都拉着宋建伟的手，用刚学会的普通话说：回家，回家。喝茶，喝茶！

援疆指挥部要求，每个援疆干部每个月都要到亲戚家吃住一个星期。宋建伟每次去都带着水果、食品，到亲戚家见到活就干，帮助建造蔬菜大棚，修缮漏水房子，喂牛喂羊，翻埋葡萄藤，检查家里一氧化碳检测仪，完全把那里当作自己的家，当作家庭的一员。吃饭了，亲戚家做好热乎乎的奶茶和馕饼，他们围坐在一起吃着喝着聊着，气氛热烈。

援疆指挥部开展的"民族团结一家亲"活动，拉近了各民族之间的距离，促进了各民族之间的交往交流交融，巩固发展了民族团结，打牢了哈密社会稳定和长治久安的基础。

在一次吃饭闲聊时，宋建伟得知沙不都的女儿努尔古力在新城环卫所工作，上班路途远，单程骑电动车一个小时还要多，中午不能回家吃饭，也不能照顾老人。他想既是一家人，就要把家里的事担起来，帮助家里人排忧解难。于是，宋建伟就多次把努尔古力的实际困难向有关部门领导反映，终于得到了单位和领导的支持和帮助，给她调整了工作单位。

宋建伟感觉这点小事不算什么，可人家认为这是大事。沙不都一家人对他非常感激，努尔古力得到消息高兴地发来短信，还要求宋建伟回家，一家人好好庆祝庆祝。

宋建伟说，我穿上哈萨克服饰咱们就是一家人了，用不着客气，客气就是生分了。

父亲，父亲，儿对不起呀……

这是 2018 年 6 月 9 日下午。

郑州殡仪馆。

一个中年汉子双臂抱着水晶棺，脸贴在水晶棺上，拍打着哭喊着：父亲，父亲，儿对不起你，儿对不起你呀……泪水湿透了他的衣裳。哭声从震天动地，到嘤嘤抽泣，闷热的天气，过度的劳累，使他筋疲力尽，早已哭不出声来。身旁的亲人跟着他流泪，大哥一次次劝他，别哭了，别难受了，我们在家为父亲能做到的都做了，你也别太自责，知道你在外援疆受苦受累，也不容易，现在全家人都等你回来，一起送父亲最后一程。

他就是宋建伟。

他刚从新疆赶回来。

在此之前，父亲住进医院时，在新疆哈密的他想回去看看父亲，家里人说，在医院观察，你工作忙，先别回来了，有事给你打电话。6 月 7 日，父亲去世了。得到信息，他就急忙去买机票，然而，由于哈密到郑州两天才有一趟飞机，只能中转赶回郑州。

宋建伟虽然看到了父亲的遗容，但是他再也不能对父亲说一句问候的话了，他怎能不悲痛欲绝呢。

在宋建伟援疆之前，父亲已瘫痪在床几年了。平常父亲都是由儿女们伺候，他是主力军，可他一去新疆，远隔千山万水，不能床前尽孝，遇到事情，家里也少了个主心骨。妻子和他商量：跟领导说说，家有生病老人，不去不行吗？宋建伟很难为情地说，我已经答应了呀，答应了的事怎么能反悔呢？看到丈夫的表情，妻子不说话了。她知道丈夫的秉性。丈夫为人正直实在，不会说瞎话，答应人家的事决不会反悔。妻子叹了口气，说，嗨，算啦，回头好好给咱哥咱嫂说说，也给父亲好好解释解释。

原来援疆没有他们单位的任务，后来哈密市伊州区要求郑州市选派一个懂房地产业务的技术人员，于是市委组织部就专门给郑州市房管局下了一个援疆指标。宋建伟得到消息后，第一时间报了名。领导也知道他家的情况，有些担忧地说，你去，能行吗？他很轻松地说，没事，行。我这辈子没当过兵，权当去当兵，锻炼锻炼，丰富丰富自己的人生阅历。

当宋建伟做通了哥嫂的工作，去向父亲告别的时候，他心中翻起了波浪。父亲已经瘫痪在床四年，此时已颧骨高凸，两眼凹陷，但脑子非常清醒，他告诉父亲他要去援疆，对父亲说新疆需要一名懂房地产业务的技术人员到那里工作三年。

父亲是一个有着50多年党龄的老党员，他看着儿子，知道儿子的心情，声音沙哑地说："去吧，去吧，到那儿好好工作，我有你哥他们照顾，放心走吧。"

看着宽厚仁慈善良的父亲，宋建伟的鼻子一酸，眼泪掉下来了。他知道此去千山万水，哪一天发生个意外，说不定就难和父亲再这么亲近地说话了，再叫一声父亲，怕也没人答应了。

果不其然，父亲临终还是没能看到他。这怎么不叫宋建伟抱憾终生呢！

在亲人们的劝说下，宋建伟站起来，打起精神，把父亲的丧事料理完，又匆忙起程赶回新疆哈密，那里的好多工作还等着他呢。

家书抵万金

宋建伟入疆前在郑州市房管局工作 30 多年，担任房地产交易中心纪检副书记，工作踏实能干，为人善良热忱，善于协调，很受人们的喜爱和尊敬。

2017 年 2 月，宋建伟带着组织的重托和使命，也带着中原人的豪爽朴实踏上了新疆哈密的土地。

哈密地处祖国西域边陲，文化、地域、风土人情和中原相差很大，干燥、干冷的沙尘天气，陌生的生活环境和新的工作岗位都需要较快地适应和投入。因此，宋建伟努力克服身体、生活的不适和困难，开启了全新的三年援疆生活。开始水土不服，工作压力大，晚上睡不着觉，老掉头发。特别是在夜深人静的时候，他躺在床上翻来覆去睡不着，不由得想起了家乡，想起了亲人。这时候，他没有想到还不太懂事的外甥王嘉宝给他来信了。他到哈密工作后，平时和家联系都是电话和微信，写信好像是很久以前的联系方式了。在信中，嘉宝好奇地问他哈密的风土人情，生活习惯，城市建设有没有郑州好，等等，有时还在网上了解的哈密的历史与他分享，探讨哈密的战略重要性。看完信后他很激动，原本以为生活在中原大城市安逸生活环境里的孩子不懂援疆工作的意义呢。嘉宝信中写道："国家给予我们这么好的学习机会和生活环境……我们还有什么理由不去珍惜、不去奋发读书学习呢！"还写道："要想强大，决不能绕过挡道荆棘，也不能回避风雨。"

外甥的来信使他浮想联翩，感慨万千，坚定了他为新疆发展努力工作的决心。在他兴奋之余，女儿也来信了，这不能不叫他更加激动。女儿的信是嘱咐、安慰。女儿说：……爷爷的精神很好，每天听听收音机，晒晒太阳。大伯、大娘、妈妈和我把爷爷照顾得很周到。知道你操心爷爷，你只管放心，家里有我们年轻人呢。还有，妈妈的血压比较稳定，身体也比原来好了。现在"援疆"成了我家的热门话题了。你要好好工作，照顾好自己，圆满完成三年援疆任务凯旋。

家书抵万金。这句话比喻得十分贴切。宋建伟把信看了又看，心里轻松了许多，脸上堆满了笑容，看到孩子们长大了，懂事了，感到欣慰，尽管还有很多繁重的援疆工作摆在眼前，但他脑子里的一切纠结全丢在深山背后了。他对自己说，来到新疆就是工作，什么也不想了，家里的事让他们干吧，等援疆结束回去好好弥补弥补。

践行援疆使命

宋建伟在哈密市伊州区是专业技术人员，他的工作就是专业技术指导。作为房地产经济师，他在这里有两个工作单位：伊州区住建局、伊州区房管局。两个局的业务都要干，有时候这边正忙着，那边打电话叫，他就把这边工作布置好，仔细地交代一遍，然后再赶往那边。商品房预售许可变更、民间借贷办理抵押、二手房网签具体操作流程、如何有效监管中介公司的网签行为等等，他都手把手给那些不熟悉业务的同志讲解指导。并且，他和同志们认真开展服务引导和咨询辅导，把群众办事大厅服务和文明创建工作结合起来，力争让群众一进入大厅就知道事在哪儿办，怎么办，资料在哪里，表格如何填，流程怎么走，让群众感受到服务的热情和诚意。仅2017年，宋建伟就回复了14项房地产疑难问题，协助回复8项重要相关业务问题，提供了业务操作规程规范性文件291项，提高了公共服务的便捷性和规范性。

宋建伟充分发挥专业优势和桥梁作用，积极推进美丽乡村道路改造、援疆项目建设，为保证工程质量和进度，对建设项目进行督导和检查，并在伊州区党建网和政府网站刊发了文章《援疆干部尽展颜，不辱使命促发展》。

2018年11月18日，河南召开第九批援疆干部人才规范化管理会议，伊州区指挥部是此次会议指定的唯一观摩点。为展示指挥部规范化管理成绩，宋建伟担负驻地两个单元的墙壁粉刷工作，这时候正值十一长假期间，全家人都等着他回去团聚。妻子打电话问他，几号的车，啥时候能回来，女儿说去接你呢。他对着电话，半天没有回答。妻子连连发问，怎么了？怎么了？他不好意思地说，我不回去了。发生了什么事？妻子追问道。他喃喃地说，指挥部要开现场会，我得刷墙。刷墙？刷吧，刷吧，就你会干那些窝囊活。妻子生气地挂断电话。

宋建伟自己笑笑，好像如释重负，换上衣服，和工人们一起干起来。面对漫天的粉尘、刺鼻的气味，他搬料拿工具一点没有退缩，始终坚守在施工现场。干完两个单元的粉刷任务后又带领大家把指挥部楼道的墙面粉刷一新。在援疆干部中，宋建伟年龄最大，按道理大家应该多照顾他，帮助他，然而，他却以老大哥的身份处处关心大家，默默为大家做事，处处表现出一个老大哥的宽阔胸怀。

2018 年，宋建伟邀请郑州房地产市场和产权交易管理中心业务骨干来到哈密，到伊州区房管局及办事大厅进行了座谈交流，开展了全覆盖的业务培训，主要涉及不动产机构改革及机构设置、二手房网签和资金监管、交易档案管理、房地产抵押、信息数字化转换、商品房预售许可证办理以及住房保障历史遗留问题、疑难问题解决的方式方法，为全局更好开展工作，做了全面的指导，帮助完成了伊州区委人才工作领导小组布置的"传帮带"工作任务。

援疆三年，宋建伟不忘初心，牢记使命，无怨无悔，为新疆的建设做出了应有的贡献，为他的人生谱写了一曲美丽的乐章。

一个拆二代的援疆生活

——记哈密市伊州区人民医院援疆干部人才王磊

谷凡

王磊是这批援疆干部中比较年轻的，作为一名年轻的援疆医生，王磊身上背负的称谓很多——80后、两次援疆、拆二代。说到拆二代，大家多少对这个名词有点羡慕，因为从大到小的城市，房价都是噌噌往上长。就如王磊他们村，是名副其实的城中村，地处郑州市核心地段。当知道王磊援疆后，他们的村主任简直不敢相信，说我们村还有去援疆的！

"拆二代"这个词并没有让王磊沉醉，他清楚地知道自己需要在工作中磨炼，在生活中学习，把自己的从医经历刷上斑斓的色彩。所以，不管别人传说他有十套房还是八套房，他只是憨憨一笑，并不在意房多房少的事，因为多少房并不是他的人生标准。

在来新疆之前，王磊是郑州市第七人民医院急诊科的一名医生。急诊科面对的患者基本都是突发型的，什么心脏衰竭、脑出血等。王磊虽然不太爱说话，但说起自己的工作却是滔滔不绝。他说每一次抢救都是惊心动魄，每一次抢救都是十万火急，急救医生的判断和抢救措施，可以说都系在患者的生命线上。稍有不慎，判断有误，或者施救不妥当，患者都可能撒手人寰。

在王磊的记忆里，援疆之前最惊心动魄的一次抢救是 2016 年的一个下午。经开区一位企业老总，突发剧烈胸痛。王磊坐 120 救护车到现场的时候，发现病人大汗淋漓，疼痛剧烈，心电图显示为急性心肌梗死。将病人抬上急救车返回医院的途中出现两次室颤，王磊立即进行电除颤纠正。病人到达医院抢救室后，频繁出现室颤，在多次进行除颤、后室颤控制后，对病人进行了介入手术，心梗得到救治。

在病人住院两周后，心内科住院部护士长给王磊打电话说病人一定要见他一面。当时王磊心里很忐忑，不清楚病人要做什么。到了病房，王磊看到了被抢救过的病人，精神状态非常不错，他悬着的一颗心放下来了。患者说王大夫你看下我的胸壁皮肤，全是除颤器电击的红印，一个挨着一个，整个前胸都是，护士告诉我说这是我心脏停止后你电我引起的。我这个人是比较讲究的，你看这怎么办吧！当王磊正准备解释的时候，患者已经抓住了他的手，眼圈红了。患者说，看来你是费了很大的劲才把我电活的呀！

这位患者是经开区大型企业的老总，非要找媒体给王磊报道报道，他觉得这事实在太大了。但这事对于王磊来说，再平常不过了。这位老总又说要送锦旗，王磊也拒绝了。

关于急救的事情，王磊说多了去了，各式各样都有。那天晚上王磊在急诊科值夜班，接到一个新郑机场急救站的电话，说有个病人机场猝死，已经心肺复苏半小时了，没什么效果，家属一个劲儿说能不能再找个专家给看看。七院急救站离机场最近，王磊说这个时间点，专家可能没有，需要的话我可以去给你们看下。

当王磊赶到后，病人已经心脏停跳了 45 分钟。王磊开始心肺复苏。机场急救站医生说，一直持续室颤，给电除颤没有效果。王磊想一定遇到交感风暴了，立即给应用了胺碘酮，看会不会有效果。又进行心肺复苏半小时，这时候的王磊已经大汗淋漓，紧张的心情不亚于家属。尽力了，王磊也觉得病人彻底救不活了，就写了死亡通知书，然后找家属谈话，说病人已经心脏停止一个多小时了，希望渺茫，做好心理准备吧！就在家属和王磊说话的当口，护士急忙跑过来说："王大夫赶紧过来，有心跳了。"王磊来不及多想，赶紧去查看病人的情况，又检查了心电图，不出所料，是心肌梗死引起的，后又活过来了。

后来这事在医院传开了，说王磊把一个猝死一个多小时的人救活了，大家都觉得很震惊。

第二天，患者的两个儿子从甘肃匆匆赶来，感谢王磊把他们的父亲从死亡线上拉回。听患者的两个儿子说，他们兄弟俩长期在甘肃工作，老父亲跟着他们大姐生活，当时电话说父亲在机场的情况，以为再也见不到老父亲了，没想到父亲被王磊救活了。兄弟二人当场要给王磊下跪，王磊赶忙拉住，说这些都是自己分内的工作。

后来家属给王磊送了锦旗，王磊对"华佗再世"之类的话不是太欣赏，就把锦旗偷偷拿回去藏起来了。

谈到自己的援疆生活，王磊只是憨憨一笑。王磊说在他还是一位小青年的时候，遇到过一位女患者，这位患者早年随钱学森团队参加国核试验，老伴离世，无儿无女。

在和这位患者的接触中，王磊发现她手关节严重错位，因为辐射，头发几乎掉光。听这位老者讲述她参加核试验时的情景，王磊几乎落泪，他没有想到那时条件那么艰苦，防护措施那么简陋，以至于她今天这般模样。没有别的，老人当时就是想踏踏实实为国家做点事情。在前辈的身上，王磊看到了一种默默奉献的精神。

没有前辈们的无私奉献，何来祖国今天的富强和繁荣，和他们比起来，王磊觉得自己援疆真的没有什么。

本来作为医生，王磊一年半以后就可以回郑州的，但因为伊州区的"医共体"建设的需要，他又申请继续援疆一年半。

王磊是 2017 年初到达新疆的，在飞机还没降落到哈密市的时候，他的心就已经凉了半截，因为眼前的景色和他想象中的新疆不同，到处是一望无际的戈壁滩，没有绿色，荒凉感十足。下了飞机一阵冷风吹过，这种荒凉感就更明显了。

下飞机后，王磊想跟闺女视频一下，结果发现网络不好使，这让在都市生活的王磊有点不适应。王磊的大女儿五岁，小女儿两岁，正是离不开大人的时候，因为王磊的援疆，妻子果断辞去了自己的工作，全职照顾家庭。

到哈密后，还没有来得及喘口气，就开始了紧张的工作。干燥的空气、超强的沙尘、紧张的工作，让王磊尝到了援疆工作的不容易。

王磊被安排到伊州区人民医院内科病区担任副主任。伊州区人民医院在哈密市是一个二级甲等医院，首个"医共体"试点医院。王磊援疆工作的一项重要内容，就是对于医疗技术人员的"传帮带"。在科里王磊负责医疗病历的质控、疑难病例讨论、科室间会诊、组织每周大查房、教学查房等。

来到哈密市伊州区人民医院后，医院分给王磊两个刚大学毕业的学生。王磊的这两个学生都是专科学历，2016年毕业招聘到医院的，都属于医学零起步阶段，医疗知识相对缺乏，医疗基本功不扎实，医疗技术较差，经过三个月基本培训后就上岗了。

王磊早上带着学生从收病人开始，从头教到尾，什么问诊的技巧，主诉问诊需要把握的要点，通过问诊初步收集详细的病史资料等，一点一滴，真算是手把手全方位，把自己这么多年从医积累的经验，毫无保留，全部传授。

问诊结束后，他开始教俩学生做体格检查，如何通过体格检查发现患者身体各个部位的病变。问诊、体格检查是一个需要长期锻炼的过程。当问诊和体格检查做完后，他们会问，患者得了什么病？诊断是什么？根据主诉、病史、体格检查，辅助检查做出初步诊断是一个调用个人知识进行分析的过程。

俩学生曾经问过王磊，王老师，我俩是不是太笨呀，这都学这么长时间了，来病人的话还是无法准确做出诊断，总觉得像这个病也像那个病。

学生的心理王磊能体会到，毕竟自己也经历过这个阶段。王磊要求他们每天晚上下班回家的时候，拿出内科专业书把今天看的疾病重新学习一遍，要坚持下去。患者初步诊断的确立很重要，这决定了病人的检查方向和治疗方向。阻碍学生做出初步诊断的其实就是两个方面，一是个人知识的多少和熟练程度，二是内科的思维方法和分析病史资料的能力。第一项通过个人看书学习可以弥补，第二项需要从实践中获得。通过大约半年的努力，两个学生在问诊、体格检查、分析得出诊断，如何做下一步检查、治疗及病情观察和管理方面都有了显著的提高。半年后其中一个学生被派到了医院心电图室工作,上岗之前,王磊又专门对他进行心电图知识的培训。另外一个学生则留在内科病区值班。

在王磊的两次援疆过程中,先后为伊州区人民医院代培了五位学生,现在这五位学生都能胜任岗位要求,可以正常展开工作了。总结这些学生的培养过程,王磊觉得尽管他们的基础都不够扎实,但经过持续的跟班培训,从写病历,分析检查结果,看心电图、彩超单、X片,到使用除颤器、心肺复苏操作、胸穿操作等方面的能力都得到不断提升,现在都能胜任各自工作,王磊的心里还是很欣慰的。

在科室内医疗技术的"传帮带"方面,王磊已经记不清楚教了多少次心肺复苏、电除颤、呼吸机使用还有胸痛的急诊鉴别、急性冠脉综合征的治疗等。不同病人的抗血小板治疗,心电图、心力衰竭、恶性心律失常、电复律,房颤的治疗、慢阻肺的治疗、基高血压的治疗、高血压并发症的诊断治疗、24小时动态血压监测、基层糖尿病的治疗、抗生素的使用规范等,他也一一进行了培训。

来哈密援疆的头半年里,王磊经常参加高血压病情会诊,其中不少是慕名而来诊治高血压的病人。这些病人都有一个普遍的情况,就是服用多种药物后降压效果仍不理想,尤其是少数民族同胞,不仅血压难降而且血压奇高,高压达到200以上都很平常,而且骑马放羊不受影响。这让王磊觉得奇怪,这要是在中原地带,血压这么高怎么着也会感觉头晕吧。为了探明究竟,王磊开始留意这些患者的饮食情况,尤其是牧区的老人。

在 2017 年 4 月份，每个援疆干部结一家亲戚后，王磊了解到了少数民族的饮食习惯，一大特色就是高盐饮食。

少数民族喜欢一天饮用好几顿奶茶，奶茶里放盐，他们觉得盐越多越香。这让王磊意识到，这种高盐的饮食有可能就是高血压难治的核心原因。在住院的少数民族同胞高血压患者中，王磊开始让患者尝试每天的奶茶不放盐，或者少盐，然后来记录血压测量结果。大约进行了 20 多例试验后，王磊发现单纯控盐就可以使少数民族高血压患者血压降下来。由此王磊得出结论，少数民族高血压患者需要严格控制食盐的摄入和服用利尿药排盐，减轻高盐饮食带来的高血容量，从而降低血压。利尿药在少数民族高血压治疗中占有核心地位。从此以后医院发的高血压会诊单中，王磊就会把加用利尿药的建议写上，很多科室反映降压效果不错。后来王磊还写了一篇科研论文。

入疆后虽然没有从事急诊工作，王磊依然很关注基层急救技术能力的提高。为了帮助伊州区"医共体"实施，王磊多次到乡镇医院，给他们进行培训，依然是手把手教授技术，做医疗技术下沉方面的工作。

不做不知道，一做真是吓一跳。基层卫生院，不仅缺乏必要的急救设备，基层的医疗人员技术也很薄弱。王磊觉得，提高卫生院的医务人员的诊治水平是燃眉之急，他们医术提高了，才能更好地为当地老百姓服务。

他先从慢病管理能力入手，把高血压病、糖尿病、慢支、心衰等几个常见病登记入册，定期寻访，送药到家。定期给基层卫生院医护人员进行这方面的指导，利用远程会诊和下乡查房援助基层卫生院。

　　了解基层卫生院的情况后，王磊向医院领导建议，搞一个活动来调动医院医生的积极性，让他们知道掌握技术、搞好医患关系的重要性。

　　在一次跟科内同事谈话中，王磊了解到，抢救病人时，他们都让主任来给病人进行除颤，自己不敢操作，怕被电着。于是就跟副院长研究急救技能培训这个事。为了能让医务人员对学习急救技术感兴趣，王磊提议举行技能比武大赛，既然是比武大赛，大家都不会不学就去比赛。

　　没想到这个比武大赛还真起作用，当医院下发比赛通知后，各个科室纷纷来内科找王磊学习心肺复苏、电除颤、呼吸机等操作。2017 年底比武大赛如期进行，各个科室通过比赛，技能得到了提升。

　　三年时间，说短不短说长不长。王磊说，刚来时有点不适应，真的要离开了又觉得舍不得。适应了哈密的工作节奏，习惯了当地的生活，再回到拥挤的城市，反而产生了陌生感。

　　记得当初看到医院发的援疆报名通知时，王磊只当一件闲事和妻子说，说科里人看到通知的时候，都说新疆离家太远不想去。没有想到，妻子的看法是：去援疆是一个十分难得的机会，首先可以增加你的个人阅历，没有阅历哪来的胸怀，没有胸怀哪来厚重。去新疆你一定可以见到很多你以前见不到的人，办很多在郑州你没法办的事，明白很多你在郑州明白不了的道理，是一次非常难得的人生经历。

　　王磊说，一个人成长真的离不开家庭和社会培养，三年的援疆工作生活，让他成熟了不少。作为一个新时代的年轻人，什么是责任，什么是担当，他心里有了更深层次的认知。

在哈密工作，王磊每天坐公交上下班。由于人口较少，这里的公交车不像郑州那么拥挤，不管是什么时间段，公交车上总是有空座位。望着车窗外井然有序的车辆和行人，王磊发现自己已经深深爱上了这个城市。

铿锵绽放的援疆玫瑰

——记哈密市伊州区人民医院援疆干部人才刘辉

谷凡

　　刘辉是一个学霸级别的妇产科医生。这么说她一点儿没有夸大其词，因为按照当时的高考录取比例，来自乡村的她能考进河南医科大学，算是非常了得了。

　　一般而言，数学对女孩来说并不算是强项，但每次考试，刘辉都能拿满分，而她自己并没有把太多的时间花费在数学上。刘辉说她是家里的长女，帮助父母下田干活也是一项必不可少的任务，只要放学或假期回家，基本不拿书本，不像现在的孩子，这班那班地报。

　　或许这就是学霸的特点，一般人只能望尘莫及。

　　和许多的小女子一样，刘辉的心里也住着诗和远方。刘辉最喜欢那句"向西逐退残阳，向北唤醒芬芳"，这话是三毛说的。刘辉说每个人都渴望着诗和远方，她也不例外。或许就是因为诗和远方的召唤，她才干脆地报名来到新疆，成为哈密市伊州区人民医院一名援疆医生。

　　初来新疆，刘辉对这片神奇的土地充满好奇。刘辉所在的哈密市伊州区人民医院是一个二级甲等医院，在妇产科，只有刘辉一位副主任医师，可以想象她工作是多么繁重。

第一天上班，产科正好有一位产妇临产。刘辉细心地查看了产妇的情况，没有发现什么问题。晚九点多产妇生下一名男婴，一切顺利，母子平安。

因为有新生儿出生，第二天刘辉早早地上班了。在查房的时候，刘辉发现婴儿的眉毛又粗又黑，看着像化了妆一样。对于新生儿，刘辉一点儿不陌生，因为经过她的手迎接到这个世界上的孩子，已经不计其数，对新生儿的状况她是再清楚不过了。然而，虽然刘辉迎接的新生命很多，却从没有见过一出生眉毛就这么黑这么粗的。

婴儿小脸红扑扑的，体温什么的都正常。这位专家级别的妇产科医生纳闷儿了，这眉毛到底是怎么回事？

产妇是一位维吾尔族妇女，刘辉和她交流起来比较费劲，因为产妇说的话她只能听懂个别字。刚好科室有一位小护士是维吾尔族，便帮助翻译了产妇的话。原来，维吾尔族有一个习俗，就是刚出生的婴儿，眉毛上要抹上胎便，这样孩子的眉毛才会更黑，眼睛才会更大，睫毛才会更长。听到这些，刘辉悬着的心才放下了，不禁哑然而笑。原来只是习俗，并不是有什么状况。

由于胎便本身对婴儿没有什么伤害，刘辉自然没有去阻止这一行为，只要家属愿意，产妇开心，这当然不成问题。

有句话说：金眼科银外科，累死累活妇产科。产科的忙碌是大家难以想象的，尤其是对援疆医生来说，更是如此。

忙碌了一天，刘辉拖着疲惫的身躯下班回公寓，准备好好睡一觉。然而，初来乍到对气候的不适应，还有科室里的工作，还是让她辗转难眠。已经是凌晨三点多，刘辉还是没有睡意，她知道自己必须入睡，不然会影响明天工作。

一周后，刘辉睡眠方面稍微有点适应，虽然每天还是睡不太好，但已经能睡了。

一天夜里，就在刘辉蒙蒙眬眬刚睡着的时候，一阵急促的电话铃声把她从睡梦惊醒。再看看手机，凌晨5点多点儿，手机来电显示是哈密市伊州区人民医院妇产科："刘老师，你赶紧来医院吧，有个胎盘早剥产妇手术后出血不止，血液不凝，出现病危征兆……"

"孩子情况怎么样？术中情况怎么样……"刘辉一边换衣服一边询问产妇情况。

"孩子重度窒息，剖宫产手术顺利，术中出血不多，量约300mL，胎盘大面积剥离，达四分之三……"听到这些症状，刘辉越发心急如焚。来不及洗漱，刘辉穿上衣服就往医院赶。

虽然现在的医学发展很快，医疗技术提高了很多，但产后大出血，对于产妇来说还是死亡率最高的一项。作为一位产科医生，刘辉更清楚胎盘早剥的情况，若是处理不当，那产妇的性命绝对危险。

几分钟后刘辉气喘吁吁赶到医院。手术室门口站着一群焦急等待的家属，他们看到医生飞奔而来，仿佛看到了救星。在这分秒必争的时刻，刘辉给家属一个坚定的眼神，匆忙进入手术室。

就在刘辉准备下一步工作的时候，一个小护士急匆匆地对她说："听说产妇家属要求转上级医院呢！"听到这些刘辉心里一沉，此刻转院，对于产妇来说凶多吉少。自己初来乍到，如果坚持不让转院，万一出了状况怎么办？

YUAN JIANG SUIYUE 2018—2019 | 239

刘辉知道，自己担着什么样的责任和风险。然而，行医经验告诉她，如果此刻不做出处理和及时抢救，产妇的生命不知道要增加多少倍风险。刘辉顾不得太多，手一挥说："不行！"在场的人都吃了一惊，他们看着刘辉坚定的表情，一时没有反应过来。

救死扶伤是一个医生最基本的素养，如果怕担责，什么时候也成不了一个好医生。刘辉清楚，抢救病人的过程中，每一分一秒都非常重要。病人情况危重，在这千钧一发的紧要关头，刘辉果断做出决定，立即抢救！

病人仰卧在手术台上，面色蜡黄，已经看不出表情，四肢厥冷，脉搏快而微弱，身下整张床上铺着厚厚的被血液浸透了的卫生纸，四肢扎满了输液器，尿袋里满是粉红色血尿。

新生儿重度窒息，经过初步抢救已经转入二院新生儿重症监护室。值班医师看刘辉进来，就又掀开了病人盖的被子，再次按压宫底，一股股的血液连续不断地从病人下体流出，长时间不能凝固。刘辉仔细观察这些不怎么凝固的血液，发现仍有很微小的凝血块，并再次详细询问病人的病史。

"患者凌晨一点左右来院急诊，腹疼，伴有下体少量出血，胎心 40—60 次/分，急诊手术，手术顺利，术中出血 300mL，胎盘早剥，术后强促宫缩药物已用，宫缩具体……"

刘辉一边听汇报，一边认真查看产妇。

"术前抽血各项指标，血常规及凝血功能等正常。"值班医师继续汇报产妇的情况。

"急查血常规。"刘辉急迫地吩咐道。

通过检查，刘辉发现产妇血常规显示血小板大幅下降至 61，凝血功能各项指标异常……看到这样的情况，刘辉的一颗心彻底悬了起来。按常规来说，血小板降至61，病人已经非常危险，正常值是100~300。

"怎么办呀，刘老师？要不把子宫直接切了吧？"有的医生已经完全慌乱，建议说。

"反反复复一刻不停地按压子宫底及按摩子宫……胎盘早剥发生的时间还不是很长，虽然病情是在不断恶化，但是发生凝血功能障碍时间也不长，先抢救，纠正凝血功能，先输血，输液，补充凝血因子！"刘辉一边说着一边在心里打鼓，若不是自己及时赶到，真的把子宫切下来，那该多可怕！

虽然患者病情危重，不排除最后需要切除子宫的可能，但是也不能过度治疗，把切除子宫作为首选，况且切除子宫也解决不了根本问题！

为了尽快让产妇脱离危险，还是要解决根本问题。刘辉立即纠正凝血功能障碍。"胎盘早剥，产后出血，合并凝血功能障碍已确诊，悬浮红细胞已经给予配4u，术中出血不多。"根据临床经验，刘辉决定："再配悬浮红细胞5u，新鲜的及冰冻的血小板都没有，给予冰冻血浆8u，冷沉淀10u。"

手术室里穿梭着护士们采血、换液体的身影，麻醉医生紧张地盯着显示屏上的数字，血压、脉搏、氧饱和度等，不停地往输液器里加着药物。每个医生和护士的心情都是那样紧张、焦躁不安。刘辉虽然也替产妇捏着一把汗，但她的表现极为镇静，熟练地操作施救措施，像久经沙场的将士一样，从容不迫。

时间一分一秒地过去了，手术室里仿佛能听见大家扑通扑通的心跳声。经过及时抢救，产妇的血尿颜色在加深，由最初的粉红色慢慢变成深红色。大家脸上都带着一种惊惧的神情，刘辉更是坐立难安。她顾不上初来乍到的矜持，一次次打电话到化验室催促化验结果，催促赶快拿血、血浆及冷沉淀。为了确保产妇病情不加重，刘辉果断加压输血，输血浆及冷沉淀……争分夺秒确保最短时间里有足量的血及凝血因子输入患者体内。

该做的都处理完后，刘辉才感觉自己浑身像散了架一样，这时她才发现，抢救已经进行了四五个小时。

产妇的面色逐渐变得红润，下体流血量在明显减少，能看得出来凝血时间也明显缩短了，血尿也慢慢变浅。半天后，刘辉再次复查了患者的几个指标，凝血功能好转，血小板有上升趋势……

稳住了，大家总算松了一口气。刘辉一直守在病房，守着产妇，每隔一两个小时查看一次，48小时后再次复查，产妇各项指标完全恢复正常，生命体征平稳，产妇也无明显不适。刘辉这才长出一口气，两天时间对于刘辉来说像过了半个世纪那么漫长。

六天后，产妇完全康复，那个经过生死考验的哈萨克妇女看着刘辉，虽然她不太懂普通话，但刘辉依然看得出她眼神里满是感激，发自内心的感激。这一刻刘辉很骄傲，为做一名妇产科医生而骄傲，为做一个援疆人而骄傲！所有的付出都是值得的，所有的辛苦都是值得的，还有比把病人从死亡线上拉回来更有幸福感吗！

有了这次大抢救，科室医护人员都对刘辉佩服不已。

刘辉深知，"一刀剖开生死门，双手捧出幸福光"的感觉，只有产科医生才能够体会到。

新疆有辽阔的土地，有香甜的水果，然而，更让刘辉难忘的，还是她在伊州区人民医院一次次的抢救。其中，最难忘的，是一位婴儿过大的产妇拒绝剖宫产的事情。

这名产妇是伊州区人民医院妇产科一位医生的嫂子，住院前该产妇已经咨询过本地的多家医疗机构及多个妇产科医生，都诊断为"巨大儿"，都建议剖宫产分娩，毕竟自然分娩风险太大了！但是该产妇坚决要求自然分娩，要求试产，最后通过"关系"找到了刘辉，认为河南来的专家一定能帮她解决问题。

刘辉深深理解产妇的心情。作为一个年轻的爱美的妈妈，她不想自己美丽的肌肤上有一道凹凸不平的疤痕，而刘辉也知道单单是"巨大儿"并不是剖宫产指征，自古以来人类繁衍生息都是自然分娩的，自然分娩是最适合产妇及新生儿的方式，剖宫产是近现代的产物。刘辉有心帮助这个产妇实现愿望，但她也清楚作为一名妇产科医生的责任和要承受的压力，无论什么情况下都要确保他们母子平安。

刘辉详细询问了产妇的病史及孕产史，并给她做了细致的体格检查和产科检查。凭多年的临床经验，刘辉惊奇地发现该产妇无任何并发症，而且有有利于自然分娩的条件！这让刘辉非常高兴，又加大了对该产妇自然分娩的把握。

产妇年轻，体质相对较好，又是经产妇，而且骨产道较为宽敞。尽管如此，刘辉还是不敢大意，毕竟婴儿过大，生孩子本来就像是过鬼门关。刘辉客观地向产妇讲解分娩过程中可能遇到的风险，尤其是"巨大儿"生产过程中更有可能出现新生儿窒息、肩难产、新生儿损伤、产后出血、会阴撕裂等。产妇还是很坚定，签下了知情同意书，要求自然分娩。预产期已经到了，还没有宫缩发动。刘辉判断不适宜继续过久等待，给产妇制定了严格的分娩计划，并用了静点小剂量药物引产。

经过整整一上午的忙碌，中午时分，刘辉正在吃饭，电话铃声响起："刘老师，已经分娩了，新生儿十斤重，哭声评分都正常，但是会阴严重撕裂，你赶紧来吧！"刘辉二话不说，放下饭碗，直奔医院。

赶到医院后，刘辉见到产妇愣住了，不敢相信眼前的一幕，真是惨不忍睹！会阴撕裂完全变了形，一片血肉模糊，除了那薄薄的透明的肠黏膜，生殖道与肠道几近相通。撕裂太严重了，若不赶快缝合，或者缝合技术不到位，就可能造成产妇以后出现大便失禁、会阴盆底感染、蜂窝组织炎、生殖道瘘等。

"刘老师，孩子太大了，撕裂太严重了，你来缝合吧。"科室主任说。看这种情况，刘辉没有犹豫，立即洗手上台，严格消毒，用自己精湛的缝合手法，巧妙而又完美地操作着……

在场的医护人员看着刘辉的缝合，都是暗暗佩服。这样娴熟的缝合技术，简直是无可挑剔。

缝合完毕，刘辉走出手术室，看到一个硕大的婴儿躺在婴儿床上，响亮地哭着，挥舞着粉嫩的小拳头，他像一个已经三个月大的孩子。回想着产房门口焦急等待着的一个高大健壮的中年男士，刘辉明白了一切，不由得让她感叹遗传基因的强大！

如刘辉预料的一样，产妇恢复良好，不仅是功能恢复——大小便正常了，因会阴处整形及对合整齐，愈合后外形像一个未婚的妈妈，完全看不出生过孩子。若不是产妇的家属也在产科，谁会看懂刘辉的"鬼斧神工"！看着那胖胖的孩子和满心欢喜的妈妈，刘辉心中充满了自豪感和幸福感。

刘辉的援疆并不像别人想象的那样色彩斑斓。她的儿子正在上小学四年级，正是离不开妈妈的时候，因为新疆有需要，所以，刘辉还是选择来到了新疆。

许多牧民听说是河南来的医疗专家，对刘辉都特别热情，这儿不舒服、那儿不得劲儿了都来找她，甚至不孕不育的也来找。刘辉总是不厌其烦，热情相助。

有一句话说得好，不是每棵树都可以长在戈壁滩上，胡杨做到了；不是每朵花都开在冰川上，雪莲做到了。

刘辉就是绽放在东天山上的那朵铿锵玫瑰！

左公柳下的行走

——记哈密市伊州区人民医院援疆干部人才赵海松

谷凡

早穿皮袄午穿纱，围着火炉吃西瓜……这是赵海松来新疆工作前，身边同事对新疆的打趣说法。的确，新疆的气候和中原的不一样，走马观花和在这里长期工作感受会不同，这次援疆生活，让赵海松对新疆有了全新的认识。

河南省对口支援新疆哈密，赵海松的工作单位是哈密市伊州区人民医院。第一天上班，赵海松就觉察到了哈密和郑州之间的不同之处，不管是医院还是街道，也包括菜市场，人没有郑州多。

来新疆哈密工作后，赵海松开始步行上班，援疆干部人才居住的公寓并不在医院旁边，大概有五六站地，但他不愿意坐公交，因为每天早起锻炼已经成了赵海松多年养成的生活习惯，生物钟六点钟准时把他叫醒，收拾收拾吃完早餐还不到七点。在郑州，赵海松七点之前就到医院了，七点半准时查房，并做一些当天手术的准备工作。

哈密的上班时间比郑州晚一个半小时，如果两小时三小时的时差可以倒倒，最难办的就是一个多小时。为了继续保持自己的习惯，赵海松索性走路上班，这样既锻炼了身体，也保证了上班时间，而且习惯也不用改变。

在赵海松每天的上班路上，有一棵非常大的树，起初他并没有注意这棵树，就感觉它怪大的，枝叶茂密，和其他的树相比特别出众。那天赵海松走近这棵树欣赏，发现树上挂有牌子，上写着"左公柳"三个字，是当年左宗棠率领部下途经此地栽种的，栽于公元1876年。本来对树木花草就比较感兴趣的赵海松，一下子对这棵柳树喜欢起来，每天走到这里，都要看一看望一望。

新疆缺水，尤其是哈密，哈密属于典型的温带大陆性干旱气候，年均降水量33.8毫米，一棵树能长这么大，这么粗，着实让赵海松感慨。想想当年左宗棠带着湘军平复西北，为了缓解干燥的空气，下令军队在大道沿途栽上柳树。赵海松在网上查了一下，这种柳树的作用很大，一是巩固路基，二是防风固沙，三是限戎马之足，四是为行人遮阳。左公当年肯定没有想到，血战沙场的故事已经被人们淡忘，但就是这些不起眼的柳树，却让当地居民对他产生了怀念之情。可见和平重于战争，生态高于一切，生存至上，环境第一。

没有好的生存环境，就不会有健康的身体，作为一名医生，赵海松对民众的生活和健康问题比较关注。一来哈密，他首先注意的是市民们的饮食习惯，早餐喜欢吃什么，午餐喜欢吃什么，晚餐又喜欢吃什么。

和许多援疆干部人才一样，最初来哈密，赵海松对这里的干燥不习惯，每天睡觉前，都要在屋子里洒上水，尽管如此，第二天起床后还是会感觉喉咙不舒服。谈到这次援疆的原因，赵海松笑着打趣说纯属"必然中的偶然"。郑州人民医院历来就有优秀的援疆干部，感人的援疆事迹。而这次援疆任务下来，对于技术成熟、政治思想坚定的赵海松来讲，非他莫属。因为全科室只有两个人达到要求，其他人条件不够。而另一位专家比他年龄还大，不由分说，面对援疆任务，赵海松果断地挑起重担。

医生是一个神圣的职业，在中国这个古老的国度里，一直流传着神医的故事。他们要么神乎其神，要么能起死回生，总之，药到病除对神医来说是必需的。赵海松知道，神医只存在于远古时代，就算现代医学技术发达了，也只限于某些领域。同样的病情，同样的药物，因为患者的体质不同，治疗的效果就会不一样。在这个时候，医生的治疗经验就比较宝贵了。

赵海松说，病人来看病，等于把命交给了你，这是一种莫大的信任，你不仅要了解患者的病情，还要了解患者的心理活动、生活习惯等。只有多方位地了解，才能够对症下药，制订治疗方案。

赵海松在心中把医生分为几种：培训中的医生，合格的医生，优秀的医生，卓越的医生。赵海松说："作为一名医者，看你把自己摆放在哪个位置上，合格，优秀，还是卓越。培训中的医生指正在接受培训的医生。合格的医生掌握了扎实的专业知识和临床经验，可以使患者得到最好的临床治疗，这是合格医生的基本标准，也是独立行医的能力底线，也是职业道德的底线。优秀的医生更看重患者生存质量的提高，而不是单独的疾病治疗，他们是医学领域的将才，是临床治疗不可或缺的能工巧匠。这就是为什么同样的病，有些人治好了，有些人却丧命了。那么，卓越的医生就更稀缺了，他们不仅仅能治疗病患，还能创造新的治疗方式、新的治疗理论和新的学说，他们的工作，受益的不仅仅是一个患者，而是一群患者。"

在郑州人民医院，赵海松是一名普外腹腔镜外科大夫，而哈密市伊州区人民医院只有一个大外科，没有分专业，所接触的病例比较杂。刚开始工作，赵海松有点儿不习惯，但他很快进入了角色。

在伊州区人民医院工作以来，赵海松的主要任务就是指导临床诊断和手术治疗，每天参加业务查房，传授给下级医生诊断和治疗方法。

原来的伊州区人民医院没有开展"腹腔镜下腹壁疝无张力修补术"，全哈密市的医院都没有开展这项手术。遇到这样的患者，还要请自治区专家来做手术才行，专家费用都要患者自己掏腰包，而且不能报销。赵海松来后，这项手术很快在伊州区人民医院开展了，填补了哈密的这项空白。

腹腔镜下腹壁疝无张力修补术，是目前开展比较活跃和先进的手术方式，可给病人减少很多不必要的痛苦，并能大大降低疝的复发率。赵海松有这方面的技术，而且，这里的设备等条件基本具备，他就和科主任商量并提出开展腹腔镜下腹壁疝无张力修补术。经院领导同意，赵海松又从原单位带来了必要的器械。

从医几十年，大小手术做无数次，赵海松深知作为一名医生的责任是什么。为了不留遗憾，他抓紧时间，利用各种时机，该传的传，该教的教，希望留下更多的技术。

赵海松的业务能力没的说。刚来伊州区人民医院，就遇到一例难度比较大的手术。一位老太太，患有巨大的腹壁切口疝，跑了几家医院，都因为老太太过于肥胖，不敢手术。因为过于肥胖的病人，传统开腹腹壁疝修补术容易脂肪液化，致使疝复发。

说到这位胖老太太，真是有点儿胖了，一米五左右的个头，80公斤左右，多家医院都建议老太太把体重减到50公斤左右再考虑手术。减肥对于年轻人来说都不容易，对一位将近八十岁的老太太，其难度可想而知。老太太说什么也不愿意减肥治病，家人无奈，正发愁呢，听说伊州区人民医院来了河南专家，老太太家人抱着试试看的心态，来找赵海松。

通过详细询问病人病史，赵海松非常有信心地说："在我们这里能做，而且不需要减肥。"

赵海松决定对老太太实施腹腔镜下腹壁切口疝修补术。老太太的家人不放心，以为自己听错了，毕竟有几家医院说老人家太胖，手术有困难，怎么河南专家一看就决定手术了。老太太的家人带着疑问，讲出了以前看病的经过。在赵海松看来，只要方案完善，技术过硬，手术虽然有难度，但肯定是没有问题的。

通过老太太这次手术，赵海松深知哈密各家医院的技术匮乏，有些医院甚至还在沿用十年前的治疗方案。

因为这次手术的成功，医院领导高度赞扬了援疆专家。赵海松说："在现有条件下，将继续为伊州区人民医院开展新的诊疗技术，如腔镜下甲状腺手术、腹腔镜下胆总管切开取石手术、腹腔镜下胃肠道手术等。"

赵海松来哈密工作后，深切体会到，对于医疗领域来说，重点就是在基层，在偏远地区，只有基层和偏远地区的医疗强大了，才能够惠及更多的人。

赵海松手把手教徒弟，真心真意把自己身上的技术，毫无保留地奉献给了伊州区人民医院。

赵海松说："哈密距离郑州那么远，我把技术留在这里，这里的老百姓就不用再跑那么远瞧病了。"

阿合毛拉·玉努斯是赵海松带的一位维吾尔族徒弟，这个徒弟只比赵海松小四岁。提起赵海松，阿合毛拉直竖大拇指，说赵大夫人好，技术精湛，为人热情，最重要的是愿意把技术教给大家。

阿合毛拉也曾到其他医院进修过，但他说没有学到什么技术，赵海松来了不一样，他肯教。阿合毛拉说："我也算是老医生了，但是医院设备不健全，一些手术开展不起来，好多能做的手术，到我们这里还没有见过，我到哪里去学习，去实践呢？赵大夫来了以后，一点一滴地讲，手把手地教，我发现我并不笨呀，能学会的！"

一个愿意学，一个认真教，每一手术步骤甚至每一个操作动作，赵海松都不忘教给阿合毛拉。阿合毛拉跟着赵海松一年多时间，一些腹腔手术基本能独立完成，尤其是原来不敢上手的，现在都敢操作了。

一年时间内，赵海松已开展并成功实施了 100 例左右的成人疝、小儿疝及各种复杂腹壁疝的修补术，并且无一例并发症出现，得到了同事们的赞扬和患者的好评，尤其是医院领导的肯定。

赵海松专门从郑州带了一套做小儿疝气腹腔镜手术器械，教科室的医生使用。科室人员都觉得赵海松太实在了，什么都肯教。赵海松说："我们来援疆的目的，不就是教授给他们技术，打开他们的思路吗？既然教就要全面，等我回郑州后，他们都能独当一面，这不是一件好事嘛！打造一支带不走的医疗团队，不就是一批一批医疗援疆人的心声嘛！"

　　赵海松行事比较低调，而且不善言谈，总是做得多说得少，是一个非常自律的人。和其他援疆人一样，赵海松对于新疆哈密，从开始的不适应，到最后的离不开，这里夹杂的情感，只有援疆人最清楚。而每天都在守望的左公柳，则更懂得赵海松日复一日带着使命行走的那颗初心。

后记

不想说再见

三年前，我们怀揣梦想，肩负重托，从中原大地出发，来到了哈密。从那一刻开始，一个美好的约定在天山脚下缔结，我们有了一个新家，那就是哈密！从此，天山嵩山紧紧相连，千山万水不再遥远。

"聚散匆匆，此恨年年有。"时光荏苒，三年援疆转瞬即逝，临行前领导的嘱托、亲人的叮咛仍回响耳畔。而今天，又要与哈密暂别。此时此刻，内心更多的是感恩，是牵挂，更是不舍。因为我们的身体里已经打上了哈密的烙印，注入了哈密的血液，融入了哈密的基因，我们已经深深地爱上了这片古老而神奇的土地，哈密已成为我们的第二故乡！

忘不了，雅丹的神奇，胡杨的壮烈，瓜果的香甜。

忘不了，各级领导的关怀厚爱，同事的大力支持，援友间的相互激励。

忘不了，在特殊而伟大的征程中，我们风雨同舟、甘苦与共、携手同行。

风也记得，雨也记得，我骄傲的援疆岁月。

因为我们见证了、参与了、践行了伊州区的稳定、改革和发展，古老而年轻的伊州区焕发出新的活力，绽放出春的色彩。

苦也值得，累也值得，我自豪的援疆岁月。

这三年，是经受历练的三年。我们更加坚定，更加成熟，更加从容。

这三年，是增长才干的三年。我们更加丰满，更加充盈，更加自信。

这三年，是收获成长的三年。收获了人生阅历，收获了亲情友情，收获了更多感动。

"有情不管别离久，情在相逢终有期。"河南民风淳朴，待客真诚，热情邀请哈密的各位领导、亲朋到河南走一走，看一看，领略中原秀美风光，品尝中原特色美食，感受中原厚重文化，"河南老家欢迎您!"

新年之际，离别之时，万般思绪、万语千言凝成浓浓祝福：

祝愿各位亲人身体健康、阖家幸福，新年快乐!

祝愿豫哈情谊手足相亲、血脉相连、地久天长!

再见，哈密!

哈密，再见!

郑州市第九批援疆干部人才

2020 年元月